Niederrhein-Leichen

LEPORELLO
KRIMI

Richard-Wagner-Straße 15, D-47799 Krefeld
leporellobuch@aol.com
www.leporello-verlag.de

Gestaltung: WerbeAtelier Coelen
Titelfoto: Theo Windges
Druck und Bindearbeiten: Bercker, Kevelaer
ISBN 978-3-936783-35-3

Herausgegeben von
Ina Coelen und Jepe Wörz

Niederrhein-Leichen

KREFELDER KURZKRIMI-PREIS 2009
DIE BESTEN KRIMINALGESCHICHTEN

Leporello Verlag

*Sie wissen ja, die Schauplätze unserer Kriminalgeschichten
können Sie selbst am Niederrhein besuchen.
Die Protagonisten in unseren Geschichten sind allerdings
das Produkt der Fantasie ihrer Autorinnen und Autoren.
Jede Ähnlichkeit mit lebenden oder verstorbenen Personen wäre
daher purer Zufall und ist nicht beabsichtigt - oder?*

INHALT

9	Solveig	*Silvia Frevert*
20	Moksha	*Rudolf Jagusch*
28	Rolf stirbt	*Stefanie Koch*
36	RE 29716	*Ulla Lessmann*
48	Der fünfte Teil	*Arnold Küsters*
62	Anni!	*Andreas Lischke*
70	Unter Wasser	*Rüdiger van den Boom*
82	Blaubarts Schwester	*Annette Weber*
94	Niedermörmter grüßt den Rest der Welt	*Birgid Böseler*
105	Sekt im Wasserglas	*Susanne Kliem*
115	Schönes Vermächtnis	*Burkhard Werk*
125	... fragen Sie bitte Ihren Apotheker!	*Andreas Berg*
135	Es kann der Frömmste nicht in Frieden leben ...	*Jochen Brockmann*
146	Der Kastanienbaum	*Gitta Edelmann*
153	Die Liebe der Frauen	*Hans Forster*
164	Der zweite Frosch	*Stephan Reinbacher*
173	Moyländer Hängung	*Dieter Symma*
181	Peng - Geplatzte Träume	*Gerd Grunewald*
192	Männerfreundschaft auf dem Monreberg	*Ursula Heidbüchel*
200	Haus im Glück	*Erika Bleckmann*
207	Der Himmel über Krefeld	*Judith Merchant*
217	*Autorinnen und Autoren*	

VORWORT DER HERAUSGEBER

Kennen Sie Catherine Tramel? Vermutlich nicht. Sie war Krimiautorin. In dem Film »Basic Instinct« – und gespielt wurde sie von der eiskalten Sharon Stone. Basic Instinct? Ich sehe Sie schon den Kopf schütteln. Doch warten Sie, dieser Film ist nicht nur von gynäkologischem Interesse. Die Story, sollten Sie je darauf geachtet haben, handelt vom neuesten Bestseller der Autorin: Darin wird ein ehemaliger Rockstar mit einem Seidenschal gefesselt und mittels Eispickel ermordet. Kurz darauf findet die Polizei den tatsächlichen Ex-Freund der Autorin, zufällig ebenfalls Ex-Rockstar, tot auf, Seidenschal und Eispickel liegen daneben. So kommt es zu jener berühmten Verhörszene, in der der Aktrice Stone buchstäblich der aufsehenerregende Spagat zwischen Filmkunst und Skandal gelingt, der sie in die Topriege Hollywoods katapultiert. Tja, so ist es mit Krimis. Sie können Drehbuch sein fürs echte Leben. Erst das Wort, dann der Mord. Aus Spaß wird Ernst, aus Tippen wird Töten.

Jetzt sagen Sie: In Hollywood ist das vielleicht so, aber am schönen Niederrhein? Gut, vermutlich gibt es Unterschiede zu Basic Instinct. Die Krimiautoren unseres Wettbewerbes tragen zum Beispiel Unterwäsche. Vermute ich jedenfalls. Aber werden ihre Geschichten ebenfalls Realität? Ehrlich gesagt: Ich weiß es nicht, aber ich weiß, was hilft: Lesen Sie sie. Alle!

Dann wissen Sie, was auf Sie zukommt. Denn wer kann sagen, wann das Leben aus Mangel an Kreativität wieder mal die Kunst imitiert? Da müssen Sie vorbereitet sein. Schließlich spielen alle Geschichten am Niederrhein. Sollten Sie also ebenfalls aus der Gegend sein, gehören Sie schon zur Risikogruppe. Und wenn Sie dann vielleicht noch leidenschaftlich rauchen, oder einen Hang zu Trauerfeiern besitzen oder Ihren Ehepartner beim Fremdgehen in flagranti erwischen wollen – dann sollten Sie jetzt schleunigst weiterblättern, um die Folgen absehen zu können.

Viel Vergnügen und alles Gute wünschen
Ina Coelen und Jepe Wörz

VORWORT

Verbrechen schockieren. Je näher sie uns kommen, desto fassungsloser reagieren wir. Wenn etwas Furchtbares in unserer Nachbarschaft geschieht, verbinden sich das Mitleid mit den Opfern und der Abscheu vor den Tätern mit dem schlimmsten aller Angstgefühle: Das hätte auch mir passieren können.

So ist er wohl zu erklären, der Aufschwung regionaler Krimis. Findige Autoren leben ihre kriminelle Fantasie vor der eigenen Haustür aus und zwingen ihre Leser in ein gruseliges Wiedererkennen. Wenn genau dort, wo wir jeden Tag langgehen, eben da, wo wir am Wochenende mit unseren Familien entspannen, ein brutaler, wenngleich fiktiver Mord geschieht, bekommt das Spiel mit der Angst, das jeder gute Krimi treibt, einen besonderen Reiz.

Was für das Lesen gilt, muss für das Schreiben erst recht gelten: Es macht wohl großen Spaß, als Kriminalist oder Killer durch die Umgebung zu streifen und finsteren Gedanken freien Lauf zu lassen. Ein jeder kennt die dunklen Ecken, an denen mulmige Gefühle sich ganz von selbst einstellen. Oder es sind gerade die ordentlich gefegten Einfahrten, sauberen Fassaden und idyllischen Gärten, die eine schreckliche Kehrseite enthüllen, wenn man sie nur lang genug betrachtet.

Sage und schreibe 150 Autoren aus der Region sind im Frühjahr der Einladung von Westdeutscher Zeitung, Leporello-Verlag und Buch Habel gefolgt, die potenziellen Verbrecher in ihrer Nachbarschaft beim Wort zu nehmen und ihren Taten verbal auf die Spur zu kommen. Viele von ihnen sind dabei auf originelle Gedanken gekommen, haben fiese, fesselnde oder verrückte Geschichten entworfen.

Die Eifersuchtsdramen, Erpressungsversuche und Banküberfälle, die kaltblütigen Auftragsmörder und unberechenbaren Psychopathen, die Auswüchse von schlau eingefädelter Korruption oder blanker Dummheit: All dies wird geschildert, in nüchternen Worten oder mit turbulentem Sprachwitz.

Die 21 besten Geschichten auszuwählen, war keine leichte Aufgabe. Zu Mord und Totschlag in der literarisch engagierten Jury kam es zwar nicht – obwohl auch das eine hübsche Idee für einen Kurzkrimi wäre. Aber hitzige Debatten gab es schon, und an deren Ende eine ansehnliche Liste guter Geschichten.

Versammelt sind sie nun in diesem Buch, 21 ganz unterschiedliche kriminalistische Ansichten des Niederrheins, natürlich allesamt mit höchster Vorsicht zu genießen. Für Risiken und Nebenwirkungen, die sie beim nächsten Spaziergang oder Sonntagsausflug entfalten, übernimmt die Jury keinerlei Haftung.

Christoph Elles,
Kulturredakteur, Westdeutsche Zeitung

KREFELDER KURZKRIMI-PREIS 2009

Gewinnerin und 1. Preisträgerin ist
Judith Merchant mit ihrer Kriminalgeschichte
»Der Himmel über Krefeld« (Seite 207).

Der 2. Preis geht an
Susanne Kliem für ***»Sekt im Wasserglas«*** (Seite 105),
den 3. Preis erhält
Arnold Küsters für ***»Der fünfte Teil«*** (Seite 48).

Solveig

Ostern sind es vier Jahre. Vier mal 365 Tage. So lange ist sie allein. Solveig erinnert sich noch genau an die Nacht zum Gründonnerstag, als er ihr sagte, dass er sie verlassen würde. Sie fiel in ein schwarzes Loch. Die Erde schien stehen zu bleiben ... In Wirklichkeit drehte sie sich natürlich weiter, denn sonst würde sie hier heute nicht sitzen.

Hier an diesem Caféhaustisch mit Blick auf den Rheindeich und den verwunschenen Buchsbaumgarten. Im Sommer kommt sie jede Woche nach Keeken – ein kleiner Luxus, den sie sich irgendwann einmal erlaubt hat. Sie nimmt die Fähre. Sie liebt dieses Gefühl von Weite und Freiheit, das sie nur am Wasser spürt. Solveig bestellt Schokolade mit Sahne und beobachtet die Menschen. Meist sind es Pärchen, die verliebt über einem Cappuccino turteln. Ihr Blick gleitet von einem Tisch zum anderen. Wie viele junge hübsche Frauen es doch gibt! Lachend und kokett spielen sie das alte Spiel der Verführung – ungeniert und burschikos. Ja, so war sie auch einmal. Solveig schließt die Hände um ihre Tasse. Wie gut, etwas in der Hand zu halten, wenn man allein in einem Café sitzt.

Plötzlich entdeckt sie ihn. Allein an dem großen Tisch. Was für ein schöner Mann! Dunkelhaarig, groß, schlank. Ruhig liest er seine Zeitung, ab und zu einmal versonnen über das Wasser blickend. Schaut er gerade in ihre Richtung?

In Gedanken verlässt Solveig das Bauernhofcafé, kehrt zurück in ihren Alltag, zu ihrem kleinen Hof auf Salmorth und ihren Tieren. Sie war hier glücklich und zufrieden gewesen, hatte eine neue Heimat gefunden. Der Abstand zu den Nachbargehöften, die weiten Wiesen, die Kopfweiden, das freundliche »Hallo« zu ihren Künstlernachbarn im ‚Mössefänger'. Die Landschaft, viel weiter als in ihrer westfälischen Heimat, die hatte sie gleich geliebt. Hier konnten die Wunden der Vergangenheit in aller Ruhe heilen. Sie hatte es sich bequem eingerichtet in ihrer trauten Einsamkeit. Bis . . . ja, bis SIE kam.

Hat er nicht schon wieder rüber geschaut? Braune Augen, ein offener Blick. War da ein Lächeln?

Vor zwei Jahren im Oktober zog Claudia, ihre Mieterin, bei ihr ein. Sie war jung, schlank, mit denselben roten Haaren wie Solveig, nur noch zwanzig Zentimeter länger, lockig – einfach hübsch.

Er faltet die Zeitung zusammen. Suchend blickt er sich um. Schaut zur Uhr. Natürlich! Er ist verabredet. Wie konnte sie nur denken, dass sein Blick ihr gegolten hatte.

Claudia hatte auf ihre Wohnungsanzeige geantwortet. An einem Samstagnachmittag im August saß sie Solveig dann gegenüber, neben sich einen Mann. Einen von vielen, die Solveig danach hatte kommen und gehen sehen.

Er zieht einen Stift aus seiner Hemdtasche und schreibt etwas auf einen Briefumschlag. Wie er den Kopf zur Seite neigt, der Stift über das Papier gleitet, zügig in schwungvollen Linien. Was für ein schöner Mann!

Ja, sie ist neidisch auf Claudia. Wie gut erinnert sie sich noch an den Besuch ihres Vereinskollegen. Gemeinsam wollten sie an einem Faltblatt arbeiten. Aber er hatte nur Augen für Claudia, die sich nebenan im Garten sonnte.

Mit einem Fingerzeig ruft er die Bedienung, zahlt und deutet auf den Brief, den er vor sich auf den Tisch legt. Die Kellnerin nickt, schiebt das große Portemonnaie unter ihre Schürze und räumt das Tablett mit dem Kaffeegeschirr ab. Langsam steht er auf, nimmt seine Jacke vom Stuhl und wendet sich zum Gehen. Noch einmal blickt er zur Uhr, schüttelt den Kopf und geht dann zügig in Richtung Ausgang.

Solveig seufzt. Irgendwie fühlt sie sich wie eine Außerirdische. Wie ging doch gleich dieses Lied, das sie, wenn es draußen dunkel ist, immer wieder anhört? Es handelt von einem Mädchen, ungeliebt von den Eltern, das seine Koffer für ‚outerspace' bereits gepackt hat und nun auf den richtigen Piloten wartet, der es mit seiner Liebe bis zum Mond und zurück befördert. Solveig saß schon lange auf gepackten Koffern.

Es wird Zeit. Ihr Hund wartet im Auto. Solveig zählt das Geld ab und geht. Das Café leert sich mehr und mehr. Solveig denkt über die Arbeit nach, die sie nun zwei Stunden lang beschäftigen würde. Füttern. Ihre Tiere wollen versorgt werden – morgens und abends.

Ihr Blick fällt auf den Briefumschlag. Geschwungene Schrift, grüne Tinte, Buchstaben – mehr kann sie nicht erkennen. Sie weiß nur eines – das war sein Brief, seine Nachricht an die nicht erschienene Besucherin. Die Bedienung muss ihn dort vergessen haben. Da liegt er nun, unbeachtet und allein, ebenso allein wie dieser schöne Mann.

Solveig hat nur wenig Herzklopfen als sie den Umschlag mit einer schnellen Bewegung in ihrer Windjacke verschwinden lässt.

Ronja macht wie immer einen Heidenaufstand, als Solveig das Auto aufschließt. Wie schön, dass sich wenigstens einer freut, wenn ich erscheine – denkt sie und tadelt sich gleichzeitig für dieses Selbstmitleid. Ein Selbst mit Leid – das soll nun anders werden. Gleich nach dem Füttern würde sie den Tisch im Garten decken, wie immer die Kerzen anzünden und dann den Schatz aus ihrer Manteltasche hervorholen.

Zu Hause eingetroffen, kommt natürlich alles wieder ganz anders, als Solveig es sich gedacht hat. War es nicht immer so, wenn sie sich etwas Schönes vorgenommen hat?

»Wie gut dass du kommst! Könntest du mir mal mit meinem Auto helfen? Es springt wieder nicht an.«

Solveig läuft ihrer Mieterin direkt in die Arme. Seit Claudia ihren letzten Lover vor die Tür gesetzt hat, war Solveig wieder Anlaufstelle Nummer Eins für Probleme aller Art.

Hilflos, die Arme ganz eng um die Hüften geschlungen, steht Claudia da, zart und zerbrechlich mit diesem »Oh-bitte-hilf-mir«-Blick, mit dem sie die Männer betört. Ein Augenaufschlag und sie stehen alle Schlange. Sie kommen zuhauf, bringen Blumen, Pizzaschachteln und ihre Werkzeugkiste mit – solange, bis Claudia ihrer überdrüssig wird und sich ganz schnell aus der jeweiligen Affäre zieht. Merken die Männer denn nicht, dass sie nur ausgenutzt werden?

Und nun steht eben sie, Solveig, hier und versucht mit Werkzeugkiste und ölverschmierten Händen Claudias alte Klapperkiste in Gang zu bringen. Warum nur lässt sie sich immer wieder breitschlagen, ohne jemals eine Gegenleistung zu bekommen?

»Sag mal, hast du noch Lust, auf einen Tee rüberzukommen? Ich muss dir unbedingt was zeigen!“

Na, das passt ja wieder ins Bild! Claudia will sich mit dem Tee natürlich nicht bedanken, sondern wieder einmal ihre Männergeschichten loswerden. Wie Solveig diese Gespräche hasst! Zumeist geht es um Claudias letzte Errungenschaft und wie glücklich und wie herzallerliebst und fürsorglich der neue männliche Schatz doch ist. Aber so schnell wie der Tee in der Tasse abkühlt, so schnell ist auch Claudias Leidenschaft dahin. Solveig hat auf diese Geschichten gar keine Lust und folgt Claudia nur widerwillig. Die Tasse Tee in der Hand, sehnt sie sich danach, endlich den Brief zu öffnen.

Unsanft reißt Claudia sie aus ihren Gedanken. »Guck mal! So viele Männer! Und alle liegen uns zu Füßen!«, ruft die temperamentvolle junge Frau und schüttet eine ganze Schublade voller Briefe auf den bereits mit der üblichen Claudia-Unordnung aus CDs, Papieren und Kuverts übersäten Fußboden direkt vor Solveig aus. Es müssen mindestens fünfzig Briefe sein. Solveig mustert den Papierstapel, ohne jedoch einen einzigen Brief anzurühren.

»Ina und ich haben eine Anzeige aufgegeben und das ist das Ergebnis«, strahlt Claudia.

»Sag mal, hattest du nicht die Nase voll von Männern. Die Trennung von deinem letzten Freund war ja wohl ziemlich schwierig, wenn ich an die vielen nächtlichen Besuche und die halb eingeschlagene Haustür denke«, sagt Solveig, erstaunt über den raschen Sinneswandel ihrer Mitbewohnerin.

»Ja, stimmt! Aber das ist ja gerade der Clou. Jetzt kommt die große Rache!«

Das Blaue vom Himmel wollen die beiden Frauen den Männern vorlügen, erzählt Claudia atemlos. Das hatte schon mit der Anzeige, in der sich die beiden als Mutter und Tochter ausgaben, angefangen. Ina und sie würden die Kerle hochnehmen, sie richtig verliebt machen, dann abschieben.

»So, und diese kommen als erste dran.« Triumphierend hält Claudia einen mit einem Schleifenband zusammengehaltenen Stapel von ungefähr fünf Briefen hoch. »Willste mal lesen?« Auffordernd wedelt sie mit einem Brief unter Solveigs Nase herum.

»Nee, lass mal. Ich lese keine fremden Briefe«, wehrt Solveig ab. Sie ist empört darüber, wie sorglos Claudia mit den Gefühlen, Wünschen und Hoffnungen dieser Männer umgeht.

Solveigs Augen gleiten über den Stapel der ahnungslosen Opfer. Da entdeckt sie ihn, den Umschlag mit der grünen Schrift. Fein geschwungen ist sie, mit langen Linien geradezu auf das Papier gemalt. Sie hätte diese Schrift unter tausenden wiedererkannt! Der Brief liegt ebenso achtlos wie all die anderen auf dem Boden. War er in dem Fünfer-Stapel?

Plötzlich wird Solveig heiß und kalt zugleich. Er sollte auch zu den Opfern gehören, er, dieser schöne Mann, der so traurig und verloren an dem Caféhaustisch saß! Wie sehnsüchtig er gewartet hatte, auf eine Frau, die nicht erschien. Nicht erschien, weil vielleicht . . . ein Auto nicht angesprungen ist?

»Ich muss rüber! Ronja hat noch nichts zu fressen gehabt.« Fluchtartig verlässt Solveig das kleine Appartement, wirft die Wohnungstür hinter sich ins Schloss. Wie benommen setzt sie sich an den langen, braunen Eichentisch, greift in ihre Manteltasche und legt den Umschlag vor sich auf den Tisch.

Grüne Lettern auf weißem Grund. Schwungvoll ist das ‚F' gemalt, ein wenig größer als der Rest der Aufschrift ‚Für Dich'. Einfach nur ‚Für Dich', eine vertraute, persönliche Anrede für jemanden, den man kennenlernen möchte oder bereits kennt, vielleicht sogar liebt. Jungfräulich, verschlossen und geheimnisvoll liegt der Brief vor ihr.

Mit zitternden Fingern versucht Solveig, den Umschlag an der Spitze der dreieckigen Verschlussklappe zu öffnen. Ein Fitzelchen Papier löst sich. Sie probiert es am Knick. Ritsch. Das Papier reißt einen halben Zentimeter weit ein. Nun gut, dann geht es eben nicht anders. Solveig reißt den Umschlag kurzentschlossen auf.

‚Meine liebe Kleine' – bereits die ersten Worte schmerzen Solveig so tief, dass sie zunächst nicht weiter lesen kann. Die Worte ‚lange rote Haare und niedliche Sommersprossen' kann sie durch ihre Tränen nur verschwommen erkennen.

Stöhnend legt Solveig den Brief weg. Er hat sich also

bereits verliebt. Es ist ein kurzer Brief, eher sachlich, aber er will sie wieder treffen – und dann am Schluss diese flehentliche Bitte ‚Melde Dich bei mir, Claudia!', unterschrieben mit Joe, nur Joe, ohne Adresse.

Sie war es also, die ihn versetzt hatte. Ihn, gerade ihn hat sie sich als ersten vorgenommen. Er würde all ihre Wut auf die Männerwelt zu spüren bekommen. Solveig muss es verhindern, muss verhindern, dass sie ihn verletzt, ihn verdirbt für . . . ja, für sie.

Auf einmal wird es ihr sonnenklar: Sie will ihn. Sie ist sich jetzt ganz sicher. Joe, das ist ihr Mann. Und ein Stückchen von ihm, ein ganz kleines Stückchen gehört ihr schon jetzt. Den Umschlag sicher unter ihrem Kopfkissen verwahrt, schläft Solveig ein.

Am nächsten Morgen ist die Welt in ein graues, nasses Tuch gehüllt. Es hat die ganze Nacht geregnet. Claudia ist natürlich noch nicht aufgestanden. Solveig hat gehört, dass ihre Mieterin gestern doch noch weg gefahren ist und erst weit nach Mitternacht nach Hause kam. Hatte sie sich doch noch mit ihm getroffen? Sie fährt ja oft abends noch weg – nach Kleve. Vielleicht hat sie sich dort schon den Nächsten an Land gezogen?

In Gedanken versunken erledigt Solveig die morgendlichen Arbeiten. Dann setzt sie sich wie jeden Tag an den Computer, aber die Arbeit an ihrer Buchübersetzung will ihr nicht richtig von der Hand gehen.

Nebenan hat Claudia Besuch von ihrer Freundin. Inas roter Polo steht vor der Tür und Solveig kann die beiden jungen Frauen lachen hören. Bestimmt schmieden sie Pläne und ER ist Teil dieses teuflischen Spiels. Vielleicht sollte sie Claudia ansprechen, sollte sie nach der Adresse und Telefonnummer des Briefeschreibers fragen. Aber welchen Grund sollte sie angeben? Sie würde sich doch nur lächerlich machen. Sie musste noch warten. Ihre Zeit war noch nicht da. Ganz sicher würde er irgendwann das Interesse an Claudia verlieren. Darauf würde sie warten und dann ganz langsam und behutsam ihre Fühler nach ihm ausstrecken.

Grüne Schrift auf weißem Umschlag. Claudia Neumann, Martin-Schenk-Straße . . . Die Schrift verschwimmt vor Solveigs Augen, als sie am nächsten Morgen den Stapel Post aus dem Briefkasten holt. Er hat Claudia geschrieben! Er kennt also auch schon ihre Adresse!

Wie benommen nimmt Solveig die Post mit rein. Der Brief liegt vor ihr auf dem Tisch. Sie sollte ihn vor die Appartementtür legen, wie sie es sonst auch immer mit Claudias Post tut. Zögerlich erhebt Solveig sich von ihrem Stuhl, nimmt den Brief in die Hand. ‚Von mir' steht dort nur als Absender und ganz klein unten in einer Ecke: ‚Bitte melde Dich!'. Widerstrebend legt sie den Brief auf den Flur vor Claudias Tür. Vielleicht sollte sie diesen Umschlag, ebenso wie den anderen, einfach behalten. Aber soweit reicht Solveigs Mut nicht. Was, wenn er Claudia anruft und nach dem Brief fragt? Solveig hat in ihrem Leben noch nie etwas Verbotenes getan. Sie parkt immer korrekt, geht niemals bei Rot über die Ampel und weiß Mein und Dein stets gut zu trennen. Einzig der Brief im Café . . . Da war dieses warme Gefühl, dieses unwiderstehlich warme Gefühl.

So gut es eben geht, verbannt Solveig den Gedanken an ihn und Claudia aus ihrem Kopf bis zu dem Tag, an dem wieder ein weißer Brief mit grüner Tintenschrift im Briefkasten liegt und dann noch einer und noch einer. Brav liefert Solveig die Briefe vor Claudias Tür ab. Mit jedem Mal wird ihr der Gang schwerer. Es tut ihr so leid, seine Liebesbriefe wie Perlen vor die Säue zu werfen.

»Sie sollen bluten . . .« – Claudias Worte sind Solveig im Gedächtnis geblieben. Sie kreisen in ihren Gedanken, turnen in ihrer Fantasie rauf und runter. Im Traum sieht sie ihn, diesen schönen Mann und sie sieht einen großen roten Fleck auf seinem Hemd. Bluten, bluten, bluten ... bis zum bitteren Ende.

»Magst du eine Tasse Tee mit mir trinken?« Schon lange hat Solveig nicht mehr das Gespräch mit ihrer Mieterin gesucht.

Erfreut stimmt Claudia zu und sitzt ihr nun gegenüber auf dem roten Biedermeiersofa mit Blick auf die Wiesen und die penibel von Solveig in Form gehaltenen Kopfweiden.

Solveig beginnt das Gespräch mit allgemeinem Geplänkel über das Wetter und Urlaubspläne, denn im Gegensatz zu ihr fährt Claudia regelmäßig in den sonnigen Süden. Dabei stellt Solveig ihrem Gast freundlich lächelnd die dampfende Teetasse hin. »Mit viel Zucker, nicht wahr?«, fragt sie und schaufelt Claudia die üblichen fünf Teelöffel Zucker in die Tasse. »Und wie läuft es mit deinen Männern?«

Auf diese Frage hat Claudia scheinbar nur gewartet. Denn sofort fängt sie mit sprühenden Augen wild gestikulierend an zu erzählen von langweiligen Dates und kurz gehaltenen Telefonaten, die stets das finale »Und Tschüss« enthalten. Währenddessen trinkt sie in kleinen Schlucken genüsslich ihren Tee. Er schmeckt eindeutig nach Marzipan, eine neue Sorte. »Uih! Das Bittermandel-Aroma hätte man vielleicht ein wenig sparsamer einsetzen sollen«, kommentiert Claudia den parfümierten Schwarztee.

Es dauert nicht lange, dann wird ihre Stimme schleppend. Es fällt ihr offensichtlich immer schwerer, sich zu konzentrieren. »Ich kriege gleich Besuch. Aber vielleicht sollte ich mich vorher noch ein wenig hinlegen. Joe wollte eigentlich ...«

Das sind Claudias letzte Worte, bevor ihr Kopf auf die Tischplatte sinkt.

Solveig spült die beiden Teetassen schnell mit der Hand, bevor sie nach draußen geht. Es ist auch an diesem Donnerstag ein ganz normaler Abend für Solveig – bis zu dem Moment, wo der blaue Kombi in ihre Einfahrt fährt.

Sicher will der Besucher zu Claudia – wie üblich. Vermutlich würde er gleich wieder umdrehen, wenn er sieht, dass Claudias Auto nicht auf dem Parkplatz steht. Solveig hat es erst einmal in der Scheune versteckt.

Sie hört das Klacken von Absätzen auf den Treppen vor der Haustür. Es sind kräftige Schritte. Dann Pause. Während sie die Futterkrippen füllt, überlegt Solveig, wo sie am besten mit Claudias – wie sagt man so schön? – sterblichen Überresten bleiben würde. Eigentlich gut, dass sie den Güllekeller noch nicht ganz zugeschüttet hat.

Wieder vernimmt sie Schritte. Klack, klack, klack und dann ein knirschendes Geräusch. Der Besucher hat den geschotterten Parkplatz wieder erreicht. Gleich würde sie die Autotür hören, er würde wegfahren und sie wäre wieder allein. Aber stattdessen nähern sich die Schritte. Sie kommen auf den Stall zu.

Claudia ist nicht da, das ist doch offensichtlich! Warum kann der Besuch nicht einfach wieder verschwinden, wie es sonst üblich ist?

»Hallo! Sie müssen Solveig sein«, strahlt der Besucher, als er den Kopf zur Tür hereinstreckt. »Claudia hat mir schon so viel von Ihnen erzählt. Sie meinte, wir müssten uns unbedingt einmal kennenlernen bei einem ‚Tea for Three'.«

Unfähig, etwas zu sagen, starrt Solveig ihn an – diesen großen, schönen Mann.

»Tja, meine kleine Schwester scheint unseren Termin mal wieder vergessen zu haben.« Wie aus einer anderen Welt dringen seine Worte an Solveigs Ohr. »Aber ich kenne das ja schon und habe vorgesorgt.« Er zieht einen Briefumschlag aus seinem Jackett und überreicht ihn ihr. »Wenn Sie sie sehen, seien Sie doch bitte so lieb und geben ihr diesen Brief von mir mit einem schönen Gruß von Joe, ja? Vielen Dank! Ach . . . und bestimmt klappt's beim nächsten Mal mit der gemeinsamen Tasse Tee.«

Die grüne Schrift mit den fein geschwungenen Linien – sie verschwimmt vor Solveigs Augen.

Moksha

»Wo willst du denn so spät noch hin?«, fiepte seine besorgte Mutter hinter Ändi, als er die Bomberjacke vom Garderobenhaken nahm.

»Nur auf ein Bier, Mama«, antwortete er, ohne sie anzuschauen.

»Heute? Jetzt noch?«

Er zögerte, senkte den Kopf. Früher wäre er wütend aus der Wohnung gestürmt. Was ging es seiner Mutter an, was er den lieben langen Tag trieb? Es war schließlich sein Leben.

Langsam drehte er sich um, griff nach ihren Händen.

Sie sah ihn aus trüben, feuchten Augen an. »Du bist doch gerade erst entlassen worden.«

»Mach dir keine Sorgen«, sagte er, „ich habe mich geändert.« Er schenkte ihr noch ein Lächeln, dann verließ er die Wohnung.

Mit den Händen in den Taschen schlenderte er durch die nächtlichen Straßen von Duisburg-Hochheide. Das Licht der Laternen wurde durch dichten Nebel getrübt, ein Baby kreischte hinter irgendeinem Fenster wie ein Nebelhorn. Ein Wagen mit heulendem Keilriemen fuhr an ihm vorbei, wich dabei einer umgeworfenen Mülltonne aus. Der herumliegende Abfall klebte auf der Moerser Straße und stank verfault.

Ändi nahm alles in sich auf, jedes Geräusch, jeden Geruch, jede Bewegung. Er fühlte sich wie neu geboren. Kurz ärgerte er sich über die verlorene Zeit, über sein Leben vor seiner Wandlung. Er hielt inne, konzentrierte sich, verdrängte den sinnlosen Gedanken. Nur die Zukunft zählte. Er setzte seinen Weg fort, wenig später öffnete er die Tür seiner Stammkneipe ‚Hochheider-Eck'.

Abrupt blieb er stehen, als er die Spannung spürte. Rasch verschaffte er sich einen Überblick. Otto, der Wirt, ein Immi aus Kleve, stand mit finsterer Miene hinter der Theke. Ein junger Mann stand links vor den Glücksspielautomaten, leicht vornüber gebeugt, roter Kopf, Messer in der Hand. Ihm gegenüber Paul, Bierbauch, gelbe Hautfarbe, schütteres Haar, provozierend lässig.

»Ändi! Gut, dass du komms!«, rief ihm Paul entgegen. Wie immer verschluckte er Buchstaben. »Ich könnte Hilfe gebrauchen.«

Ändi zog die Tür hinter sich zu, beachtete die beiden Kontrahenten nicht weiter und setzte sich auf einen Barhocker. »Mach mir mal ein Bier, Otto.«

Der Wirt zögerte, wies mit dem Kinn auf die angespannte Situation.

Ändi seufzte, verzog unwillig die Mundwinkel und drehte sich um. »Hört mal, ihr beiden Spinner, ich will hier in Ruhe was trinken. Geht draußen weiterspielen.«

»Der hat angefangen«, schrie der Jüngling mit hoher Stimme und zuckte mit dem Messer in Pauls Richtung.

Ändi seufzte, sah zu Paul.

Sein Kumpel grinste, zuckte kaum merklich mit den Schultern.

»Setz dich, Paul«, wies Ändi ihn an und zu dem jungen Mann: »Und du, verschwinde.«

Der Jüngling nahm zögerlich seine Jacke vom Stuhl, ohne dabei Paul aus den Augen zu lassen, und stürmte aus der Kneipe.

Paul rutschte auf den Barhocker neben Ändi. »Ist der Jung von der ollen Olschewski. Muss noch lernen, wo der Has' langläuft.«

Otto knallte zwei Bier auf die Theke und sagte: »Nächstes Mal kriegste Hausverbot.«

Paul winkte ab. »Ich finanzier dir doch die Hütte hier. So blöd kannst du ja nicht sein.«

In der Tat verbrachte Paul hier mehr Zeit als daheim und schleppte seine letzten Ersparnisse in diese heruntergekommene Kaschemme.

»Wann biste denn raus?«, fragte Paul.

»Heute Vormittag.«

Paul hob sein Glas. »Die erste Runde geht auf mich. Zur Begrüßung.«

Ändi nickte dankbar, trank.

»Und? Wie war es diesmal«, wollte Paul wissen. »Was machen die hochwohlgeborenen Einwohner der JVA Duisburg? Haste neue Freundschaften geschlossen?« Er zwinkerte Ändi anzüglich zu.

Ändi überlegte, bevor er antwortete. »Ja, kann man so sagen.«

Paul lachte, klopfte ihm auf die Schulter. »Na, na, wirst doch wohl nicht schwul geworden sein?«

Gelangweilt verzog Ändi den Mund, bemerkte, wie Otto die Augen verdrehte. Eine Weile fixierte er Paul aus den Augenwinkeln. Er konnte es nicht fassen, dass dieses versoffene Schwein mal sein bester Kumpel gewesen, mit dem er durch dick und dünn gegangen war, dessen Frau er gepoppt hatte. Ändi zündete sich eine Kippe an und fragte: »Sag mal Paul, was würdest du anders machen, wenn du nochmals zur Welt kommen würdest?«

»Ich würde versuchen, deiner Hackfresse aus dem Weg zu gehen.« Paul grinste breit und trank sein Bier auf Ex aus. »Otto, mach uns mal zwei neue.«

»Nee, jetzt mal in echt, sag mal.« Ändi streifte seine Kippe am Aschenbecher ab.

»Mensch, lass mich doch mit so 'nem blöden Thema in Ruh.« Paul zog die Mundwinkel nach unten. »Meinste, ich hab Bock, mir über sowas Gedanken zu machen? Ist doch eh ein beschissenes Leben. Keinen Bock, mich mit Hirngespinste zu quälen.«

Sie schwiegen eine Weile. Aus dem Lautsprecher dudelte: ‚Ein Stern, der deinen Namen trägt'.

»Sin Stern hat onder dat Droot dóór frääte«, warf Otto ein, grinste hämisch und wies mit dem Kinn auf Paul.

»Hä?«, fragte Ändi.

»Seine Frau kreist jetzt um einen neuen Planeten namens Dieter«, präzisierte Otto übertrieben hochdeutsch.

Pauls Kopf schnellte nach oben. »Arschloch! Ich hab die Alte aus'm Haus gejagt. Vorher!«

»Na ja«, gab sich Otto zweideutig und schüttete drei Korn ein.

»Wundert mich, dass die überhaupt so lange bei dir ausgehalten hat«, sagte Ändi.

Paul knallte sein Glas auf die Theke, sah zwischen Otto und Ändi hin und her. »Klasse. Direkt zwei Arschlöcher.«

Ändi unterdrückte ein Schmunzeln, wechselte aber sicherheitshalber das Thema. »Los, rück schon raus. Interessiert mich einfach.«

»Was? Warum sie mich verlassen hat?« Paul runzelte die Stirn.

»Ach quatsch, mir doch egal. Ob du etwas anders machen würdest.«

Paul verdrehte die Augen und sah zur nikotinvergilbten Decke hinauf. »Haben sie dir im Knast eine Gehirnwäsche verpasst? Was soll'n der schwule Kack?«

So weit liegt er mit der Gehirnwäsche gar nicht daneben, dachte Ändi. »Hatte einen Hindu in der Zelle«, erklärte er bereitwillig, »Verrückter Typ. Quasselte den ganzen Tag von Wiedergeburt, Erlösung und Batman.«

Paul stutzte. »Batman?«

Ändi zuckte mit den Schultern und grinste. »Hab ihn damit auf die Palme gebracht. Irgend so'n Geist von denen heißt wohl Brahman.«

»Und dieser Fidschi war schwul?« Paul formte mit Daumen und Zeigefinger der rechten Hand ein ‚O' und stieß den linken Zeigefinger hindurch.

»Puupert«, knurrte Otto.

»Genau! Dann sind wir ja schon zu dritt«, stimmte Paul gackernd lachend zu.

Ändi ließ sich nicht provozieren. Die Zeiten waren vorbei. »Wir nannten ihn Lala«, erzählte er, «sein richtiger Name war unaussprechlich. Echt ein cooler Typ. Fast ein Heiliger.«

»Und warum saß er dann im Knast, he?«, warf Paul ein, »Hat der ne heilige Kuh gefickt, oder was.« Wieder gackerte er.

Ändi drückte seine Zigarette aus. »Er hat einem Freund geholfen. Lange Geschichte, tut hier nichts zur Sache.«

»Verstehe.« Paul nickte leise.

»Das glaube ich kaum«, murmelte Ändi.

»Doch, sicher, Freunde sind wichtig«, widersprach Paul.

»Egal«, sagte Ändi, trank seinen Schnaps in einem Schluck weg, wischte sich mit dem Handrücken über den Mund. »Was anderes: Bist du eigentlich glücklich?«

Paul verschluckte sich an seinem Bier und prustete feucht über die Theke. Keuchend fragte er: »Mann, hast du se nicht mehr alle?«

»Ich denke, wir sind Kumpels. Dann kann ich doch wohl mal fragen, wie du dich fühlst.«

»Fühlst?« Paul kniff die Augen zusammen. »Pass mal auf, damit du Ruhe gibst. Danach will ich von so 'nem Mist aber nichts mehr hörn.« Paul schob den rechten Zeigefinger auf Ändis Augenhöhe. »Meine Alte ist fott, meine Kinder wollen mit einem Säufer nichts zu tun hann. Wenn meine roten Zahlen auf meinem Kontoauszug schwarz wären, könnte ich mir dafür einen nagelneuen Benz kaufen, meine Wohnung sieht aus wie ein Schweinestall und ich krieg keinen mehr hoch. So sieht mein beschissenes Leben aus.« Er hieb mit einer Hand auf den Tresen. »Und ja, ich werd in meinem zukünftigen Leben einiges anders machen.«

»Würde«, brummte Otto, zapfte noch zwei Bier.

»Wie würde was?«, brüllte Paul und ballte die Fäuste.

Otto winkte ab. »Konjunktiv. Vergiss es, verstehst du Dösskopp eh niet.«

Ändi holte tief Luft, kramte sein Portmonee aus der Hosentasche und warf einen Zwanziger auf die Theke.

»Moment mal«, hielt Paul ihn am Ärmel zurück, »du willst doch jetzt nicht abhauen?«

Ändi zuckte mit den Schultern.

Paul schrie: »Wie? Was sollte denn die ganze Aktion hier? Ergötzt du dich jetzt an dem Leid anderer?«

Ändi überlegte. Sein plötzlicher Abgang, nachdem Paul so offen sein Herz ausgeschüttet hatte, musste als Affront wirken. Dies war nicht seine Absicht gewesen. Daher erklärte er: »Ich hab noch zu tun.«

Pauls Miene hellte sich auf. »Du drehst'n Ding? Schon am ersten Tag?« Er hieb Ändi auf die Schulter und pfiff anerkennend durch die Zähne. »Mensch, da isser wieder, mein alter Kumpel, so wie ich ihn kenne.« Dann bettelte er: »Kann ich mitmachen. Kann jeden Cent gebrauchen, weißt du ja jetzt.«

Ändi zwinkerte ihm zu. »Später. Ich werde dir helfen, versprochen.«

Im Treppenhaus roch es nach Urin, an den Wänden primitive Graffitis. Keuchend kam Ändi in der siebten Etage an, der Aufzug war, wie schon damals immer, defekt. Er fingerte den Wohnungsschlüssel aus seiner Hosentasche. Ob er noch passt?, fragte er sich. Er zog seine Handschuhe über, drehte ihn im Schloss. Die Tür sprang auf. Er trat ein, der Geruch wurde nicht besser. Links ging es zum Schlafzimmer. Als Paul im Knast saß, hatte er dessen Stern dort tagelang gerammelt. Ändi lächelte. War eine schöne Zeit gewesen, fast wie eine richtige Beziehung. Vorsichtig griff er unter die Matratze, tastete – und nach wenigen Sekunden spürte er den kalten Stahl von Pauls Beretta 92 FS mit aufgeschraubtem Schalldämpfer, die er vor ewigen Zeiten einem italienischen Waffenhändler abgeschwatzt hatte. Pauls Stern war tierisch darauf abgefahren, wenn Ändi mit dem Lauf der Waffe ihren Kitzler rieb.

Ändi kontrollierte das Magazin, zog durch. Das metallische Ratschen beruhigte ihn. Er war in seinem Element.

Auf dem Rückweg warf er einen Blick in die Küche. Im fahlen Mondlicht stapelten sich Berge von verdreckten Tellern und Töpfen, Pizzakartons lagen unterm Waschbecken, Batterien von Schnapsflaschen standen auf dem fleckigen Küchentisch. Ändi glaubte, ein Wuseln erkennen zu können. Angewidert wandte er sich ab, ging ins Wohnzimmer. Er stolperte über einen Stapel alter Zeitschriften, fing sich, an der Sofalehne gestützt, auf. Er wischte Bierdosen zur Seite, einige fielen hohl polternd auf den Boden, setzte sich und wartete im milchigen Dunkeln.

Gegen zwei Uhr stocherte jemand an dem Schloss der Wohnungstür herum. Kurz darauf taumelte Paul herein, grunzte und machte Licht. Als er Ändi entdeckte, blieb er stehen und nuschelte: »Wasch machscht du denn hier?«

Ändi erhob sich.

Als Paul bemerkte, was Ändi in den Händen hielt, sagte er: »Ej, dass ist doch meine Puschte.«

Ändi trat vor ihn, roch Pauls Alkoholfahne, ekelte sich vor dessen feuchtem Schritt.

Paul rührte sich nicht, sah Ändi aus glasigen Augen an, schwankte wie eine Weide im Wind.

Blitzschnell setzte Ändi die Beretta auf Pauls rechte Schläfe und drückte ab.

Am übernächsten Abend klatschte Otto ihm die Westdeutsche Zeitung auf die Theke. »Hast du's schon gehört«, fragte der Wirt und tippte auf einen kleinen Bericht im Regionalteil, »Paul hat den Ojem afgääwe. Sin Stern hat öm jefunden, als sej noch jet aus den Kroom holen wollt.« Er zapfte ein Bier und lies Ändi Zeit, die Zeilen zu überfliegen.

»Verpfuschtes Lääve«, kommentierte Otto und stellte Ändi das Bier hin.

Ändi zündete sich eine Zigarette an, blies den Rauch zur Decke. »Er wollte es so. Jetzt kann er von vorne beginnen.«

»Häh?« Otto runzelte die Stirn.

»Hab euch doch von meinem Zellenkumpel erzählt. Lala.« erklärte Ändi, »Die Hindus glauben an die Wiedergeburt.«

Otto legte den Kopf schief. »Ek wees nit.«

Ändi zuckte mit den Schultern. »Zumindest mich hat er überzeugt.« Er aschte ab, grübelte.

Bei Lala hatte er noch Hemmungen gehabt. Einbrüche, Raufereien, hier und da mal ein Auto klauen, okay. Aber einen Menschen töten? Doch Lala ließ nicht locker, hatte sich tagtäglich bei ihm ausgeheult. Lebenslänglich im Knast, als Asiat der Liebling der Hinterlader, dass er so nicht weiterleben, ein neues Leben anfangen wollte. Doch zum Selbstmord fehlte ihm der Mut. Schließlich hatte Ändi ihm seinen Wunsch erfüllt, perfekte Vorbereitung, angeschliffene Glasscherbe, dunkle Ecke, Stich ins Herz. Es war einfacher als gedacht.

»Moksha«, hatte Lala gemurmelt. Erlösung. Zu diesem Zeitpunkt glaubte Ändi selbst schon an die Wiedergeburt, war konvertiert, hatte einen neuen Glauben, eine neue Aufgabe gefunden. Lala sei dank.

Ändi sah Otto nachdenklich an. Teigiges Gesicht, rote Nase, die Frau vor einigen Jahren überraschend gestorben, die Kneipe ohne Paul vermutlich bald geschlossen. Und dann?

Ändi seufzte. »Hör mal Otto, wie ist das eigentlich bei dir? Würdest du dir wünschen, nochmals von vorne zu beginnen?«

Rolf stirbt

»Trulla«, zischte Saskia in einem Ton, dass mir fast der Hörer aus der Hand fiel, »du musst sofort kommen, Rolf stirbt!«

Sie schnappte hörbar nach Luft und zischte ein zweites Mal: »Trulla, du musst sofort kommen, er stirbt!«

Wie ferngesteuert griff ich nach meiner Handtasche, glitt in die Schuhe und hatte die Türklinke schon in der Hand, als mir der kluge Einwand einfiel: »Warum rufst du keinen Arzt?«

»Das will er nicht. Ich erzähle dir alles, wenn du hier bist. Mach schnell, ich schaffe das nicht allein.«

Die Leitung wurde unterbrochen. Ich schob das Telefon in seine Halterung neben der Wohnungstür und stürzte die Treppe hinunter. Nachdenken würde ich im Auto.

Saskia und Rolf lebten in der Nähe von Neuss auf einem uralten Gutshof. Inmitten der rheinländischen Tiefebene hatten sich schon Rolfs Vorfahren eines der wenigen niederrheinischen Hügelchen gesichert. Ich mag den Niederrhein und vertrete die Meinung meiner Omma, dass Niederrheiner mehr Horizont haben, denn:

Menschen aus den Bergen, und dazu zählte für meine Omma bereits das Bergische Land, kommen mit den Horizonten des Niederrheins einfach nicht klar.

»Wie soll ein Bergmensch auch Horizonte entwickeln«, sagte meine Omma, »die wachen morgens auf und das Erste, was sie tun, sie glotzen vor einen Berg. Und das tun sie auch, wenn sie abends wieder ins Bett gehen.«

Bis heute, wenn ich die Anfangsmelodie von ‚Raumschiff Enterprise' höre, höre ich auch meine Omma:

Der Niederrhein - endlose Horizonte.

Wieso fiel mir das ausgerechnet jetzt ein?

Ich stand eindeutig unter Schock und rief mich zur Vernunft.

Saskia hatte gesagt: Rolf stirbt.

Ich erreichte mein Auto, das vor der Polizeistation Heinrich-Heine-Allee parkte. Dort hatte ich mal geputzt, deshalb verfüge ich über den sichersten Parkplatz in ganz Düsseldorf.

Ich weiß ja nicht, nach welchen Kriterien Sie Ihre Wohnungen suchen, aber bei mir steht ganz oben: Parkplatz!

Trulla, ermahnte ich mich, Saskia hat gerade gesagt: Rolf stirbt! Jetzt reiß dich zusammen.

Ich schloss mein kleines schmuckes rotes Auto auf, entfernte mit einem routinierten Griff die grüne Plastikkarte, die mich für Polizeiinterne als SEK-Mitglied im Einsatz auswies - deshalb konnte ich hier parken - schob die Plastikkarte ins Handschuhfach und nahm für Front- und Heckscheibe die gefälschten Apothekerschilder mit dem Aufdruck: ‚Eiliger Medikamententransport' heraus. Sobald ich in der Kasernenstraße ankam, klebte ich sie fest. Das würde mir erlauben, den Berufsverkehr etwas zügiger zu passieren.

Ich habe so einiges an Fälschungen.

Ein Arztschild, das es mir ermöglicht, auf Bürgersteigen, im eingeschränkten Halteverbot oder in normalen Parkbuchten - selbstverständlich ohne ein Ticket - mein Auto abzustellen. Das ist sehr nützlich, wenn ich in der Stadt unterwegs bin.

Genauso besitze ich diverse Presseausweise, einsetzbar für kostenlose Kino-, Theater- und Museumsbesuche, und eine russische Krankenversicherungskarte, über die ich alles abwickle, was die deutsche Krankenversicherung heutzutage nicht mehr zahlt.

Auf meiner Steuerkarte stehen drei Kinder, die ich nicht habe, und ein Ehemann ohne Einkommen, der – na ja, lassen wir das.

Rolf stirbt.

Auf dem Südring staute sich wie erwartet der Verkehr. Mit Lichthupe und kontinuierlich auf meine Schilder ‚Eiliger Medikamententransport' zeigend, schlängelte ich mich über den Standstreifen Richtung Neuss. Hoppla, wenige Autos vor mir stand die Polizei. Ich fädelte mich rasch ein und zog die Schilder aus den Fenstern. Polizisten geben sich manchmal nicht mit meinen Fälschungen zufrieden und wollen meinen Ausweis sehen. Das war mir zwar erst einmal passiert, aber man weiß ja nie.

Rolf stirbt, hatte Saskia gesagt.

Wieso starb der auf einmal?

Die hätten doch schon fast auf dem Weg nach Mallorca sein müssen. Seit zwanzig Jahren verbrachten die beiden jeden September dort auf ihrer Finca. Die Reise war sicher schon geplant, die Flüge gebucht, September war ja bald . . .

Rolf stirbt.

Mit Anfang fünfzig starb man doch nicht so einfach, oder?

Saskia war eine alte Freundin. Aber wir sahen uns selten, die letzten zwei Jahre vor diesem hektischen Anruf gar nicht mehr, sonst hätte ich ja mitbekommen, dass Rolf schwerkrank war.

Anders konnte ich mir, bei 38 Grad auf der Willy-Brandt-Brücke in einer Vollsperrung stehend, nicht erklären, warum Rolf keinen Arzt wollte.

Ich stellte mir vor, Rolf hatte die letzten Monate gegen eine schreckliche Krankheit gekämpft, schließlich aufgegeben, sich auf eigene Verantwortung aus dem Krankenhaus entlassen, um ohne lebensverlängernde Maßnahmen in Ruhe zu sterben. Das klang dramatisch, und ich, die Freundin aus Schultagen, die, der Saskia immer vertraut hatte, eilte an das Sterbebett.

Das gefiel mir so gut, dass ich die Klimaanlage meines Autos abschaltete, um mich körperlich in die richtige Verfassung zu bringen.

Saskia hatte es wirklich gut angetroffen mit Rolf. Schon in der Schule hatten wir ihn aufgrund seines Reichtums ‚Rolf Royce' genannt. Saskia schaffte damals das Abi nur mit Abschreiben und Rolf Royce – na ja, sein Papa – stiftete der Schule auf den Punkt genau eine neue Turnhalle.

Mich hatte das seinerzeit maßlos geärgert.

»Jeder nach seiner Façon«, sagte Omma damals, »die ganz Langweiligen lernen, manch einer besticht, der andere erpresst, einer schreibt ab. Du siehst, Trulla, der liebe Gott hat auch die Möglichkeiten, durchs Abi zu kommen, äußerst bunt und vielfältig gestaltet.«

Und dem Tod von der Schippe zu springen, wie sah es da mit dem bunten Potpourri der göttlichen Möglichkeiten aus?

Rolf stirbt, wiederholte ich zum unzähligsten Mal. Der Schweiß lief mir mittlerweile in Strömen herab. Ich kämpfte mit mir, wie lange ich es noch im Auto aushalten würde. Es war wie in der Sauna. Ich blickte in den Rückspiegel.

Mein Gesicht war puterrot, die zum Glück nicht wasserfeste Wimperntusche lief in feinen Rinnsalen über meine Wangen, die kurzen blonden Haare klebten am Kopf.

Als ich wieder in den Rückspiegel sah und meine Haare gründlich raufte, zeigte mir der Typ hinter mir im Auto den Vogel. Ich wartete noch einen Moment.

Dann entschied ich mich für den Probelauf: Freundin eilt an das Sterbebett des Ehemannes der besten Freundin. Ich atmete noch einmal tief ein. Jetzt!, dachte ich, sprang aus dem Auto, rannte zur Polizei, fuchtelte mit den Armen, wischte immer wieder mit dem Handrücken meine schwarzen Tränen weg, stieß völlig unartikuliert die Worte: »Freundin ... Hilfe ... Tod ... letzter Augenblick, ihn lebend zu sehen ...« hervor und fiel schließlich auf die Knie.

Kurz drauf winkte ich dem Typ hinter mir lässig zu und fuhr mit Trauermiene und Vollgas an der Polizei vorbei. So weit so gut, Rolf stirbt, wiederholte ich und horchte in mich hinein, ob ich ein Gefühl der Trauer finden konnte.

Erst mal nicht, gestand ich mir ein und ging vom Gas. Stattdessen fragte ich mich, was Saskia mit dem bereits gebuchten Flug nach Mallorca vorhatte? Heute waren ja Umbuchungen oder eine Namensänderung der Mitreisenden kein Problem mehr und oft günstiger als Stornierungen.

Saskia würde eine Reise sicher gut tun, mediterranes Ambiente für eine trauernde Witwe schien mir äußerst passend. Ich sah sie bereits vor mir, in dramatisches Schwarz gekleidet.

Ich fuhr weiter. Die heiße Luft flirrte über den gerade abgemähten Feldern, die dicken Mauern der Festung waberten wie eine Sinnestäuschung in der Nachmittagshitze. »Erstmals urkundlich belegt wurde Zons durch das Testament des Bischofs Kunibert von Köln in der Mitte des siebten Jahrhunderts, bla bla ...«, murmelte ich vor mich hin, denn ich hatte auch mal als Touristenführerin gearbeitet. Ich bin einfach vor nix fies, und irgendein nützlicher Ausweis fällt bei fast jedem Job ab.

Am liebsten arbeite ich allerdings in Ämtern. Ich klaue nicht, nein, ich gucke, was es gibt, leih mir die nützlichen Ausweise, kopiere sie und bring sie entweder zurück oder schicke sie anonym ins Fundbüro.

Seit wann genau hatten wir eigentlich keinen Kontakt mehr, Saskia und ich?

Ja, jetzt fiel es mir wieder ein, vor zwei Jahren in der Altstadt. Der Abend endete mit dem einzigen Blackout in meinem Leben. Ich wusste noch, dass wir in einer der ganz schlimmen Kneipen gelandet waren, wo freitag- und samstagabends ab Mitternacht selbst die rudimentärsten Flirtregeln nicht mehr beachtet werden, und man mit ganz einfachem Vokabular auskommt. Saskia hatte mir erzählt, Rolf habe eine Geliebte, irgend so eine Feurige aus Südamerika. Der gute alte Rolf Royce, das hätte ich ihm gar nicht zugetraut. Jedenfalls – nach diesem Abend in der Altstadt brach der Kontakt irgendwie ab.

Bevor es Saskia gab, damals in der Schule, hatten Rolf und ich in der Pause mal gefummelt, und am Ende hatte er gesagt: »Du schmeckst nicht gut.«

Als hätte ich mir tagelang die Zähne nicht geputzt.

Und jetzt stirbt er.

Rolf Royce stirbt.

Also noch einmal, Trulla, ich blickte wieder in den Rückspiegel und verzog mein Gesicht, er stirbt.

Ich fuhr den niederrheinischen Hügel hoch und parkte vor der Treppe. Saskia erwartete mich in der Tür.

»Wie geht es ihm?«, fragte ich mit gedämpfter Stimme und dem Gefühl, einem ehemaligen Beinahe-Liebhaber in der letzten Stunde beizustehen.

»Leider immer noch zu gut«, sagte Saskia trocken, »komm mit.«

Sie zog mich energisch die Treppe hinauf, durch den hellen Flur, trat mit einem Fuß die Schlafzimmertür auf und kam, mich immer noch an der Hand haltend, vor dem großen schweren Bett zum Stehen.

Ich muss zugeben, es verschlug mir einen Moment die Sprache.

Kaum noch bei Bewusstsein, mit teuren Seidenschals an die aufwändig gedrechselten Bettpfosten gebunden, starb Rolf.

»Du musst ihn festhalten, er kann sich trotz der Fesseln immer noch zu gut bewegen. Mir sind schon drei Nadeln abgebrochen.«

»Nadeln?«

»Ja, das Insulin. Ich dachte, er hat genug, um abzutreten, aber nein, er wurde wieder wach. Und morgen kommt die Haushälterin aus dem Urlaub wieder, bis dahin muss er hin sein.«

»Aber Saskia, wie willst du seinen Tod und die Spuren vom Fesseln und das alles der Polizei erklären?«

»Gar nicht«, sagte sie knapp, »offiziell ist er gestern nach Südamerika geflogen, und im alten Gewölbekeller warten eine große neue Gefriertruhe, eine schicke Kettensäge und ein paar Säurefässer auf ihn. So wie du es mir damals in der Altstadt erzählt hast. Schön in kleinen Portionen in die Säure. Na, komm schon, tu nicht so, dein Mann ist nicht verschollen, wie alle glauben.«

Ich schluckte. Nun verstand ich die Sache mit der südamerikanischen Geliebten. Rolf hatte Saskia also tatsächlich verlassen wollen.

Ich blickte auf Rolf Royce, der nicht sprechen konnte, weil ein Knebel seinen Mund verstopfte. Er versuchte hektisch, mir etwas mit den Augen zu sagen.

Saskia zog eine Insulinspritze auf, von der ich annahm, dass die Menge auch einen Ochsen ins Jenseits befördern würde. Ich kletterte aufs Bett, setzte mich rittlings auf Rolf, um ihn mit meinem Gewicht bewegungsunfähig zu machen.

Ein Wohlgefühl überkam mich. Ich meine, wir kennen doch alle dieses großartige Gefühl, wenn man selbstlos gönnen kann. Freut mich für dich, sagt man gemeinhin, oder: Glückwunsch.

Aber wenn ich ganz ehrlich bin, muss ich schon zugeben, wann immer einer meiner Freunde, Bekannten oder ein Familienmitglied scheitert, kommt mir das: »Och ne, das tut mir jetzt aber wirklich leid«, viel flüssiger über die Lippen.

Schadenfreude eben.

In diesem Moment, als ich auf Rolf saß, hatte ich beide Gefühle gleichzeitig, das selbstlose Gönnen und die Schadenfreude.

Es zuckte unter mir. Ich erinnerte mich wieder an Rolf Royce' Worte damals beim Fummeln – du schmeckst nicht gut.

Der Typ hat Nerven, dachte ich.

Als Saskia wenige Zentimeter rechts vom Bauchnabel die Spritze ins Fleisch jagte, fragte ich sie ganz nebenbei: »Sag mal, was machst du denn jetzt mit dem zweiten Flugticket nach Mallorca?«

RE 29716

Heute muß sie entscheiden, wer ihr Opfer wird. Aber sie will nicht von den Opfern als Opfer denken. Die Opfer sind doch die Täter, er dort ist der Täter, sie dahinten ist die Täterin.

Sie ist das Opfer! Einer reicht erst mal oder eine, dann die nächste, dann der nächste. Wie kommt es, dass sie immer im Plural denkt? Massenmörderin. Serientäterin. Monster.

Das schlimmste sind die Gerüche, denkt sie, während sie sich mit angehaltenem Atem, eingezogenem Bauch und fest an sich gedrückter Tasche an den Leuten vorbei drückt, schlängelt und windet, die dicht an dicht im Gang zwischen den Sitzreihen stehen. Stinkende Menschen knubbeln sich auf den Gängen, nahe am Ausgang, weil sie zu bequem sind, in den Waggon durchzugehen und sich dort sinnvoll auf den freien Sitzen zu verteilen. Sind sie zu dumm oder zu gleichgültig, um nach freien Plätzen zu suchen? Die gibt es nämlich, man muß nur etwas konzentrierter schauen als alle anderen es tun. Sie tut das. Aber um den Preis, dass sie mit der Tasche als Schutzschild vor den Körpern der anderen an ihnen vorbei muss. Wie an diesem Fettsack. Fettsack, Fettsack. Niemals würde sie ein solches Wort aussprechen. Aber es tobt jetzt gerade in ihrem Kopf herum. Fettsack, Fettsack, Fettsack.

Und diese verhexte Frau ist wieder da, schon auf dem Bahnsteig hat sie sie gesehen, auf diesem verdammten, schrecklichen Bahnsteig 5, der nicht zum schicken Krefelder Bahnhof passt, dieser verrottete Bahnsteig 5, jeden Morgen liest diese verhexte Frau laut aus der ‚Westdeutschen Zeitung' vor. »Drei Söhne habe ich großgezogen«, sagt sie jeden Morgen laut mit einer Stimme aus braunem Blech und guckt hoch in eine unbestimmte niederrheinische Ferne, wo die drei Söhne vermutlich längst nicht mehr sind, weit weg sind sie bestimmt von dieser Verrückten, die die ‚Westdeutsche Zeitung' vorliest und zwischendurch der knappen Luft zwischen den Menschenleibern erzählt, dass sie drei Söhne großgezogen hat.

»Und die da oben, die kassieren nur, die kassieren nur, hier steht es, die kassieren nur, die kassieren nur.«

Wohin fährt diese Frau mit dem Regionalexpress 29716? Es gibt so viele Verrückte, es werden immer mehr. Fettsäcke und Verrückte.

Sie kommt nicht weiter. Steckt fest und es stinkt. Niemand wagt, diesen jungen Leuten mit den riesigen Rucksäcken zu sagen, dass sie ihre Ungetüme auf den Schoß nehmen müssen oder in die Gepäckablage legen, sie tun so, als ob es die hier nicht gibt, manche stellen die Rucksäcke vor ihre Füße und man kommt nicht an ihnen vorbei zum Fensterplatz, weil sie sich an den Gang setzen, nie ans Fenster, weil sie offensichtlich Angst haben, sie kommen nicht hinaus, weil sie ja in der letzten Sekunde aufspringen müssen und aus irgendeinem Grunde nicht in der Lage sind, rechtzeitig aufzustehen, in Ruhe ihren Rucksack aus der Gepäckablage zu nehmen, sich mit normalen Schritten Richtung Türen zu bewegen, denn man braucht eine Weile, um an den Leuten im Vorraum vorbeizukommen, die da stehen, obwohl sie gar nicht aussteigen wollen. In die Gepäckablage müssten sie ihre offenbar kostbaren Riesenungetüme hochhieven, anstatt sich schwer und fett auf die Sitze zu platschen und den Rucksack auf den ohnehin dann nur noch halb freien Platz neben sich zu legen. ‚Übergewichtig' nennt man diese vollgefressenen Menschen, das weiß sie, und kaum sitzen sie, müssen sie etwas trinken, ekelhaftes buntes Zeug aus riesigen Plastikflaschen, wahrscheinlich sind die Rucksäcke voll von diesen Plastikflaschen und Müsliriegeln und Schokoriegeln und Chipstüten und wenn sie aus den Chipstüten essen, sprühen sie Chipskrümel durch den Zug, weil sie gleichzeitig telefonieren müssen.

Sie muss jetzt auf sich aufpassen. Ihr wird schlecht, wenn sie sich so hineinsteigert. Jeden Morgen steigert sie sich hinein, riecht alles überscharf, sieht alles brennend klar, schürt ihren Hass bis ihr schlecht wird, und heute will sie sich doch beherrschen, damit wenigstens einer nun endlich dran glauben muss.

Sie kommt nicht einmal an ihr Fläschchen, so eng sind sie alle um sie herum, hoffentlich kommt sie an die Nagelfeile, wenn sie sich denn für die Nagelfeile entscheidet.

Sie bleibt nie direkt hinter der Tür stehen, sie müsste sechzehn Minuten stehen bis Neuss, deshalb sucht sie jeden Morgen den freien Platz, den es immer gibt, aber sie erreicht ihn nie. Zwar kann sie nicht umfallen, denn wenn sie fällt, fällt sie gegen einen der Umstehenden, der womöglich zurückspringen will, wenn sie ihn berührt, was er aber nicht kann, weil es zu voll ist.

Gift injizieren, mit Nagelfeilen stechen. Dem Jungen mit dem Rucksack, der ihr ins Kreuz drückt, ins Herz stechen. Dem alten Mann, dessen Mantel nach verdorbenem Fisch riecht, in den Nacken stechen. Der dicken Frau, die schnauft, weil sie keine Luft kriegt zwischen den Rucksäcken, eine Giftspritze in den Bauch pieksen. Aber sie hat kein Gift. Es muss anders gehen. Sie muss ihren Ekel beherrschen, sie muss an ihre Flasche kommen. Gut, dass immer alle Leute Wasserflaschen mit klaren Flüssigkeiten dabei haben heutzutage.

*

»Von denen fährt keiner mit dem Zug, die fliegen alle, obwohl sie damit das Klima kaputt machen, das ist denen scheißegal, scheißegal ist denen das, die kürzesten Strecken, steigen in ihren eigenen Hubschrauber, fliegen von Düsseldorf auf die Bahamas für die nächsten Schweinereien, ich habe drei Söhne großgezogen, mir kann keiner was, Schweinereien, wohin man guckt, eigentlich will ich das gar nicht lesen, aber man muss es doch wissen, schwarz auf weiß und alle sollen es wissen, was so los ist, denen sind wir doch scheißegal sind wir denen, und die Atomkraftwerke bauen sie ohne Rücksicht auf Verluste und ich weiß Bescheid." Diese arrogante Ziege in dem hellen Mantel, die sehe ich jeden Morgen und ich sehe, dass sie alle anderen Menschen hasst. Dass sie es hasst, mit dem Regionalexpress zu fahren, mit diesem Pöbel, zu dem auch ich gehöre. Was ist eigentlich Pöbel? Ihren Mantel, den hat sie sich nicht selbst auf der Königstraße gekauft, obwohl sie so tut, diese Frauen tun alle so, als ob sie alles selber kaufen können, was sie haben wollen, egal, wie teuer es ist.

Laut sagt sie: »Drei Söhne, alle haben was gelernt und keiner dankt es mir und was tut man nicht alles und sie steigen in ihre Flugzeuge und Hubschrauber und fliegen über uns weg und wir stehen uns hier die Beine in den Arsch und sie bauen schon wieder Atomkraftwerke und alles fliegt uns um die Ohren.«

Sie hat gesehen, dass der Mann, der ihr gegenüber sitzt, zusammengezuckt ist. Sie kichert. Das gluckst in ihr und aus ihr heraus, da kann sie nichts dran ändern.

»Man muss sich wehren«, sagt sie und guckt ihn an, weil sie weiß, jetzt guckt er weg und sie wedelt mit der ‚Rheinischen Post', dann haben sie Angst vor ihr, einer dreifachen Mutter, die niemandem etwas tut, nicht einmal ihren Kindern hat sie je etwas getan, obwohl das jeden Tag in der Zeitung steht, dass Mütter ihre Kinder verhungern lassen.

»Das will was heißen heutzutage, meine Kinder haben nie gehungert«, sagt sie und beugt sich vor und der Mann zuckt wieder und starrt angestrengt auf den Kaschmirrücken der eleganten Frau, die immer steht und so tut, als ob sie nicht steht, sondern dem einen freien Platz zustrebt, den es immer gibt und die nie sitzt und sich nicht gemein machen will mit den anderen, sie ist keine gewöhnliche Pendlerin, mit diesem Mantel, das sieht sie, ihr macht keiner was vor, die trägt hier eine ganze Jahresmiete durch den dreckigen Zug.

»Meine Söhne, die haben alle was gelernt«, sagt sie laut und alle gucken aus dem Fenster und sie wird leiser, weil es immer so ist, dass alle wegsehen und letztlich macht es keinen Spaß, aber sie muss es doch sagen, es kommt wie das Kichern und einmal wird jemand zuhören.

Der ekelt sich, der gegenüber, dabei hat sie sich heute gewaschen und der hat auch bessere Tage gesehen, das sagt man immer, bessere Tage gesehen, bessere Tage gesehen, bessere Tage gesehen, bessere Tage gesehen.

»Ich habe auch einmal bessere Tage gesehen, bessere Tage gesehen, junger Mann.«

*

Keiner wagt es, sie zu unterbrechen. Es ist peinlich, wenn jemand spricht, als ob er laut denkt. Halt die Klappe. Die Verrückte, jeden Tag die Verrückte. Irgendwie sitzt sie immer dort, wo er sitzt. Er steigt extra erst in Krefeld-Oppum ein, obwohl er dann früher aufstehen muss und er wechselt den Waggon jeden Tag. Und immer sitzt sie doch in dem Waggon, in dem er sitzt und wenn er aufstehen will, muss er sie berühren. Ihre dicken Knie in den lila Trainingshosen, weshalb heißen die Trainingshosen? Und er sieht ihren schuppigen Scheitel, aus dem das weiße Stroh herauswächst und einmal hat er es gewagt, ist aufgestanden, als sie mitten im Satz war und keine Haltestelle angesagt war, einfach so, er musste das unterbrechen, irgendwie, da schrie sie los: »Ja, das wollt ihr alle nicht hören.«

Und er plumpste zurück, er plumpste wirklich, wie

umgestoßen von ihrem Geschrei und sank, ja wirklich, er sank in sich zusammen, wie eingeknickt und hätte gerne geweint.

Der Duft des Kaschmirs würgt ihn. Kaschmir stinkt. Ihre apricotfarbenen Wangenknochen, teure Wangenknochen. Das Haar knistert teuer. Was macht die hier? Wer bezahlt ihre Wangenknochen und ihren Friseur? Zahlt dir dein Alter nicht mehr genug für ein Auto? Wie wohl Blut aussähe auf dem cremefarbenen Kaschmir. Künstlerisch wertvoll, hat sie immer gesagt, künstlerisch wertvoll. Zum Kotzen. Mit seinen Unterhaltszahlungen kann sie ihre künstlerisch wertvollen Gespräche nun bestimmt auch in Kaschmir von der Königstraße führen.

*

Die Fischermans hatten nichts genutzt. Immer hatten sie genutzt, Chanel Nr. 5 und Fischermans. Niemand hat etwas gemerkt, jahrelang nicht. Und dann dieser übereifrige Polizist auf der Moerser Straße, auf der nichts los war, gar nichts, der wollte eine Trophäe, so eine wie sie, elegant, attraktiv, erfolgreich, das bringt die weiter, das bringt denen Ansehen bei den Kollegen: »Habe eine hochgenommen, sage ich euch, Rasseweib«. Vielleicht sagen sie auch nicht »Rasseweib«, wer weiß das, man ist ja nie dabei, wenn sie ihre widerlichen Gespräche über Frauen führen. Die wollte er anhalten, sie wollte er anhalten, darauf hat er sein lächerliches Polizistenleben lang gewartet. Die darf er misstrauisch beschnüffeln. Dabei war die Ampel an der Ecke Leyenthalstrasse noch gar nicht richtig rot, gelb war sie, das hat sie auch dem Richter versucht zu vermitteln, sie war nicht richtig rot und die Sonne blendete sie. Aber er bestand auf einer Blutprobe. Ohne Führerschein ist ein Mensch kein Mensch, sondern ein willenloses Ding in vollgestopften Regionalzügen. Dieser Kontrolleur sieht auch so aus, kleine eitle Männer in Uniformen mit Macht. Sie hat sich lange gegen eine Monatskarte gesträubt, die hat so etwas Bleibendes, Routiniertes, Alltägliches und sollte doch nur eine vorübergehende Ausnahme sein. Aber die Monatskarte erspart ihr immerhin das Abstempeln, das Drängeln und Schieben hin zum Automaten. Aber auch ohne dies ist sie ausgesetzt. Ausgesetzt diesem Fettsack vor ihr, dieser Wahnsinnigen mit ihren angeblich drei Söhnen, diesem verdrucksten Typen mit dem feigen Blick, der immer gegenüber der Bescheuerten sitzt, die aus der Alexianer-Klinik ausgebrochen sein muss und immer einen Platz findet. Unglaublich, dass solche Leute Kinder haben. Aber Menschen wie ihr, die jeden Tag hart arbeiten, die die Wirtschaft voran bringen, die ästhetisch sind, nimmt man den Führerschein weg wegen einer Lappalie, wegen eines triebhaften Polizisten, der sie beschnüffeln wollte und treibt sie in Mordphantasien und zwischen diese quetschenden, schwabbeligen Körper.

*

Blut, sie darf nicht an Blut denken. Komisch, wenn sie den hellen Mantel dieser Tussi sieht, muss sie an Blut denken. Wie eine Landkarte würde sich das Blut darauf ausbreiten. Wahrscheinlich hat sie ein Kind tot gefahren und keinen Führerschein mehr. Solche Frauen gebären keine Kinder, sie fahren sie tot im Vollrausch mit 200 Sachen, mitten in der Stadt.

»Das Klima ist denen scheißegal, das geht denen am Arsch vorbei in ihren Hubschraubern.«

Die Mädchen mit ihren nackten Bäuchen im Winter, die drehen sich weg, wenn ich ihnen etwas erzähle. Es kommt aus mir raus. Wie das Kichern. Ich soll üben, haben sie in der Alexianer-Klinik gesagt: »Üben Sie zu schweigen. Zwei Stationen schaffen Sie ganz bestimmt, nur vom Hauptbahnhof bis Meerbusch-Osterath, das sind neun Minuten, das können Sie schaffen. Kaufen Sie sich aber keine Zeitung, die regt Sie nur auf.« Diese Kontrolleurin in dem Mantel von der Königstraße, die haben sie wegen ihr in den Zug geschickt. Die soll gucken, ob sie wirklich keine ‚Westdeutsche' gekauft hat. In ihrem Auftrag ist die hier, die ist es, jetzt weiß sie das, als neureiche Tussi getarnt. Sie wusste gleich, dass solche Frauen eigentlich nicht mit dem Regionalexpress fahren. Oh ja, sie hat sie jetzt erkannt und entlarvt. »Und tragen Sie niemals ein Messer bei sich, Sie wissen doch jetzt, Sie brauchen gar kein Messer, niemand tut Ihnen etwas«, haben die in der Alexianer-Klinik gesagt. Aber die kann mir nichts, diese Kontrolleurin in ihrem teuren Mantel, ich habe sie erkannt, die haben sie geschickt und nun habe ich doch eine Zeitung gekauft, aber das Messer wird sie nicht finden.

*

Mit dieser Fettwachtel werde ich irgendwann auch fertig, die mit ihren Söhnen. Ich habe auch zwei Söhne, ist das hier ein Wettbewerb um die Anzahl von Söhnen oder was? Monatskarte, ein leitender Diplom-Ingenieur mit Monatskarte von Krefeld-Hauptbahnhof bis Dormagen, lächerlich ist das, peinlich ist das, vernichtend ist das. Diese Kaschmirzicke, die macht mich wahnsinnig, die macht mich fertig, genauso wie diese Fettwachtel mit der ‚Westdeutschen Zeitung'. Die mit dem Mantel, die sieht aus wie sie. Sie steht auch in solchen Mänteln in Zügen, weil sie Angst hat, sie macht sich schmutzig auf Sitzen, auf denen schon andere Menschen gesessen haben. Männer wie ich, die sich nicht mal mehr ein Auto leisten können, weil sie auf Frauen wie die hereingefallen sind. Ausgenommen wie eine Weihnachtsgans, dämlicher, saublöder Spruch, gibt irgendwie keinen anderen. Jetzt guckt die auch noch, was guckt die denn? Guck bloß, du, Frauen wie dich, die sollte man . . . aber das Geld ist trotzdem weg.

Man kann ja mal nachhelfen, dass sie schneller raus

kommt aus dem Zug, den sie so hasst, das sieht er ihr an, stellvertretend könnte er mal nachhelfen, in Neuss steigt die aus, das weiß er, das hat er beobachtet, weil er sie immer angucken muss, weil sie so aussieht wie die Mutter seiner Söhne.

Immer bin ich feige gewesen, denkt er. Da reden sie immer von den Opfern, die die Frauen angeblich bringen. Ich sehe die nicht, ich kenne keine einzige Opferfrau, Opfer tragen keine solchen Mäntel, die Feiglinge wie ich ihnen mit ihren Unterhaltszahlungen finanzieren und dann selber mit verrückten Fettwachteln im Zug sitzen müssen und dieser Halbtürke da, den könnten sie auch mal rausschmeißen mit seinen aufgedrehten Bässen, die mir in den Magen wummern. Aber ich sage nichts, ich bin doch nicht lebensmüde, noch nicht, die haben doch alle Messer dabei. Sagt man: »Mach' die Musik leise«, hat man sofort ein Messer im Bauch und das merkt hier kein Schwein, wer das war und um mich kümmert sich sowieso keine Sau, ich kann hier tot von der Bank fallen, wahrscheinlich auf die Verrückte, dann hätte die endlich mal was zu erzählen, da sähen ihre Söhne und Hubschrauber aber alt aus. Vielleicht wäre es doch nicht das Schlechteste, hätte das Elend ein Ende, bekäme sie kein Geld mehr. Aber ich hätte auch nichts davon. Die mit dem Mantel, die nestelt immer in ihrem Mantel rum, wahrscheinlich sucht die ihr Designer-Handy, das sie sich vom Geld ihres Geschiedenen gekauft hat.

*

Noch ein paar Minuten. Dann kommt sie an ihre Flasche in der Innentasche dran. Warum kann sie sich nicht entschließen, die Nagelfeile in diesen Fettsack zu stechen, der ihr keine Luft zum Atmen lässt? Sie wird ihre Haltestelle verpassen, sie kommt nicht an ihm vorbei, an niemandem kommt sie vorbei, wenn alle zum Ausgang drängen, sie wird bis Köln/Messe-Deutz im Zug bleiben müssen, zwischen den stinkenden Leibern, ohne Chance, an ihre Flasche zu kommen. Vielleicht muss sie hier sterben, zusammengequetscht und verdurstet, nur weil ein geiler Polizist sie nicht in Ruhe lassen konnte. Der Kontrolleur wird sie nicht retten, der wird eine geifernde Freude haben, wenn sie zusammengedrückt aufgefunden wird, nachdem alle ausgestiegen sind.

*

Sie kann einfach nicht an dem Zeitungskiosk vorbeigehen, sie braucht doch etwas als Vorwand, ohne Zeitung glauben die Leute, sie redet einfach so vor sich hin, und das Messer braucht sie auch, man weiß doch, das dauernd etwas passiert, da kann keiner ihrer Söhne sie beschützen und diese Klinikherren, die fahren nicht mit dem Regionalexpress, die fliegen mit ihren eigenen Hubschraubern und geben einem die verbilligte Monatskarte, damit man aus dem Wege ist und nicht rumlungert und wenigstens auf den Schienen hin und her gefahren wird, anstatt am schicken Bahnhof zu sitzen. Die wissen nicht, dass man sich schützen muß vor den anderen Reisenden, denen man auch nur im Wege ist.

*

»Mensch, guck mal, da kommt Blut raus.«

»Igitt! Hilfe!!!!«

»Ich muss hier aussteigen, passen Sie doch auf, was ist das denn?«

»Hilfe! Lassen Sie mich aussteigen.«

»Hier liegt jemand! Pass' doch auf.«

»Schieben Sie doch nicht so, jeder kommt raus.«

»Hören Sie doch auf zu schreien, was soll denn das? Wieso schreien Sie so?«

»Halt, Mensch, da liegt jemand. Hilfe!!! Treten Sie doch da nicht drauf. Sehen Sie nicht, da liegt Jemand mit einer Flasche in der Hand. Hier ist Blut, hier ist Blut.«

»Vorsicht, hier sind Scherben! Mir wird schlecht. Mein Herz. Polizei! Schaffner! Polizei! Wo ist denn die Polizei?«

»Geh' doch mal raus, verdammt.«

»Gehen Sie bitte weiter.«

»Hier liegt was, hier liegt wer, Scheiße!! Hilfe, Hilfe!!«

»Wo? Wer? Was ist los? Kommt denn keiner?«

»Bitte bewahren Sie Ruhe. Bitte bewahren Sie Ruhe.«

*

»Wissen Sie, ich habe drei Söhne großgezogen, ich tue niemandem etwas.«

Der Polizist, der hört mir gar nicht zu, der schnauzt den Jungen an, dass er die Ohrstöpsel rausnehmen soll und um den schönen Mantel ist es wirklich schade, obwohl sie arrogant aussah und immer Angst hatte, dass ich sie berühre, war es doch ein schöner Mantel und den kriegt man nun nicht mehr sauber mit dem vielen Blut, denkt sie und muss kichern, ich hätte vielleicht merken müssen, dass der von gegenüber plötzlich aufstand, obwohl er immer erst in Dormagen raus muss, das weiß ich ja, dass er erst in Dormagen raus muß, weil er doch immer mir gegenüber saß, aber plötzlich stehen so viele auf in Neuss und er auch und ich habe mich schon gewundert und ich dachte, der geht auf mich los, weil ich immer so viel reden muss, nun sehe ich ihn aber gar nicht mehr und auf mich reden sie immer ein, ich soll kein Messer mitnehmen, aber es ist gut, dass ich es dabei habe, es passiert doch so viel und ich bin froh, dass es keiner sieht und niemand wird mich danach fragen, weil ich ja die Verrückte mit der ‚Westdeutschen Zeitung' bin und wer weiß, was die ihm getan hat, die mit dem Mantel, er wird ja einen Grund gehabt haben, dass er auch ein Messer dabei hatte, aber ich werde mich hüten, etwas zu sagen, ich rede sowieso zu viel, ich soll doch schweigen vom Hauptbahnhof bis Meerbusch-Osterath, aber ich schweige jetzt sogar noch viel länger.

Der fünfte Teil

Oskar Herkenrath seufzte. »Er war ein guter Mensch. Ich habe das sofort beim ersten Gespräch mit seiner Tochter gespürt.« Dem Germanisten, ehemaligen Taxifahrer, Kneipier und selbsternannten Trauerredner, gelang mit Mühe ein würdevolles Lächeln.

»Sie haben mich sehr gerührt. Als hätten Sie ihn gekannt. In Ihrer Ansprache steckt viel, das mir in meiner Trauer hilft.« Mit ihrem spitzenbesetzten Taschentuch tupfte sie ihre Augenwinkel.

»Oh, das freut mich außerordentlich. Dann ist meine Aufgabe erfüllt.« Herkenrath nickte mit entrücktem Blick, den er so lange vor dem Spiegel einstudiert hatte, bis er perfekt saß. Dieser Ausdruck, der Anteilnahme, Verständnis und würdevollen Abstand in sich vereinte, war sein größtes Kapital, sein Markenzeichen.

Die Hinterbliebenen buchten in erster Linie seinen Blick, der ins Unendliche zu reichen schien, seine aristokratische Haltung, wenn er im schwarzen Anzug, den Rükken durchgedrückt, gemessenen Schrittes, die Augen nach vorne gerichtet, dem Rednerpult zustrebte, um sich schließlich mit einer abgezirkelten Drehung seinem Publikum zuzuwenden.

»Ich habe Johannes in den letzten Kriegstagen kennen gelernt. Wir waren aus Ostpreußen geflüchtet, und gerade erst in Odenkirchen angekommen. Er hat mir einen Apfel geschenkt. Ich erinnere mich genau. Zwar schrumpelig, aber damals eine Kostbarkeit.«

Herkenrath trat von einem Bein auf das andere. Mertens

war tot. Beerdigt. Herkenraths Job war damit erledigt. Asche zu Asche.

»Das ist wirklich interessant, aber darf ich mich jetzt verabschieden? Es wartet noch viel Arbeit auf mich.«

»Aber ja. Und, vielen Dank noch mal. Haben Sie eine Karte? Für meine Erben.« Glorietta Trautheim strahlte Oskar Herkenrath an.

Herkenrath drückte ihr seine Visitenkarte in die Hand und verließ fluchtartig den Vorraum der Totenhalle. Er scheute nichts mehr als Hinterbliebene. Was ging ihn ihre Trauer an? Dafür hatte er keinen Platz. Dafür trat er nicht an. Es war auch nicht das Geld – er hatte genug davon. Er wollte nur ihre Aufmerksamkeit. Sie mussten ihm Publikum sein und er wollte ihre andächtigen Blicke sehen.

Oskar Herkenrath lächelte die Kellnerin an, die einen frischen Milchkaffee brachte. Es war sein Ritual geworden, sich nach seinen Auftritten ein zweites Frühstück in seinem Lieblingscafé zu gönnen. Und außerdem musste er auf eine regelmäßige Ernährung achten. Eine erbliche Last und der Tribut an sein Alter, hatte der Arzt gesagt. Na, wenn schon, hatte Herkenrath achselzuckend geantwortet, Diabetes ist eine behandelbare Volkskrankheit. Er sei wenig beunruhigt.

Von seinem Fensterplatz im Erker der ersten Etage des ‚Valentino', hatte er den besten Blick auf die Mönchengladbacher und die Menschen aus den umliegenden Dörfern wie Niederkrüchten, Boscherhausen oder Dam, die auf Schnäppchenjagd waren. Der freie Blick auf die Fußgängerzone gab ihm das Gefühl, am Leben zu sein. Nicht zu unterschätzen, angesichts seiner Profession.

Bis auf eine Handvoll Schüler und Hausfrauen, war er alleine im Café. Sein Erfolg bei Mertens' Trauerfeier beflügelte ihn. Und mit einem knusprigen Käsebrötchen auf dem Teller und einem dampfenden Kaffee in der Hand, ließ sich das Telefonbuch gleich doppelt gut lesen. Er fuhr mit dem Finger die eng bedruckten Spalten entlang. Ihn interessierte weniger die alphabetische Sortierung der Namen, er suchte Einträge, die einen Hinweis auf den Beruf und das Alter des Anschlussinhabers gaben, z.B. Ernst Reuter, Baudirektor a.D., oder: Joseph von Lauff, Oberstudiendirektor a.D.. Welche Projekte mochte Reuter während seines Berufslebens verwirklicht haben, womöglich fern ab der Heimat in Ägypten oder gar am Amazonas? Welches literarische Talent mochte sich hinter dem Namen ‚Lauff' verbergen?

Oskar Herkenrath sah sich schon im Gespräch mit ihnen und hatte bereits erste Entwürfe für seine Trauerreden im Kopf. Er hatte immer Ideen parat. Er war ein Künstler, ein Meister der wohlgesetzten Rede. Er wusste, er war dazu berufen, die Menschen zu begeis-tern. Er war sozusagen Komponist und Dirigent seiner Partituren des Todes in einer Person. Er war ein Genie.

Dabei hatte er sein Talent eher zufällig entdeckt. Er hatte immer schon gut zuhören können, eine Gabe, die ihm als Taxifahrer manches zusätzliche Trinkgeld eingebracht hatte und ihm auch von Nutzen gewesen war, als er auf der Waldhausener Straße das ‚Café Elend' betrieben hatte.

Ein Bekannter hatte ihn irgendwann gebeten, ein paar Worte am Grab eines verunglückten Schulfreundes zu sprechen. Die Andacht in den Gesichtern der Trauernden, ihre bewundernden Dankesworte beim anschließenden Beerdigungskaffee im ‚Haus Erholung' hatten ihm gezeigt, dass er endlich seine wahre Berufung gefunden hatte. Wochen später noch hatten die, die dabei gewesen waren, ihn und seinen Auftritt in der Einsegnungshalle gepriesen.

Fortan war die Totenhalle sein Atelier. Fortan galt er als die ideale Besetzung, wenn es hieß, das Leben und die Leistung der Verstorbenen zu würdigen. Dass seine Aufträge zunächst nur sporadisch kamen, machte ihn unzufrieden, und schon bald tüftelte er an Ideen zur Beförderung seiner Karriere. Er warb mit ansprechend gestalteten Flyern, seriös wirkenden Visitenkarten und unverbindlichen Probereden bei den Bestattern der Region für seine Kunst. Ein genialer Einfall, wie er alsbald zufrieden hatte feststellen können.

Oskar Herkenrath trank einen Schluck Kaffee und biss in sein Brötchen. Er wischte die Krümel von den dünnen Seiten. Jeder dieser vielen Tausend Namen versprach eine interessante Biografie. Sie musste nur herausgearbeitet werden. Wenn er, Oskar Herkenrath, wollte, konnte er aus jedem noch so unscheinbaren Leben eine Leichenrede modellieren, wie nur ein begnadeter Bildhauer aus einem Klumpen Ton Kolossales erschaffen konnte.

Für Oskar Herkenrath war das Telefonbuch die Tongrube, aus der er den Lehm für seine Kunst entnahm. Er hatte damit in einem Akt berauschender Inspiration Reden geformt, die unübertroffen bleiben würden. Er hatte die Biografien für die Ewigkeit in die Köpfe seiner Zuhörer modelliert, nein, unauslöschlich eingebrannt.

Oskar Herkenrath sah auf die Fußgängerzone und beobachtete einen Postboten, der sein Rad an das Schaufenster des Juweliers gegenüber lehnte und dachte dabei zufrieden an die Dankesschreiben, die er regelmäßig nach den Beerdigungen bekam. Er hob sie alle auf, archivierte sie sorgfältig wie Expertisen seiner erhabenen Kunst. Einige von ihnen hatte er rahmen lassen und aufgehängt.

Er bevorzugte »Material«, das gebildet, vermögend, und alleinstehend war. Menschen, die im Leben weit fortgeschritten waren und ihm einiges an Anekdoten, Leistungen und Merkwürdigkeiten zu bieten hatten. Senioren also, wobei er das Wort nicht sonderlich mochte. Ihm war »Vollendete« der passendere Begriff. Oskar Herkenrath wandte seinen Blick ab. Postboten hatten wenig zu bieten.

In den Anfängen hatte es Herkenrath gewundert, wie

einfach es war, mit seinen »Rohstoff-Lieferanten« in Kontakt und ins Gespräch zu kommen. Die Menschen waren vertrauensselig, die meisten schienen regelrecht auf ihn gewartet zu haben. Seine »Quellen« waren schon lange einsam. Ihre Kinder lebten in einer anderen Stadt, standen mitten im Beruf und hatten wenig Zeit. Die »Vollendeten« waren nur allzu gerne bereit, ihren Argwohn zu ignorieren und ihn in die Wohnung zu bitten. Ihre Hoffnung auf Abwechslung hatte etwas Rührendes und machte es ihm doppelt leicht. Er hatte ihnen zweifellos »Abwechslung« geboten. Er lächelte bei dem Gedanken.

Johannes Mertens zum Beispiel, den er vor nicht mal zwei Stunden von dieser Welt verabschiedet hatte, war wie alle anderen ein williges Objekt für seine künstlerische Seele gewesen, hatte ihm geradezu stolz ‚Modell' gestanden.

Bei dem gelernten Kunsttischler hatte er überaus leichtes Spiel gehabt. »Bühnenbauer« hatte hinter seinem Namen gestanden. Herkenrath hatte sofort das Leitthema vor Augen gehabt: Er würde den Bogen zur großen Weltbühne schlagen, an der auch ein Mann wie Johannes Mertens mitgebaut hatte. Das Rädchen, das dem Schwungrad der Weltpolitik verpflichtet gewesen war. Der kleine Mann, der mitgeholfen hatte, die Bühne für die Großen vor, während und nach dem Krieg zu bauen. Er fühlte jetzt noch die Begeisterung seines Publikums.

Fiebernd vor Erregung hatte er seinerzeit die angegebene Nummer in sein Telefon eingetippt und dem Freizeichen gelauscht. Allerdings hatte an jenem Vormittag niemand abgehoben. Statt enttäuscht zu sein, hatte ihn die verpasste Gelegenheit nur noch mehr angespornt. Er hatte auf dem Nachhauseweg einen Umweg gemacht und ohne genau zu wissen, was er sagen würde, an Mertens' Wohnungstür geklingelt.

Es war denkbar einfach gewesen. Er hatte sich als Reporter vorgestellt, der für die lokale Ausgabe der ‚Westdeutschen Zeitung' einen Artikel über das Handwerk hinter den Kulissen des Theaters schreiben wolle.

Johannes Mertens hatte ihn bedenkenlos hereingebeten. Bei einer Tasse dünnen Kaffees und schon weichen Keksen hatten sie lange über die Arbeit eines Bühnenbauers gesprochen und auch darüber, wie der Streit um die Finanzierung des Gemeinschaftstheaters die Zukunft der kulturellen Vielfalt in Krefeld und Mönchengladbach in Gefahr brachte.

In den darauf folgenden Wochen hatten sie sich noch mehrmals zum »Plausch« getroffen.

Mertens' Todestag war von Herkenraths Terminkalender bestimmt worden . Der Freitag vor eineinhalb Wochen hatte sich als günstig erwiesen. Zum einen hatte Herkenrath seine Rede schon fast fertig, andererseits hatte er so genügend Luft bis zu seinem nächsten Einsatz.

Die Todesursache war die gleiche wie immer gewesen. Bereits bei seinem ersten Besuch hatte Oskar Herkenrath unauffällig Mertens Wohn- und Lebenssituation überprüft. In der Küche hatte er neben der Dose mit Filterkaffee den Karton mit Insulin entdeckt: Diabetes mellitus Typ 2, zusammen mit dem Pen zum Spritzen; für seine Zwecke ein überaus filigranes Werkzeug.

Johannes Mertens war in seinem Lieblingssessel sanft entschlafen – so hatte es später in der Todesanzeige geheißen. Niemand hatte den Einstich der hauchdünnen Nadel bemerkt und schon gar nicht erkannt, dass der Bühnenbauer an einer Überdosis Insulin gestorben war.

Herkenrath war ein regelrechter Kontrollfreak. Bei einem der Besuche hatte er einen Flyer des Beerdigungsinstitutes, mit dem er kooperierte, unauffällig bei Mertens platziert und einige in der Nachbarschaft verteilt. Wie immer, wenn er überzeugt war, einen neuen Auftrag in Aussicht zu haben. So konnte er ziemlich sicher sein, dass die Angehörigen arglos blieben, und er nicht um die Früchte seiner Arbeit gebracht würde.

Oskar Herkenrath seufzte und schmunzelte. Das Leben konnte so einfach sein.

»Haben Sie noch einen Wunsch?«

Herkenrath schrak auf. Er war noch ganz in Mertens' Welt.

»Ich wollte Sie nicht erschrecken.«

Der Trauerredner winkte nachsichtig ab. »Schon gut. Bringen Sie mir bitte ein Wasser.«

Interessiert sah er der Kellnerin hinterher, deren keck wippender Hintern ihn daran erinnerte, dass es im Leben noch etwas anderes gab als den Tod.

Er überlegte, ob er sie zu sich an den Tisch bitten und ein bisschen mit ihr flirten, und wie beiläufig mit seinem eigenen Pen spielen sollte, der sichtbar neben seiner Tasse lag. Vielleicht würde er etwas von seinem Interesse an dem Leben Anderer erzählen. Das wäre ein Spiel mit dem Feuer. Aber dann schalt er sich einen Dummkopf. Er musste sich konzentrieren.

Seine Arbeit war hart. Auch wenn ein Außenstehender hätte meinen können, es ginge nur um die Sammlung von Worten, die bloß zu einer Rede zusammengefügt werden mussten. Nein, er durfte seine Zeit nicht mit einem dummen Flirt verschwenden. Obwohl, er seufzte, ein wenig Ablenkung würde ihm gut tun. Aber: Er hatte eine Aufgabe zu erfüllen!

Er seufzte erneut und freute sich an dem Anblick der dunkelhaarigen Kellnerin, die sein Mineralwasser brachte. Aber er würde sich erst dann eine Abwechslung gönnen, wenn er den nächsten Gipfel seiner Leidenschaft erklommen haben würde. Erst musste er weiter an dem selbstgewählten Zyklus kreativer Berufe arbeiten. Mertens war Nummer Vier gewesen. Oskar Herkenrath konzentrierte sich auf das Telefonbuch, dessen Inhalt wie eine Partitur nur darauf wartete, von ihm interpretiert zu werden. Der Trauerredner wollte seinem Zyklus noch einen fünften Teil hinzufügen. Dazu brauchte er unbedingt einen

Namen und eine Berufsbezeichnung, die ihm den gewünschten Höhepunkt versprachen. Danach würde er sich, einem Malerfürsten gleich, einer neuen Phase zuwenden, einem neuen Abschnitt seines Schaffens.

Er lehnte sich zurück. Das Café hatte sich gefüllt, mittlerweile waren deutlich mehr Tische besetzt. Herkenrath schloss die Augen und gab sich für einen Augenblick dem leisen Summen der Stimmen hin, das den Raum auf eine Art erfüllte, die ihn angenehm schläfrig machte. Er legte seine Hände auf den Tisch. Er fühlte sich wie ein Pianist auf der Bühne, in höchster Konzentration vor seinem Instrument.

Oskar Herkenrath öffnete die Augen und beugte sich vor. Er durfte sich nicht zu lange Ablenkung von seiner Arbeit gewähren. Er musste strenger mit sich selbst sein. Er wusste, dass die Lust, die er seinem Körper im »Schaffensprozess« gönnte, ein flüchtiges Vergnügen war. Sein bis aufs Äußerste erregter Geist war ein Junkie, dessen Körper ruhelos und unerbittlich neue Nahrung verlangte. Seine Seele hatte sich wundgescheuert an Leben wie dem von Mertens, und verlangte Balsam.

Seine Seele war die wahre Künstlerin in Herkenraths Körper.

Er horchte in sich hinein. Er spürte ihr leises Nagen. Sie würde nicht stillhalten, also nahm er seine Suche in den Kolonnen aus Adressen wieder auf. Ein Musiker wäre passend. ‚Sie spielte Cello' – er dachte an das alte Lied. Er würde einem Cello gleich das Leben dieses Musikers so erklingen lassen, dass die Trauernden würden weinen müssen.

»Darf ich Sie etwas fragen?«

Oskar Herkenrath sah unwillig von seinem Telefonbuch auf. »Ja?«

»Ich«, sie räusperte sich verlegen, »habe Sie hier schon öfter gesehen. Sie sitzen immer an späten Vormittagen im Erker, immer am gleichen Tisch, nehmen stets ein Käsebrötchen und Milchkaffee, blättern lange in einem Telefonbuch, machen sich Notizen, und haben ihren Pen auf dem Tisch liegen.« Sie deutete auf den blauen Kunststoffkolben, der die Form eines Füllfederhalters hatte.

»Sie beobachten mich?« Oskar Herkenrath fühlte sich unwohl. Er hatte jetzt keine Zeit für Smalltalk. Er würde später auf sie zurückkommen.

»Nicht, dass Sie mich falsch verstehen. Sie sind mir nur aufgefallen.« Sie lächelte vage. »In Wirklichkeit ist mir Ihr Pen aufgefallen.«

Herkenrath sah auf seine Spritze. »Sie kennen sich aus?«

Die Kellnerin trat näher. »Ich benutze den gleichen.«

»Sie sind Diabetikerin?«

»Mellitus 2.« Sie nickte und drückte das leere Tablett gegen ihren Bauch.

»Sie sind noch viel zu jung für Diabetes.« Er wollte jetzt nicht länger mit ihr sprechen, aber etwas hielt ihn zurück, unfreundlich zu sein.

»Schicksal.« Sie sah Herkenrath offen ins Gesicht. »Meine Familie.«

»Dann haben wir ja etwas gemeinsam.« Herkenrath lächelte ein wenig. »Setzen Sie sich doch.« Er deutete auf den freien Platz ihm gegenüber.

»Eigentlich erlaubt unser Chef das nicht. Aber gegen einen Augenblick kann er nichts haben, denke ich.«

Es war nur ein kurzes Gespräch, aber Herkenrath spürte von Beginn an eine Wesensverwandtschaft, die ihn in ihrer Intensität verblüffte. Damit hatte er nicht gerechnet. Ebenso überraschte ihn sein Vorschlag, sich einmal in Ruhe über Diabetes zu unterhalten.

Betina war in der Tat eine sehr hübsche Frau. Er mochte es, wie ihre Gesten ihre Worte unterstützten, und wie sie ihren Kopf zurücknahm, wenn sie lächelte.

Einen Musiker fand Oskar Herkenrath an diesem Tag nicht mehr.

Es folgten interessante Wochen, die nur so an ihm vorbeizurauschen schienen. Schließlich sehnte er ihre Treffen geradezu herbei. Er wollte mehr von ihr erfahren, und er wollte sich in sie verlieben. Er hatte keine Gedanken mehr für seine »Arbeit«. Zum ersten Mal hatte er das Gefühl, seine »Kunst« könne warten, seine Trauerreden würden auch später ihr Publikum finden.

Er verspürte eine innere Ruhe, die er lange vermisst hatte. Sie war vergleichbar dem Gefühl, das in ihm strömte, wenn er seine »Arbeit« beendet hatte und er sich eins fühlte mit der Welt.

Zunächst trafen sie sich »auf einen Kaffee«, wenn sie ihre Schicht im Valentino beendet hatte. Später verbrachten sie ganze Nachmittage im Museum Abteiberg, im Schloss Rheydt oder in einer der Galerien. Sie war Musik- und Kunststudentin mit einer Leidenschaft für klassische Musik. Seit ihrem siebten Lebensjahr spielte Betina Cello.

Oskar Herkenrath hatte bald das Gefühl, ohne Betina nicht mehr leben zu können. Sein früheres Leben, seine endlosen Nachmittage über den Seiten des Telefonbuches, waren in eine unwirkliche Ferne gerückt. Er konnte sich kaum mehr vorstellen, tagelang in seinem Arbeitszimmer gesessen und an seinen Texten gefeilt zu haben.

Schon bald war sie zu ihm gezogen.

Von seiner Leidenschaft und Berufung hatte Oskar Betina nie erzählt, auch wenn ihn sein Stolz gedrängt hatte, ihr von seinen »Erfolgen« zu berichten, damit er sie teilhaben lassen konnte an seinem Glück. Aber er hatte Angst, sie würde ihn nicht verstehen, vielleicht sogar verachten und ihn bei der Polizei anzeigen.

Er meinte nicht, dass er sich etwas vorzuwerfen habe. Nein. Er hätte es nicht ertragen, auch nur einen Tag von ihr getrennt zu sein.

Oskar Herkenrath fühlte sich wie ein vergessenes Musikstück, von Betina auf einem verlassenen Dachboden gefunden und zu neuem Leben erweckt. Er ließ es zu, dass sie ihn mit ihrer ungezähmten und vorbehaltlosen, von Konventionen unbelasteten Spielfreude neu erfand und interpretierte, an ungewöhnlicher Stelle ihre Betonungen setzte, ganze Passagen straffte, auf ihm wie ein unschuldiges, neugieriges Kind »spielte« und ihm das Gefühl gab, einzig auf dieser Welt zu sein.

Bis zu jenem Oktobertag.

Beim Frühstück in seinem Wintergarten hatten sie gut gelaunt über dies und jenes geplaudert, hatten herumgealbert und sich mit Croissant-Stückchen gefüttert. Sie hatten beiläufig über »sein« Café gesprochen, sein fast vergessenes Ritual, und dass er für den späten Vormittag einen Besuch plane; aus einer kleinen nostalgischen Laune heraus, und einer gewissen Abwechslung wegen.

Sie hatte abrupt geschwiegen, Tee getrunken und dann unerwartet schroff reagiert. Hatte ihm sogar vorgeworfen, sie nicht mehr zu lieben. Sie hatte ihn ratlos und verstört am Frühstückstisch zurückgelassen und sich in ihr Musikzimmer zurückgezogen, um Cello zu spielen.

Er war wie betäubt gewesen, hatte seine Umgebung nur noch wie durch einen Schleier wahrgenommen. Hatte er sie verletzt? Er war noch lange sitzen geblieben, unfähig ihr nachzugehen. Er hatte mit dem Zeigefinger die Brötchenkrümel hin und her geschoben, als könne er in den immer wieder neu entstehenden Bildern die Antwort auf seine Fragen finden.

Über seine plötzliche Lethargie schwebten die melancholischen Töne ihres Cellos, die leise aus ihrem Zimmer drangen.

Was hatte er getan? Er hatte ihr nichts vorenthalten. Dass sie in den zurückliegenden Wochen nur selten zur Uni gefahren war, hatte er ihrer stürmischen Leidenschaft zugeschrieben. Dass sie die meiste Zeit im Wintergarten die Sonne genossen und sie an den Abenden gemeinsam gekocht hatten, war ihm nicht ungewöhnlich erschienen. Ihm hatte es nichts ausgemacht, für sie beide zu sorgen, war er doch gerne in den Läden unterwegs, um mal hier die Frische des angebotenen Gemüses, dort die Qualität des ausliegenden Filets zu prüfen.

Sie waren sich selbst genug. Sie waren wie siamesische Zwillinge, untrennbar in ihrer Leidenschaft zu ihrem Leben und zur Musik. Mitunter hatten sie stundenlang im Wohnzimmer auf dem Boden gehockt, bei Tee oder Rotwein und klassischer Musik, hatten Bildbände über klassische und moderne Künstler durchgeblättert. Er hatte ihr Wassily Kandinsky und August Macke nahe gebracht, sie hatte von Gerhard Richter geschwärmt.

Und am Ende waren sie stets atemlos ihrer Lust gefolgt, begleitet von den erhabenen Kompositionen für Cello und Klavier von Strauss und Dvorak, gespielt von Mischa Maisky und Pavel Gililov. Sie liebten die CD ‚Morgen' und die himmlische Gelassenheit, die die Musik verströmte. Betina hatte ihm erklärt, dass Maisky bei den Aufnahmen ein Montagnana-Cello aus dem 18. Jahrhundert spielte. Oskar Herkenrath hatte sie für ihr Wissen und ihren Geschmack umso mehr geliebt.

Sollte er sich getäuscht haben? In Betina und ihrer beiden Visionen von der endlos währenden Liebe? War es der Altersunterschied?

Er fand keine Antwort. Aber er ging auch nicht ins Café. Am Nachmittag jenes Oktobertages war Betina wie verwandelt. Sie war fröhlich wie immer, erwähnte den Vorfall am Frühstückstisch mit keinem Wort. Sie tranken Tee und hörten »ihre« CD .

Für Oskar Herkenrath hätte es ewig so weitergehen können. Das Frühstück, das gemeinsame Kochen, die langen Gespräche über die Kunst des Lebens, über ihr gemeinsames Los, Diabetiker zu sein.

Und wäre er gefragt worden, was ihm die »Suche nach dem fünften Teil« bedeutete, er wäre der Frage mit Unverständnis begegnet. Dieser Part seines Ichs existierte nicht mehr.

Seine Behaglichkeit wurde allerdings zunehmend durch Situationen gestört, in denen Betina ihm, wie er es empfand, aus dem Nichts heraus Vorwürfe über Kleinigkeiten machte. Zunächst reagierte er tief betroffen, fühlte sich schuldig für ihr Gefühl, dass er sie in allem bevormunde. Er suchte nach Gründen für ihr seltsames Verhalten, ohne eine Antwort zu finden. Und es kostete ihn immer größere Mühe, am Ende solcher Tage mit Betina zur alten Ruhe zurückzukehren. Irgendwann reichte selbst der Morgen nicht mehr. Es gab Zeiten, da blieb Betina den ganzen Tag in ihrem Musikzimmer, aber Cello spielte sie kaum noch.

Herkenraths einzige Erklärung für ihr sonderbares Verhalten war seine, durch intensive Recherchen im Internet genährte, Vermutung, ihre Gemütsschwankungen hingen mit einem »relativen oder absoluten Mangel an Insulin«, zusammen. Das war, medizinisch gesehen, in der Tat eine mögliche Ursache.

Am Ende sprachen sie nicht einmal mehr miteinander. Seine hilflosen Versuche ihr nahe zu sein, indem er für sie kochte und ihr das Essen vor ihre Zimmertür stellte, bleiben unbeantwortet.

Er fühlte sich von Tag zu Tag kraftloser, litt vermehrt an Sehstörungen, verlor an Gewicht, seine Muskeln schwanden. Zu alldem hatte er ein gesteigertes Hungergefühl. Er verließ nur noch selten das Wohnzimmer. Manchmal kamen die einzigen Geräusche, die im Haus zu hören waren, von der auf Überlautstärke aufgedrehten CD ‚Morgen'.

Wer in jenem Spätherbst ins ‚Valentino' ging, fand an der Tür den Zettel, auf dem eine ‚freundliche Aushilfe für halbe Tage' gesucht wurde. Und wer nach der hübschen Bedienung fragte, die sich den langen Sommer über so aufmerksam um die Gäste gekümmert hatte, blickte in die verschlossenen Gesichter der Kellnerinnen und Kellner.

Auf der ersten Lokalseite der Tageszeitung stand später zu lesen: ». . . dass die 29 Jahre alte Angeklagte ihren Freund aus Hass auf die immer stärker werdende Bevormundung durch das spätere Opfer, umgebracht hat. Der Vorsitzende Richter Lothar Beckers hob in seiner mündlichen Urteilsbegründung hervor, dass es sich bei dem Mord um eine besondere perfide Form der ‚Heimtücke aus niederen Beweggründen' handelt. Oskar H., 49, sei völlig arglos gewesen, als Betina T. ihm die Überdosis Insulin verabreicht hat. Nur der besonderen Erfahrung der Todesermittler sei es zu verdanken, hier nannte er insbesondere den KHK Mario Eckartz, dass die Kunststudentin schon wenig später nach dem Mord als mutmaßliche Täterin festgenommen werden konnte. ck.«

Anni!

Paul Erdmann war in seiner Welt. Ausgestreckt auf der gemütlichen Couch war er in ein spannendes Buch versunken.

In der schönen Wohnung in Krefeld-Hüls, einem dörflichen Stadtteil von Krefeld, hatte sich Paul mit seiner Lebensgefährtin Iris ein gemütliches Nest gebaut. Hüls bot mit seinen kopfsteingepflasterten Straßen und urigen alten Gebäuden ein beschauliches Bild.

Barsch wurde er in die Realität zurückgeholt. Er hörte seinen Namen.

»Paul«, rief Iris.

Also klappte er das Buch zu und begab sich in die Küche zu ihr. »Was gibt es denn, mein Schatz?«

»Nun, es ist wieder soweit.«

Mehr brauchte sie nicht zu sagen und er wusste sofort, worum es ging. Schlagartig breitete sich in seinem Magen wieder dieses bekannte und verhasste Kribbeln aus.

Er war wohl so in sein spannendes Buch vertieft, dass er das Klingeln des Telefons überhaupt nicht wahrgenommen hatte. Also nahm dieser schöne und geruhsame Samstagnachmittag ein abruptes Ende, wie bereits viele Male zuvor. Und so setzte er sich in seinen Volvo und fuhr zu ihr. Tante Anni hatte gerufen und Paul sprang.

Iris hatte überhaupt kein Verständnis für sein sklavenartiges Verhalten und unterstellte ihm, dass er nur auf Tante Annis Erbe scharf wäre. Das bestritt er natürlich entschieden, obwohl sie mit dieser Feststellung exakt den Nagel auf den Kopf traf. Mein Gott, wie oft hing wegen dieser Frau schon der Familiensegen schief ? Als einziger möglicher Erbe war seine Hoffnung aber auch nicht ganz unbegründet. Außerdem wurde sie nächstes Jahr achtundsiebzig Jahre alt. Ewig konnte es also auch nicht mehr dauern, bis er sein Ziel erreicht hatte. Zudem ließ sie immer wieder wohldosiert durchblicken, dass sie ihn großzügig bedenken würde. Wie groß ihr Vermögen tatsächlich war, blieb aber mit einem großen Fragezeichen versehen.

Onkel Bruno, Gott hab ihn selig, war ein beliebter Arzt in Hüls gewesen und hatte ihr sicherlich erhebliche finanzielle Mittel hinterlassen. So musste es einfach sein.

Das große Problem war, dass sich bei Anni langsam aber sicher eine leichte Altersdemenz bemerkbar machte. Sie verlegte immer öfter Dinge und fand sie nicht wieder, manche Worte fielen ihr nicht ein. Das größte Problem war aber ihr Verfolgungswahn. Dieser bezog sich speziell auf ihre gesamte Nachbarschaft.

Tante Anni bewohnte eine schicke Eigentumswohnung in einem alten, aber sehr gepflegten Haus auf der Nieper Straße. Es lag etwas außerhalb des Ortes am Rand des Hülser Bruchs, einem idyllischen Waldgebiet im Krefelder Norden. Glücklicherweise war eine Bushaltestelle direkt vor der Tür. Es gab weitere fünf Wohnungen, die alle von ihren gut betuchten Eigentümern bewohnt wurden. Und alle fünf Parteien hatte Tante Anni zu ihrem Feindbild auserkoren.

Regelmäßig schellte Tante Anni reihum bei den Nachbarn und machte ihnen die verschiedensten Vorwürfe. Das schlimmste für sie waren die Geräusche. Sie kamen aus dem Wohnzimmerschrank, der Wand im Schlafzimmer oder aus dem Abstellraum. Paul musste sich bei Dunkelheit mit einer Taschenlampe bewaffnet in das Haus schleichen, um Zeuge dieser »Anschläge« zu werden. Natürlich hörte er nichts.

Auch das seltsame Knistern im Telefon, durch das sie abgehört wurde, konnten seine Ohren nicht bestätigen. Die Gegenstände, die sie nicht wieder fand, wurden natürlich auch durch fremde Personen, die heimlich in ihre Wohnung eindrangen, gestohlen. Dass ihre äußerst stabile Wohnungstür, die mit vier der besten Sicherheitsschlösser gesichert wurde, nie auch nur die kleinste Beschädigung oder einen sonstigen Hinweis des Eindringens aufwies, brachte sie von ihrem schrecklichen Verdacht natürlich nicht ab. Sie geisterte nachts durch das Treppenhaus und lauschte an den Türen der Nachbarn, um diese zu kontrollieren.

Der Höhepunkt ereignete sich, als sie einmal mitten in der Nacht die Polizei rief und wüste Beschimpfungen gegen die Nachbarschaft ausstieß. Die Beamten durchschauten sie glücklicherweise schnell und Paul musste einmal mehr vor Ort erscheinen, um Tante Anni zu beruhigen. Natürlich blieb es auch an ihm hängen, sich bei den Nachbarn zu entschuldigen.

Er war schon sehr gespannt darauf, was jetzt wieder los war. Er klingelte vier Mal, dass war das verabredete Zeichen. Normalerweise ertönte dann unverzüglich der Türsummer. Es tat sich jedoch nichts. Einen Schlüssel hatte Anni ihm natürlich nicht gegeben. So weit ging ihr Vertrauen auch wieder nicht.

Plötzlich öffnete sich die Haustür und Herr Wenke, der Hausmeister stand vor ihm. »Na, ist es mal wieder so weit?«, begrüßte er ihn mit einem mitleidvollem Blick. Auch er war eines von Annis Opfern.

Paul ging hoch in die dritte Etage und schellte erneut, jetzt direkt an der Wohnungstür. Er klopfte und hämmerte gegen die Tür. Nichts tat sich.

Aber sie musste doch da sein. Sie hatte ihn bisher noch nie umsonst kommen lassen. Ein beunruhigendes Gefühl beschlich ihn. Sollte ihr tatsächlich etwas passiert sein? Oder handelte es sich nur wieder um eine weitere Marotte?

Gegenüber ging eine Tür auf. Neugierig schaute ihn

Herr Beck, Annis unmittelbarer Nachbar, an.

»Herr Beck, haben Sie meine Tante heute schon gesehen?«, fragte er den netten alten Herren.

Aber der schüttelte nur mit dem Kopf und auch eine Nachfrage bei seiner Frau, die sich dazu gesellte, verlief negativ.

Mittlerweile war auch Herr Wenke hoch gekommen. Paul fragte sich, ob der Hausmeister vielleicht eine Möglichkeit hätte, die Tür irgendwie zu öffnen.

Als könne er seine Gedanken lesen, sagte dieser: »Wenn Sie wirklich Gewissheit wollen, sollten sie die Polizei und einen Schlüsseldienst verständigen. Die Tür Ihrer Tante ist so gut gesichert, die bekommt nur ein Fachmann auf.«

Polizei - ein Schlüsseldienst - was passierte hier? Das konnte doch alles nicht wahr sein?

Da kam Paul eine Erleuchtung. Christoph Müller, ein ehemaliger Klassenkamerad, war doch Polizist. Man sah sich ab und an mal im Dorf und hielt ein Schwätzchen. Christoph machte Dienst auf der Westparkstraße in der Polizeiwache Nord, die direkt neben dem Königpalast, der modernen Krefelder Multifunktionsarena, lag.

Das Glück war in diesem Fall auf Pauls Seite. Christoph hatte tatsächlich Dienst und war innerhalb von zwanzig Minuten bei ihnen. Nachdem er sich Pauls Geschichte angehört hatte, kam er zu der Entscheidung, den Schlüsseldienst zu verständigen. Der Vertragsschlüsseldienst der Polizei kam aus Fischeln, einem Ortsteil im Süden Krefelds, also genau vom anderen Ende der Stadt.

Pauls Nervosität steigerte sich ins Unermessliche. Die Freude über ein Erbe war das eine, aber die Gewissheit über den Tod eines doch so vertrauten Menschen war wirklich entsetzlich. Aber noch war es ja nicht so weit. Vielleicht gab es ja für alles eine einfache Erklärung.

Der Mitarbeiter des Schlüsseldienstes gab nach vierzig Minuten entnervt auf. »Die Tür krieg ich so nicht auf, die ist ja super gesichert. Da hilft nur Gewalt.«

Christoph schaute Paul an. »Es hilft alles nichts«, sagte er, »wir müssen irgendwie in die Wohnung.«

Paul war klar, dass es keine Alternative gab. Der Mitarbeiter des Schlüsseldienstes setzte einen sogenannten Schlossbrecher an. Mit diesem Gerät entfernte er die Schließzylinder aus der Tür. Dann setzte er eine Brechstange an. Die Tür ließ sich jetzt einen Spalt breit öffnen, denn noch befanden sich von innen zwei Sicherheitsketten in Position und hielten die Tür. Der Spalt war allerdings groß genug, um zu erkennen, dass von innen Tante Annis Schlüssel steckte.

Ein Kribbeln durchzog Pauls Körper. Sie musste also in der Wohnung sein.

Mit einer Spezialzange knackte der Mann vom Schlüsseldienst beide Ketten. Die Tür sprang vollends auf. Der Weg war frei.

Zwischenzeitlich hatten sich fast alle Nachbarn vor der Wohnung versammelt, um dem Schauspiel beizuwohnen.

Frau Naumann aus dem Erdgeschoss, die sich trotz ihrer fünfundachtzig Jahre bis in die dritte Etage geschleppt hatte, war vollkommen fassungslos. »Die arme Frau, hoffentlich ist ihr nichts passiert«, jammerte sie. Dabei wurde sie von Tante Anni besonders gehasst.

Christoph forderte die Nachbarn auf, Distanz zu wahren und signalisierte Paul mit einem Nicken, dass er nun mit ihm die Wohnung betreten sollte. Er ging als erster hinein und begab sich nach rechts in die Küche.

Die Wohnung hatte einen langen Flur, von dem vier Zimmer abgingen. Insgesamt belief sich die Wohnfläche auf fünfundneunzig Quadratmeter. Viel Platz für eine alte Frau.

Ein unangenehmer Geruch lag in der Luft. Es war der typische Geruch alter Menschen.

Paul begab sich direkt zum Schlafzimmer, dass am Ende des Flurs lag. Tante Anni verbrachte mittlerweile immer mehr Zeit in ihrem Bett. Die Tür war angelehnt. Langsam drückte er sie auf. Sein Blick erfasste einen Teil des alten Ehebettes. Zeitungen waren über die Hälfte des Bettes verstreut, zerwühltes Bettzeug. Er trat in das Zimmer und da sah er ihr Nachthemd. Aber auch nicht mehr, denn das Nachthemd war schön über die eine Hälfte des Bettes drapiert.

Christoph rief, dass in der Küche alles klar sei und er weiter ins Wohnzimmer gehen wollte. Für Paul blieb Onkel Brunos altes Arbeitszimmer.

Er öffnete die Tür. Und da sah er sie. Sie saß an dem großen Schreibtisch. Ihr Oberkörper lag vornüber gebeugt auf der schönen Marmorplatte. Der Kopf war zur Seite geneigt und offensichtlich hatte sie stark aus der Nase geblutet. Eine große Blutlache befand sich auf der Schreibtischplatte und tropfte auf den wertvollen Perserteppich. Ihr Hausmantel war halb geöffnet und enthielt ebenfalls erhebliche Blutspritzer. Sie musste mit voller Wucht mit dem Kopf auf die Platte geschlagen sein.

Anni schaute Paul aus leeren Augen an. Alles Leben war aus ihrem Körper gewichen. Ihm war sofort klar, dass sie tot war.

Nun war es also überstanden. Keine nervigen Anrufe mehr, keine geheimen Aktionen gegen die Nachbarn. Kein lästiger Streit mehr mit Iris. Endlich würde er eine Menge Geld erben.

Seine Gefühle in diesem Moment waren nur schwer zu beschreiben. Fühlte er sich erleichtert? War er glücklich? Nichts von allem. Tiefe Trauer ergriff ihn.

Dann ging alles sehr schnell. Ein Arzt wurde verständigt und stellte den Totenschein aus. Seine Untersuchung der Leiche ergab keine Besonderheiten. Natürlicher Tod durch Herzversagen. Unmittelbar nach ihrem Anruf hatte Tante Annis Herz aufgehört zu schlagen.

Christoph würde den obligatorischen Bericht schreiben, der bei solch einem Ereignis vorgesehen ist.

Neben einem Polizisten, gab es in Pauls Bekanntenkreis

auch noch einen Bestatter. Er kam ebenfalls aus Hüls und holte Annis Leiche ab.

Ihr großer Wunsch war es, dass sie einmal neben Onkel Bruno auf dem alten Hülser Friedhof begraben wird. Diesen Wunsch würde Paul ihr mit Sicherheit erfüllen. In den nächsten Tagen bis zur Beerdigung waren noch diverse Formalitäten zu erledigen. Iris kannte sich mit solchen Dingen gut aus und würde ihn sicherlich dabei unterstützen.

Ruhe war eingekehrt. Paul war alleine in der Wohnung. Die Wohnungstür war provisorisch gesichert. Was ging in ihm vor? Was war los mit ihm? Trauer? Traurigkeit? Er war irritiert.

Ein Gedanke konkretisierte sich. Scham? Nein! Wo ist das Testament? Wo ist das Geld? Wertsachen? Nein, keine Scham. Jetzt hatte er Zeit zum Suchen.

Und er suchte. Er sah in allen Schränken nach, unter dem Bett, unter Teppichen. Er schlitzte Kissen auf. Nichts ließ er aus.

Und dann wurde er fündig. In einem kleinen Bilderrahmen hinter Onkel Brunos Foto befand sich das Testament. Sie vererbte ihm ihre Wohnung. Obwohl er der alleinige Erbe war, erleichterte das die ganze Erbschaftsprozedur doch sehr.

Aber was war mit den anderen Sachen? Das Geld, Schmuck, oder was sonst noch alles da sein musste? Hatte sie etwa kein Bankschließfach? Paul hatte bei seiner gründlichen Suche keine Unterlagen diesbezüglich gefunden.

Da sah er die handschriftliche Notiz, die auf der Rückseite von Onkel Brunos Foto geschrieben war: »Lieber Paul! Damit das Finanzamt nichts bekommt, habe ich mein Geld, einige Goldmünzen, sowie meinen wertvollen Schmuck gut versteckt. Alles in allem dürfte es sich um einen Wert von fünfhunderttausend Euro handeln. Schau hinter dem Schreibtisch nach. Mache dir ein schönes Leben. Anni.«

Sie hatte tatsächlich an ihn gedacht. Unglaublich.

Der Schreibtisch war schwer. Wie hat sie das nur hinbekommen? Als er ihn endlich verschoben hatte, war er in Schweiß gebadet. Die kleine Klappe in der Wand dahinter war nicht zu übersehen. Scheinbar befand sich dort ein Hohlraum, der als Geheimversteck diente.

Als er genauer hinsah, bemerkte er, dass die Klappe geöffnet war. Der Hohlraum hinter der Klappe war leer. Nichts! Paul Erdmann dachte, er traue seinen Augen nicht.

Und so blieb es auch. Noch einmal durchsuchte er die gesamte Wohnung. Vergebens.

Zwei Wochen nach ihrem Tod wurde Tante Anni eingeäschert und, wie es ihr Wunsch war, neben Onkel Bruno beerdigt. Ruhe in Frieden.

Der Immobilenmarkt schwächelte und so brachte Annis Wohnung wenigstens noch hunderttausend Euro. Besser als nichts. Ein Teil sollte gespart werden und mit der anderen Hälfte wollten er und Iris sich eine schöne Zeit machen.

Die nette alte Dame, die in Tante Anni's Wohnung zog, war wohlhabend. Der Hohlraum in der Wand schien wie geschaffen als Depot für ihre Wertsachen. Den Banken traute sie nicht. Als sie einige Zeit in dem Haus wohnte, klagte sie gegenüber ihrem Sohn über seltsame Geräusche. Sie hatte den Verdacht, dass ihr Telefon abgehört würde und sie sei sich sicher, dass manchmal fremde Personen in der Wohnung seien.

Im Keller des Hauses trafen sich die Nachbarn. Herr Beck, der ehemalige Apotheker, bereitete eine neue Giftmischung vor. Absolut tödlich und nicht nachweisbar. Herr Wenke, der Hausmeister, war Tresorbauer und kannte sich wie kein anderer mit Schlössern aus, und der Sohn der alten Frau Naumann arbeitete bei der Telekom und begann mit dem Abhören der Telefongespräche.

Unter Wasser

Ich hatte Lisa auf der Rheinterrasse des Cafés ‚Het Oude Poort' in Emmerich kennengelernt. Es war ein schöner Sonntagnachmittag, und den ganzen Tag hatte die Sonne geschienen. Der Himmel war makellos, als gäbe es nur eine Farbe. Ein stetiger, angenehmer Wind, der etwas Kühlung brachte, kam vom Rhein. Mit ihm ein kaum wahrnehmbarer Geruch von leichtem Moder. Die Terrasse war voll von Gästen, die das warme Wetter ausnutzten wollten.

Ich hatte Glück, fand einen freien Tisch, bestellte einen Kaffee, ließ meinen Blick über den Fluss und die Schiffe schweifen – und sah nach wenigen Minuten eine junge Frau, die nach einem Platz Ausschau hielt und zögernd auf mich zukam. Ihr schmales Gesicht, das von halblang geschnittenen blonden Haaren eingerahmt wurde, fiel mir sofort auf. Die Lippen waren dezent geschminkt. Sie trug einen schwarzen Pullover mit einem kleinen Ausschnitt und einen halblangen schwarzen Rock.

Sie blieb vor mir stehen und fragte, ob sie sich zu mir setzen dürfe. Ich schob ihr den Stuhl zu. Sie bestellte einen Tee, zündete eine Zigarette an. Ob ich auch rauche, wollte sie wissen und hielt mir die Schachtel hin. Als ich verneinte, drückte sie die Zigarette schnell wieder aus und entschuldigte sich. So kamen wir ins Gespräch.

Wir sprachen über das Wetter, den Rhein, die Menschen auf der Promenade. Sie wollte wissen, ob ich in Emmerich wohne, und was ich beruflich mache. Ich sagte, ich sei Architekt. Von sich erzählte sie wenig. Nur, dass sie auch hier lebe. Nicht einmal ihren Namen nannte sie. Ich hatte sie auch nicht danach gefragt. Eine Zufallsbekanntschaft an einem Sonntagnachmittag. Nach etwa einer halben Stunde verabschiedete sie sich. Sie zögerte. Wirkte unsicher. Dann hatte sie sich wieder gefasst.

Sehen wir uns noch einmal?, wollte sie wissen.

Gerne, sagte ich und fand plötzlich die Vorstellung, mich mit ihr wieder zu treffen, nicht unangenehm. Wann und wo?

Ich melde mich, sagte sie und ging, ohne sich noch einmal umzuschauen.

Wenige Tage später rief sie in meinem Büro an. Ich war nicht überrascht, sie zu hören, obwohl mir in dem Augenblick bewusst wurde, dass ich nicht mehr an sie gedacht hatte. Wir verabredeten uns zum Abendessen. Sie schlug ein Restaurant am Rhein vor.

Sie hatte einen Tisch am Fenster reserviert. Als ich eintraf, drückte sie die Zigarette aus. Ein Lächeln der Erleichterung huschte über ihr Gesicht, als habe sie befürchtet, ich käme nicht. Während des Essens war sie entspannt, fast ausgelassen. Erzählte viel. Wollte mehr über mich und meinen Beruf wissen. Ich erzählte von den Häusern, die ich entworfen hatte. Das, was ich für mich bauen würde, möchte sie gerne sehen, sagte sie.

Da müssen Sie noch lange warten, antwortete ich.

Warum, fragte sie.

Weil ich mit dem Entwurf für das eigene Haus nie zufrieden sein werde. Und deswegen lieber keines baue.

Wir trafen uns danach öfter; gingen ins Kino, ins Konzert, machten gemeinsame Bootsausflüge auf dem Rhein, fuhren an Wochenenden nach Holland. Ich zeigte ihr das Kröller-Möller-Museum und die Bilder von van Gogh. Eine neue Welt für sie.

Unsere Lebenskreise näherten sich immer mehr einander an. Wie Wellen von zwei Steinen, die an verschiedenen Stellen ins Wasser geworfen wurden und sich kreisförmig aufeinander zu bewegten. Bis sie sich in einem Moment, an einem Punkt, berührten. Und sich danach überlagerten.

Als das geschehen war, überraschte sie mich wieder.

Warum treffen wir uns nicht bei mir?, schlug sie vor.

Statt uns wie zwei Fremde in Restaurants zu verabreden, oder wie zwei jung Verliebte in dunklen Kinos zu treffen?, sagte ich.

Sie lächelte.

Ich mochte Lisa, ihre Nähe heiterte mich auf. Also nahm ich die Einladung an. Wir trafen uns in ihrer Wohnung. Ich glaubte, sie hatte Ort und Zeitpunkt für das, was sie mir sagen wollte, genau geplant.

An jenem Abend überraschte sie mich mit einem Geständnis, dass sie verheiratet gewesen, und dass ihr Mann, Marko, wenige Wochen, bevor wir uns im Café zufällig getroffen hatten, bei einem tragischen Badeunfall ums Leben gekommen sei. Sein Leichnam wurde den Rhein hinuntergetrieben und in Holland an eine Kribbe gespült. Ein Angler hatte ihn entdeckt und aus dem Wasser gezogen. Kinder hatten einige Tage zuvor seine Kleidungsstücke in der Rheinwiese bei Dornick gefunden. Die Polizei benachrichtigte sie. Es war schrecklich. Und es gab nichts mehr zu identifizieren. Sein Körper musste in eine Schiffschraube gekommen sein. Der Schädel war total zertrümmert. Vorher war er ertrunken.

Das alles erzählte Lisa sehr sachlich, als berichte sie über ein Ereignis, dass sie selber gar nicht betraf. Oder als zitiere sie das Polizeiprotokoll. Ihr Blick ging unruhig durch das Zimmer, blieb nur manchmal, in der Pause nach einem Satz, an mir hängen, als ob sie meine Reaktion auf das Gesagte sehen wollte, um dann wieder weiterzuwandern. Die Polizei hätte gar nicht zu kommen brauchen, sagte sie. Ich wusste, dass er ertrunken war.

Sie schaute mich herausfordernd an, als wollte sie eine Reaktion provozieren.

Wusste, fragte ich erstaunt. Du meinst, du hast es befürchtet?

Sie antwortete nicht.

Sie tat mir leid, wie sie vor mir stand. Ihren Blick jetzt wieder von mir abgewandt. Ich malte mir aus, wie schrecklich es für sie sein musste, die Nachricht vom Tode ihres Mannes bekommen zu haben, selbst wenn sie das Unfassbare erwartet hatte. Ich nahm sie in die Arme und drückte sie.

Sie ließ mich gewähren, genoss es, schloss die Augen und legte ihren Kopf gegen meine Schulter.

Wie ist das geschehen, fragte ich.

Ich weiß nicht, antwortete sie, ich war nicht dabei. Alle haben mich das gefragt. Die Polizei, Freunde, Bekannte. Und jetzt auch du. Ich war an diesem Wochenende nicht einmal zu Hause.

Ging er oft schwimmen?, erkundigte ich mich.

Nein, er war kein guter Schwimmer, sagte sie, wenn du das meinst.

Der Rhein ist nicht ungefährlich, meinte ich, nur um etwas zu sagen, von dem ich annahm, dass es den Unfall erklärlich machte und ihr helfen würde.

Sie fragte, ob ich etwas trinken wollte. Ich nickte. Sie lächelte, und das sah ich viel lieber als die verletzte Miene zuvor. Sie ging in die Küche und kam bald darauf mit einer Flasche Wein und zwei Gläsern zurück.

Du hast ihn sehr geliebt?, wollte ich wissen.

Sie schaute mich erstaunt an, als verwundere sie meine Frage. Sie zögerte.

Zu Anfang ja, antwortete sie. Später nicht mehr. Er hat mich verletzt, erniedrigt.

Sie hatte mein Glas bis zum Rand gefüllt und stieß schnell mit mir an, als wollte sie damit das Gespräch beenden. Sie entzündete zwei Zigaretten, zog kräftig an einer, blies den Rauch langsam aus und hielt die zweite gegen meinen Mund. Ich öffnete die Lippen.

Wir müssen nicht mehr davon reden, sagte ich, wenn du nicht willst.

In dieser Nacht blieb ich zum ersten Mal bei ihr.

Wir trafen uns von da an jeden Tag. Und schmiedeten Pläne. Für den nächsten Abend, das kommenden Wochenende und für den ersten gemeinsamen Urlaub. Und für die Zeit danach.

Ob wir nach dem Urlaub nicht zusammenziehen könnten, überraschte sie mich.

Ich wusste nicht, was ich antworten sollte. Dabei hätte ich nicht erstaunt sein müssen, wir kannten uns jetzt schon so lange, aus der anfänglichen Sympathie für Lisa war mehr als eine Zuneigung geworden, und eine gemeinsame Wohnung zu haben, war ein Gedanke, den ich für später auch erwogen hatte.

Wenn wir uns dann immer noch so gut verstehen, versuchte ich, Zeit zu gewinnen, da ich mich jetzt noch nicht festlegen wollte.

Wenn du mich liebst und zu mir hältst, werden wir das, sagte sie.

Liebst du mich denn, fragte ich.

Glaubst du an Zufälle, wich sie meiner Frage aus.

Wie kommst du darauf?

Wäre der Unfall nicht passiert, sagte sie, wäre ich noch mit meinem Mann zusammen, und wir hätten uns nie kennen gelernt.

Es war das erste Mal seit dem Geständnis, dass sie den Vorfall wieder erwähnte. Ich hatte die ganze Zeit vermieden, sie noch einmal auf den tödlichen Unfall anzusprechen. Hatte befürchtet, ihr weh tun zu können. Aber jetzt hatte sie selber einen Bezug zwischen seinem Tod, ihr und mir hergestellt.

Nicht nur, dass sich Lisas Leben dadurch verändert hatte, auch ich war in eine Beziehung hineingekommen, die durch den Tod ihres Mannes erst ermöglicht wurde. Lisa hatte gleichsam einen dritten Stein ins Wasser geworfen, weiter weg, dessen Wellen sich langsam auf uns beide zubewegten. Sein Tod hatte auch mich erreicht.

Lisa gab mir einige Fotoalben.

Du musst doch wissen, wen du liebst, scherzte sie, und mit wem du zusammenleben willst.

Irgendwelche schwarzen Löcher in der Kindheit?, lachte ich.

Ein Album enthielt Bilder von ihr als Baby und ihren Eltern, die stolz die kleine Tochter vor die Kamera hielten. Lisa sah ihrer Mutter sehr ähnlich.

Das bin ich, sagte sie und zeigte auf ein Bild.

Andere Fotos zeigten Lisa mit sechs Jahren und Schultüte und Lisa, als junge Frau, mit Klassenkameraden bei der Abiturfeier. Sie sah reifer aus als die anderen. Die Zeit zwischen diesen beiden Ereignissen war lückenlos mit Bildern dokumentiert. Alle Fotos hatten ein Datum. Und einen kurzen Text, der meist nur aus Namen und Angaben von Orten bestand, und den sie selber geschrieben hatte. Als ich die letzte Seite des Albums aufschlug, auf dem ein großes Foto geklebt war, war Lisa gerade in das Schlafzimmer gegangen.

Das Bild gehört nicht hierher, war mein erster Gedanke. Auf der großen Fotografie war Lisa mit ihrem Mann zu sehen. Es war vor zwei Jahren am Rhein aufgenommen worden. Lisa trug einen gestreiften Badeanzug, der ihren schlanken Körper betonte, ihr Mann eine einfarbige Badehose und eine Bademütze, wie sie Wasserballspieler tragen, die mit einer Kordel unter dem Kinn verknotet war. Im Hintergrund, in der Mitte des Flusses, fuhren mehrere Schiffe. Die beiden standen mit den Füßen im Wasser. Marko hatte seinen Arm um ihre Schulter gelegt und lächelte sie an. Sie schaute in die Kamera.

Ich wollte ins Schlafzimmer rufen, dass ich ein Bild von ihr und ihrem Mann entdeckt habe, als ich stutzte. Etwas irritierte mich an dem Foto. Ich schaute es genauer an, dann sah ich es. An der Badehose ihres Mannes waren mehrere Embleme aufgenäht. Eines davon wies ihn als Rettungsschwimmer aus, ein anderes zeigte einen schwarzen Totenkopf.

Ich hörte Lisas Schritte und schlug das Album bewusst langsam zu, um keinen Argwohn zu erregen und blickte dabei zu ihr auf. Dann legte ich es wie beiläufig auf den Tisch.

Schöne Bilder, sagte ich.

Ich finde mich gar nicht schön, sagte sie, und erst recht nicht fotogen.

Sie schob das Album an den Rand des Tisches, als solle es hinunterfallen.

Für mich bist du es aber, sagte ich.

Lieb von dir, antwortete sie.

Lisa hatte den Kopf ein wenig in den Nacken geschoben und blickte in den Himmel, als ob sie die Umrisse der Wolken mit ihren Augen nachzeichnen wollte. Ich stand mit ihr auf dem Oberdeck der ‚Wappen von Emmerich' und hielt mich an der Reling fest. Seit die Maschine angeworfen war, spürte ich das Zittern des Schiffskörpers in den Fingerspitzen, und wie es von da aus meinen ganzen Körper erfasste. Ein leichter Wind strich über den Fluss, der sich in Lisas Haaren verfing. Die Bugschraube ließ das Rheinwasser schmutzig-weiß aufschäumen und drückte das Ausflugsschiff langsam vom Steiger weg. Ein Stück Treibholz schlug schwer gegen die eiserne Anlegebrücke, prallte zum Schiff zurück und wurde vom Sog kraftvoll nach unten gezogen und nach wenigen Metern wieder an die Oberfläche gedrückt.

Mein Mann hat sich von mir trennen wollen. Er liebe eine andere Frau. Das hat er mir wenige Tage vor seinem Tod gesagt. Lisa sprach, ohne mich dabei anzuschauen. Ihr Blick war immer noch nach oben gerichtet. Sie hielt sich an den Wolken fest. Ich löste meine Hände von der Reling und schob vorsichtig, als könnte ich sie verletzen, ihre Haare, die vom Wind in ihr Gesicht geweht waren, zurück und streichelte ihre Wange. Ich legte meinen Arm um sie und bat sie, nicht mehr an das zu denken, was damals geschehen war. Und nicht mehr davon zu sprechen.

Plötzlich merkte ich, dass ich gar nicht zu Lisa sprach, sondern zu mir selber. Ich wollte nichts mehr davon hören. Ein Verdacht drängte sich mir auf, der mich zusammenschrecken ließ, und den ich als absurd weit von mir wies. Dass Lisa am Tod ihres Mannes in irgendeiner Art und Weise Schuld habe.

Ein dummer Zufall, sagte ich laut und ärgerlich und senkte meine Stimme wieder, als befürchtete ich, jemand könnte uns zuhören, was hat das Eine mit dem Anderen zu tun?

Lisas Blick kehrte langsam von den Wolken auf das Schiff zurück. Sie war wieder bei mir. Natürlich nichts, sagte sie. Solange du mich liebst und bei mir bleibst.

Ein Mann im Heck hatte das Seil angenommen, das das Schiff noch mit dem Steiger verbunden hatte. Jetzt war es frei und schob sich kraftvoll, mit schäumender Schraubenwelle, gegen die Strömung.

Ich war so gekränkt, als er mir das eröffnete, sagte sie. Von da an habe ich ihn nur noch gehasst.

Das Vibrieren des Rumpfes war nicht mehr so deutlich zu spüren, seitdem das Schiff Fahrt aufgenommen und auf die Mitte des Rheins zugehalten hatte. Aber es war immer noch da. Und es hatte sich tief in meinem Innersten eingenistet.

Ich arbeitete wenig, saß meistens vor dem Zeichenbrett und dem Computer, überlegte und starrte auf Linien, die sich nicht zu einem Ganzen schließen lassen wollten. Immer wieder schossen Gedanken durch meinen Kopf, die mir so fremd waren, als seien sie nicht von mir gedacht, sondern in mich hineingelegt worden. Es war der Verdacht, dass Lisa mit dem Tod ihres Mannes etwas zu tun hatte. Ich rief mir jedes Gespräch, das ich mit ihr über den Unfall geführt hatte, ins Gedächtnis zurück. Legte jedes Wort, jede Schwankung der Stimme, wenn sie mir davon erzählte, jede Geste, mit der sie die Erzählung untermalte, auf eine imaginäre Waage, ob sie sie beschuldigen oder entlasten könnten. Das Foto der beiden am Rhein ging mir nicht mehr aus dem Sinn. Ihr Mann, ein guter Schwimmer. Lisas Gewissheit vom Tod noch vor der endgültigen Nachricht gab Rätsel auf. Die erloschene Liebe, die sie gekränkt hatte, könnte sie unberechenbar gemacht haben. Auch zu einem Mord? An einem Tag glaubte ich daran, dass meine Spekulationen gegen sie sprechen. Als gäbe es keine anderen Schlussfolgerungen. Am nächsten Tag war ich von dem Gegenteil überzeugt, und meine früheren Annahmen fielen in sich zusammen. Ich kam mir vor, als spielte ich in einem drittklassigen Detektivfilm mit, für das ich selbst das Drehbuch, aber nicht das Ende geschrieben, und bei dem ich fast alle Rollen übernommen hatte. Ich saß über Lisa Gericht: als Ankläger, als Verteidiger und zuletzt als Richter, der ein Urteil fällen sollte, von dem ich selbst betroffen sein würde. Ich kam zu keiner Lösung.

Ich ertrug die Ungewissheit nicht länger. Ich musste Lisa mit der Tat konfrontieren, sie anklagen. Wie sie es getan haben konnte, wusste ich noch nicht. Sie war nicht überrascht, als ich ihr vorschlug, an den Rhein zu fahren. Dorthin, wo die Kinder Markos Kleidungsstücke gefunden hatten.

Warum? Und warum jetzt, fragte sie.

Du wirst schon sehen, sagte ich kurz und gab ihr einen Kuss.

Wir fuhren mit ihrem Autos auf der Bundesstraße neun in Richtung Rees, bogen in Vrasselt rechts ab und fuhren in Dornick auf den Deich. Von da an schaute Lisa die ganze

Zeit angespannt auf die Rheinwiesen, als müsste sie im weiten Grün der sich vom Deich zum Fluss hin ziehenden Wiesen den Punkt suchen, an dem das Unglück begonnen hatte. Plötzlich bremste sie den Wagen ab, fuhr noch einige Meter weiter und bog in eine schräge Deichabfahrt hinein.

Sie zeigte aus dem Autofenster in Richtung des Ufers.

Da, sagte sie, siehst du den kleinen Sandstrand? Dort haben Kinder Markos Sachen gefunden.

Wir stiegen aus und gingen schweigend nebeneinander über das Gras zum Rhein hinunter. Lisa suchte nach meiner Hand und drückte sie, ohne mich anzuschauen. Ich spürte, wie angespannt und ängstlich sie war.

Warum hast du mir nie erzählt, dass Marko Rettungsschwimmer war, fragte ich sie, als wir am Flussufer standen und die Wellen kurz vor unseren Schuhen ausliefen.

Das hast du gewusst?, sagte sie, und ihre Stimme klang überrascht.

Ja. Das Foto in dem Album.

Und hast mir nie etwas davon gesagt.

Hast du mir alles erzählt?

Sie schaute mich an, und ihre Augen zeigten, wie verwundbar sie plötzlich geworden war.

Warst du dabei, als er ertrank, fragte ich.

Ja, erwiderte sie, obwohl ich der Polizei und dir etwas anderes gesagt habe. Wir sind gemeinsam zum Rhein gefahren.

Sie trat einen Schritt von mir zurück, bückte sich, hob einen Kieselstein auf und warf ihn weit hinaus ins Wasser.

Ein Rettungsschwimmer ertrinkt nicht so einfach.

Nein, sagte sie, nicht so einfach.

Es sei denn . . . , begann ich langsam.

. . . was, fragte sie.

Er war bewusstlos und ist dann ins Wasser geworfen worden.

Aber . . . , Lisa schaute mich ungläubig an. Glaubst du, ich . . .

Er wollte dich verlassen. Liebte eine andere Frau.

Aber deswegen . . . , ihre Stimme klang jetzt flehentlich.

Ich entfernte mich einige Schritte vom Wasser, schaute mich um, hob ein Stück Treibholz auf, warf es weg. Das Holz! Plötzlich kam mir eine Idee. Ich sah ein anderes, etwa zwei Meter langes, kantiges Holzstück, hob es auf und kam damit wieder auf sie zu.

Marko saß auf dem Sand, ich schaute Lisa nicht an, während ich sprach, er konnte dich nicht sehen. Du hattest ihm gesagt, dass du noch einmal zum Auto zurück müsstest, du hättest etwas vergessen. Dann sahst du so ein Stück Treibholz. Und . . .

Lisa schloss die Augen. Dann schaute sie mich wieder an. Du glaubst doch nicht, dass . . .

. . . und schlugst zu. Er fiel vornüber. Du gerietst in Panik, dachtest, er sei tot und hast ihn die wenigen Schritte zum Wasser gezogen. Die Strömung hat den Körper dann mitgenommen. Und eine Schiffschraube alle Spuren verwischt.

Tränen kamen ihr in die Augen. Und wenn es nicht so war?

Wie war es dann? Sag's mir!

Würdest du mir glauben?

Sag's mir. Ich drückte mich um eine Antwort.

Also gut. Wir sind zum Schwimmen hierher gefahren. Wir hatten eine heftige Diskussion, im Auto und auf dem Weg hierher. Er werde mich verlassen, sagte er, er liebe mich nicht mehr. Er war aufgeregt, zog sich die Badehose an, ging ein Stück auf der Kribbe, machte einen Kopfsprung ins Wasser. Das hat er vorher nie getan. Er wusste, dass da Steine liegen und das Wasser flach ist. Ich wartete, dass er wieder auftauchte. Er kam nicht wieder hoch. Ich schrie, rannte zu der Stelle, an der er ins Wasser gesprungen war. Die Strömung? Ein Strudel? Ist er auf einen Stein geschlagen? Sie machte eine Pause. So war es wirklich.

So kann es auch gewesen sein, sagte ich. Ein Unfall.

Nein, nicht kann. So war es, sagte sie und schrie es fast heraus, aber du musst es mir glauben.

Ich schleuderte das Stück Holz, das ich immer noch in meinen Händen hatte, weit auf den Rhein hinaus. An der Stelle, an der es aufs Wasser aufschlug, bildeten sich Wellenringe, die sich nach allen Seiten ausbreiteten. Diesmal hatte ich sie ausgelöst. Ich schaute ihnen so lange nach, bis sie ganz verschwunden waren.

Komm, sagte ich, drückte Lisa fest an mich und gab ihr einen Kuss. Ich glaube dir. Weil ich dich liebe und weil ein Haus für zwei zu entwerfen mehr Spaß macht als nur für einen.

Annette Weber

Blaubarts Schwester

Dies ist mein letzter Abend in Kleve, meine letzte Nacht in der Heimat. Unvorstellbar, dass ich niemals zurückkehren werde, und doch ist es wahr! Morgen schon werde ich in dieses fremde Land reisen, um dort Königin zu werden.

Wie er wohl sein wird, mein Gemahl? Ich habe seltsame Dinge über Heinrich gehört, Dinge, die mir Angst machen. Seine vierte Frau werde ich sein und ich bete, dass ich weder verstoßen noch enthauptet werde, und auch nicht im Kindbett sterben muss, wie meine unglücklichen Vorgängerinnen.

Wie sehr ich Kleve vermissen werde! Heute bin ich noch einmal meine liebsten Wege abgegangen, habe meine liebsten Plätze besucht. Habe mich von vielen Menschen verabschiedet. Schon jetzt habe ich Heimweh. Wenn ich doch nur von niederer Geburt wäre! Gewiss, mein Leben wäre in vielen Dingen beschwerlicher, doch es wäre mein Leben. Meines alleine. Kein Bruder könnte mich verheiraten, wenn es ihm einen Vorteil verschafft, niemand könnte mich gegen meinen Willen in ein fremdes Land schicken. Ich wäre frei.

Bin ich undankbar? Vermutlich und dafür bitte ich um Vergebung. Aber warum, warum, warum konnte Heinrich nicht meine Schwester erwählen? Ich werde heute nicht schlafen können.

Kleve, 2. November 1539

In den frühen Morgenstunden hatte sich das Gefolge auf den Weg nach England gemacht. Es war ein kalter, aber sonniger Tag und Bruder Bernhard, der trotz seiner massigen Gestalt mit müheloser Grazie daher ritt, konnte sich der feierlichen und fröhlichen Stimmung, die über dem Zug lag, nicht entziehen. Gewiss, er hätte für Anna gewünscht, dass sie in ihrer geliebten Heimat bleiben könnte, wie es ihrem Wunsch entsprach. Und doch wusste er, dass sie eine gute Königin werden würde. Sie besaß die Klugheit und Bescheidenheit, die für ein solches Amt von Nöten waren. Sie hatte es verdient.

Während er noch über Annas Vorzüge sinnierte, schloss Ritter Edgar von Hagen zu ihm auf. Wie immer ganz in schwarz gekleidet, wie immer schlecht gelaunt.

»Einen schönen Tag, Ritter Edgar«, rief Bruder Bernhard. »Macht unsere künftige Königin nicht eine gute Figur?«

Ritter Edgar schaute zu Anna, die es vorgezogen hatte, zu reiten, anstatt in einer Kutsche zu reisen, und sich gerade angeregt mit Lord Clinton in einer Mischung aus deutsch und englisch unterhielt.

»Noch sind wir auf heimischem Boden, da ist es leicht, eine gute Figur zu machen. Spätestens, wenn wir übers Wasser müssen, wird sich zeigen, aus welchem Stoff sie ist. Aber mir muss sie ja nicht gefallen.«

»Mein lieber Ritter Edgar, sollte ich jemals der Melancholie verfallen, werde ich nach Euch rufen lassen, um mich aufzuheitern«, erwiderte Bruder Bernhard.

Wortlos spornte Edgar sein Pferd an.

Rochester, 1. Januar 1540

All' meine Ängste waren umsonst, denn heute habe ich meinen künftigen Gemahl kennen gelernt. Nach der langen Verzögerung in Calais war er so ungeduldig, mich zu sehen, dass er sich verkleidete, und uns hier überraschte! Welch ein Durcheinander, als er sich zu erkennen gab! Wie stattlich er ist! Mir gegenüber war er außerordentlich höflich, obwohl ich seine Sprache erst noch lernen muss. Ich glaube, er mag mich.

Greenwich, 4. Januar 1540

Der König tobte. »Sie ist hässlich und sie stinkt! Ich will eine andere Braut! Eine schönere!«

Die im Raum versammelten Räte schwiegen betroffen.

»Bitte, Eurer Gnaden, da gibt es kein Zurück mehr, denn der Ehevertrag ist unterzeichnet«, wandte Lord Baltimore schließlich ein.

»Ja, und wir brauchen das Bündnis mit Kleve«, schloss sich Lord Lincoln an.

»Mit welcher Begründung sollte man außerdem die Hochzeit noch verhindern können?«, fragte ein anderer Rat.

»Findet einen Grund, oder es werden Köpfe rollen«, schrie der König wutentbrannt. »Ich werde diese flämische Mähre nicht heiraten! Nie und nimmer!«

Greenwich, 6. März 1540

Seit zwei Monaten schon bin ich eine verheiratete Frau und sehr stolz. Mein Gemahl besucht mich jede zweite Nacht und ich hoffe und bete darum, ihm schon bald einen Thronfolger zu gebären.

Ich habe herrliche Kleider bekommen und unsagbar kostbaren Schmuck. Heinrich – oder Henry, wie ich ihn nun nennen werde – ist großzügig und mag es, wenn ich mich gut kleide. Am Anfang war ich ein wenig traurig darüber, dass er die meisten meiner Hofdamen zurück nach Kleve geschickt hat, aber nun sehe ich doch, wie klug dies war, denn auf diese Weise habe ich sehr schnelle Fortschritte mit der englischen Sprache erzielt.

Um es mir nicht ganz so schwer zu machen, hat er mir die liebe Lady Jane als Hofdame gegeben, wofür ich ihm überaus dankbar bin. Jane ist in Speyer aufgewachsen und mir daher oft eine große Hilfe. Die anderen Hofdamen scheinen sie nicht sehr zu mögen, aber das liegt sicher daran, dass sie eine große Schönheit ist, mit goldenem Haar und Augen so grün wie die einer Katze. Wenn ich doch nur auch so schön wäre! Aber solange ich dem König gefalle, ist alles gut.

Greenwich, 10. März 1540

Bruder Bernhard ging ruhelos im Garten seines kleinen Hauses auf und ab, während Ritter Edgar scheinbar ungerührt auf einer Bank saß.

»Wie könnt Ihr nur so ruhig sein«, fragte Bernhard erbost. »Wenn wahr ist, was man sich auf der Straße erzählt, dann betreibt der König die Scheidung von Königin Anna. Lässt Euch das wirklich kalt?«

»Nun«, antwortete Edgar kühl, »was habt Ihr erwartet? Sie ist nicht schön, sie ist ungebildet und naiv. Es war zu erwarten, dass der König sich bald anderweitig umschaut. Wie man hört, kann er es nicht über sich bringen, die Ehe zu vollziehen, weil er sie so abstoßend findet. Außerdem hat er wohl schon wieder eine Andere im Sinn, die kleine Howard. Sehr hübsches Mädchen.«

»Ich verstehe Euch nicht«, tobte Bruder Bernhard, »wo ist Eure Loyalität unserer Königin und unserem Land gegenüber geblieben? Oder liegt es an dieser blonden Lady Jane, mit der man Euch des Öfteren sieht? Hat Sie Euch so sehr den Kopf verdreht, dass Euch nichts mehr wichtig ist?«

Edgar erhob sich und baute sich vor Bruder Bernhard

auf. »Passt auf, was Ihr sagt, Priester! Die Dinge sind nicht immer so, wie sie scheinen.«

Bernhard sah ihm sorgenvoll hinterher, wie er zornig davon schritt. Was sollte er nur tun?

Greenwich, 11. März 1540

Ich bin so froh, dass ich Jane um mich habe, denn ohne sie hätte ich alle die kleinen und auch größeren Missgeschicke, die mir in letzter Zeit widerfahren sind, sicher nicht so gut überstanden. Gestern bin ich gar eine lose Treppenstufe heruntergestürzt und es war wohl nur meinem Schutzengel zu verdanken, dass ich mir lediglich ein paar Blessuren zugezogen habe. Warum bin ich so ungeschickt? Vielleicht liegt es an meinem großen Heimweh. Ich wage nicht, meinen Gemahl um einen Besuch in Kleve zu bitten, denn die Beziehungen zu meinem Bruder scheinen nicht zum Besten zu stehen und ich muss und will doch eine loyale Königin sein. Am liebsten würde ich heimlich nach Kleve reisen . . .

Greenwich, 12. März 1540

Thomas Cromwell, der Staatssekretär des Königs, nahm all seinen Mut zusammen. »Diese Unfälle der Königin müssen ein Ende haben, Sire. Das Volk redet schon!«

»Und was redet das Volk?«, fragte der König mit bedrohlich leiser Stimme.

»Nun, es scheint zu glauben, ihr habet Eurer Herz an Katherine Howard verloren und wollet – verzeiht mir – Eure Königin loswerden. Und da sie sicher keine zweite Anne Boleyn ist, der man Ehebruch vorwerfen könnte, versuche man es eben mit anderen Mitteln.«

»Was kann ich dafür, dass dieser pockennarbige Tölpel nicht einmal eine Treppe heruntersteigen kann, ohne sich den Hals zu brechen?«, schrie der König.

»Nichts, Sire, gar nichts, aber das Volk liebt die Königin,

ja, verehrt sie geradezu. Es wäre nicht ratsam, wenn ihr hier auf englischem Boden etwas zustoßen würde. Andererseits, wenn sie bei einem Besuch in ihrer Heimat Schaden nähme, noch dazu, wenn sie vielleicht heimlich, ohne Euer Wissen dorthin reisen würde . . .«

Abrupt dreht sich der König zu Cromwell um und bedeutete ihm, sich zu setzen. »Cromwell, Ihr seid ein Genie! Wie, genau, könnte denn dieser Schaden aussehen, mein Freund?«

»Nun, wie mir unsere gute Lady Jane mitgeteilt hat, scheint die Königin von großem Heimweh geplagt zu sein. Sie wagt es nicht, Euch um Erlaubnis zu einem Besuch zu bitten, um nicht unloyal zu erscheinen. Aber angenommen, Ihr würdet sie unter einem Vorwand dorthin locken und sie käme nicht zurück . . .«

»Kümmert Euch darum, mein Freund, schafft mir dieses Weib vom Hals und Ihr werdet es nicht bereuen«, sagte der König und gab mit einer nachlässigen Handbewegung zu verstehen, dass die Audienz beendet war. »Aber beeilt Euch, Cromwell!«

Greenwich, 1. Juni 1540

Meine Unglückssträhne scheint beendet zu sein, denn seit dem Sturz von der Treppe ist mir nichts Unangenehmes mehr geschehen. Ganz im Gegenteil! Dieses Land ist wirklich wunderschön und ich bin gerne seine Königin. Die Leute mögen mich und ich mag dieses Volk. Nur mein Heimweh bleibt. Wie gerne würde ich noch einmal nach Kleve reisen.

Greenwich, 9. Juni 1540

»Nun, Cromwell, habt Ihr alles in die Wege geleitet?«, fragte der König eifrig.

»Aber ja, Sire, macht Euch keine Sorgen, bald seid Ihr ein freier Mann. Sobald Ihr zu Eurer Sommerreise aufgebrochen seid, wird die Königin eine Botschaft von Euch erhalten und in aller Heimlichkeit nach Kleve aufbrechen. Sie wird nicht zurückkehren.«

»Und was ist mit unserer schönen Komplizin?«

»Nun, ich halte es für ratsam, dass auch Lady Jane nicht zurückkehrt. Je weniger Mitwisser, desto besser, nicht wahr, Sire?«

»Da habt Ihr sicher recht, mein guter Cromwell«, lächelte der König. »Habt Dank.«

England, 15. Juni 1540

Ich bin auf dem Weg nach Hause! Ich habe ein schlechtes Gewissen, so glücklich zu sein, jetzt, wo der arme Cromwell im Tower auf seine Hinrichtung wartet. Aber sicher wird Henry ihn noch begnadigen, er hat ja schließlich ein gutes Herz. Und er scheint mich nicht nur als Ehefrau, sondern auch als Ratgeberin zu schätzen, denn gestern Abend brachte mir meine gute Lady Jane die Botschaft, dass der König nicht zu seiner Sommerreise aufgebrochen sei, sondern sich heimlich nach Kleve begeben habe, um dort das Bündnis mit meinem Bruder zu retten. Und ich solle zu ihm kommen, um ihm bei den schwierigen Verhandlungen zu helfen! Ich bin so stolz.

Lady Jane schien sich ein wenig über meine Vorsicht zu mokieren, denn zunächst brachte sie mir die Botschaft nur in mündlicher Form und als ich darauf bestand, eine schriftliche Botschaft vom König zu erhalten, schien sie das für übertrieben zu halten. Ich wies sie jedoch darauf hin, dass es Henry sicher sehr betrüben würde, wenn mir durch meine Unvorsichtigkeit ein Leid geschähe und so kam sie nach einigen Stunden mit einem Brief, der das Siegel meines Gemahles trug, zurück.

Eine kleine Ortschaft bei Kleve, 16. Juni 1540

Bruder Bernhard ritt wie der Teufel. Er durfte auf keinen Fall zu spät kommen! Während er durch die Nacht galoppierte, verfluchte er jede Pastete, jeden Kuchen, jede Haxe, die er sich in den letzten Jahren nicht hatte verkneifen können und die ihm und seinem Pferd jetzt seine Mission so beschwerlich machten. Schließlich kamen zu seiner großen Erleichterung die Lichter eines kleinen Ortes am Niederrhein in Sicht. Jetzt konnte es nicht mehr weit sein, bis zu jenem Gasthof, in dem sich die Königin aufhielt. Dort angekommen, übergab er sein Pferd einem Burschen und betrat die Gaststube. Atemlos fragte er nach zwei Damen, die kürzlich hier eingetroffen waren und erhielt die Auskunft, dass die beiden sich schon zurückgezogen hätten. Bruder Bernhard mietete eine Stube auf dem gleichen Stockwerk an und richtete sich auf eine schlaflose Nacht ein.

Während in der Gaststube die Lichter ausgingen, während die letzten Gäste nach Hause wankten und während Bruder Bernhard davon träumte, wie er die Königin bewachen würde, schlich eine schwarz gekleidete Gestalt den Flur entlang und klopfte an das Zimmer der Königin. Als Anna die Tür öffnete, legte sich sofort eine Hand über ihren Mund und erstickte ihren Schrei.

Eine kleine Ortschaft bei Kleve, 17. Juni 1540

Im Morgengrauen schreckte Bruder Bernhard auf und schlug voller Verzweiflung die Hände über dem Kopf zusammen. Wie hatte er nur einschlafen können? Voller böser Vorahnung trat er vor die Tür und sah sofort, dass es zu spät war. Aus einem Zimmer am Ende des Ganges wurde eine leblose Frauengestalt getragen. Bruder Bernhard betete.

Greenwich, 25. Juni 1540

Der Rat tagte schon sein Stunden und der König wurde immer ungeduldiger. Gerade, als er es nicht mehr zu ertragen glaubte, ging die Tür auf und Annas massiger Beichtvater, Bruder Bernhard, trat in Begleitung des eleganten Ritters von Hagen in den Raum. Es wurde still.

»Ist etwas geschehen, mein guter Priester?«, fragte Henry und bemühte sich, besorgt und nicht allzu eifrig zu klingen.

»Ja, Sire, es hat einen Mord gegeben. Wie es scheint, hat man die Königin mit einem Brief, der Euer Siegel trug, nach Kleve gelockt und dann . . .«, sagte Bruder Bernhard.

Der König schlug die Hände vor das Gesicht. »Ich habe keinen Brief geschrieben!«, rief er aus und fragte dann mit gebrochener Stimme: »Wo ist sie jetzt?«

»Auf dem Weg hierher«, antwortete Ritter Edgar.

Der König begann, bitterlich zu weinen. Während dicke Tränen aus seinen fast hinter dem Fett verschwundenen Augen liefen, stieß er laute Wehklagen hervor. »Ach, meine geliebte Anne. Mein geliebtes Weib. Ich kann ohne sie nicht leben.«

»Oh, Henry, das musst Du auch nicht. Mir ist doch nichts geschehen. Es ist die arme Lady Jane, die ermordet wurde«, rief Anna, die zur Türe herein getreten war. Dann warf sie Bruder Bernhard einen vorwurfsvollen Blick zu. »Also wirklich, Bruder Bernhard, meinem Gemahl einen solchen Schrecken einzujagen!«

Der König erstarrte. »Anne«, stieß er schließlich hervor und starrte sie an, »welch ein Wunder!«

Mühsam lächelnd wandte er sich an die Herren des Rates, die aussahen, als seien sie gerade Zeuge einer besonders guten Theateraufführung geworden. »Lasst uns alleine, damit ich meine Gemahlin in die Arme schließen kann!«

Die Herren gingen, doch Anna hielt Bernhard und Edgar

zurück. »Erlaubt mir, mein Gemahl, meine beiden Retter bei mir zu behalten.«

Der König nickte. Sobald sich die Tür hinter den Räten geschlossen hatte, verflog das Lächeln des Königs. »Was ist dort geschehen?«

»Nun, Sire, wie es aussieht, gibt es Personen in diesem Land, die sich eine andere Königin wünschen. Nachdem man Eure Gemahlin nach Kleve gelockte hatte, sollte sie dort ermordet werden, um jeden Verdacht vom Hofe fernzuhalten. Und um keine Zeugen zu haben, sollte auch Lady Jane nicht zurückkehren. Ritter Edgar konnte gerade noch das Schlimmste verhindern. Für die arme Lady Jane kam dagegen jede Hilfe zu spät.«

»Und welche Personen könnten sich wohl eine andere Königin wünschen?« Die Stimme des Königs war leise, seine Augen ruhten abschätzend auf der kleinen Dreiergruppe vor ihm.

»Nun, unsere Ermittlungen haben ergeben, dass es wohl einige Subjekte gibt, die der Ansicht sind, Ihr selbst, Sire, wolltet eine andere Gemahlin«, antwortete Bernhard und fuhr fort: »Es ist uns gelungen, den Mörder der Lady Jane zu fassen und er hat ein Geständnis abgelegt, dass eindeutig in diese Richtung weist. Er hat uns auch gesagt, er habe den Auftrag gehabt, bei Lady Jane nach einem Brief von Euch zu suchen, den er vernichten solle.«

»Ich habe schon einmal gesagt, dass ich keinen Brief geschrieben habe«, fuhr ihn der König an.

»Gewiss nicht, Sire, verzeiht, ich gab nur die Meinung des Mörders wieder. Wenn es nötig wird, können wir den Brief jederzeit an die Gelehrten übergeben, die sich mit der Kunst der Graphologie befassen. So ließe sich der Fall schnell aufklären, nicht wahr?«

Der König fiel merklich in sich zusammen.

Nach einer langen Pause wandte er sich wieder an Bruder Bernhard. »Das wird nicht nötig sein. Ich nehme an, dass der Brief bei Euch in sicheren Händen ist?«

»So sicher, wie meine Königin in Euren Händen, Sire«, kam die ernsthafte Antwort.

Greenwich, 10. Juli 1540

Seit gestern bin ich eine geschiedene Frau und keine Königin mehr. Aber dafür bin ich frei, frei, frei.

Nachdem Henry begriffen hatte, dass wir ihn jederzeit mit dem Brief bloßstellen konnten, dachte ich schon, er würde gleich vor Wut platzen, aber er überraschte mich. Er begann zu lachen und – Gott steh' mir bei – in diesem Moment hatte ich ihn gerne.

Er kam auf mich zu, schmunzelte und legte mir den Finger unters Kinn. »Meine liebe Anne, Ihr habt mich reingelegt. Tut man so etwas mit seinem König? Ts, ts, ts.«

Dann erinnerte er sich wohl daran, dass er sein Problem, also mich, noch immer nicht losgeworden war und sah plötzlich so traurig aus, dass ich ihm unbedingt ein Geschenk machen wollte. Ich schlug ihm also vor, mich als seine Schwester zu adoptieren und versprach, mich in der Öffentlichkeit ein wenig zu sträuben, dann aber gnädig nachzugeben.

»Macht es Euch denn gar nichts aus, Eure Krone zu verlieren«, fragte er mich ungläubig.

»Lieber meine Krone als meinen Kopf«, erwiderte ich, was mir einen vorwurfsvollen Blick einbrachte.

Richmond, 1. August 1540

Sie hat sich verändert, dachte Bruder Bernhard, als er Anna auf sich zukommen sah. Sie trug ein kostbares Gewand aus blauem Samt und hatte den in ihrer Heimat üblichen ungelenken Kopfschmuck zu Gunsten der weitaus schmeichelhafteren französischen Mode aufgegeben. Soweit er es beurteilen konnte, war sie nun besser gekleidet, als die meisten Damen des Hofes. Und das war nur recht so, denn sie war, nach der neuen Königin Katharina und den Töchtern des Königs, noch immer die höchste Dame des Landes.

»Mein lieber Bruder Bernhard, ich freue mich, Euch zu sehen!« begrüßte sie ihn mit einem strahlenden Lächeln.

»Ich freue mich auch, Euch zu sehen«, erwiderte Bernhard. »Und es scheint Euch hervorragend zu gehen. Ihr seid regelrecht aufgeblüht.«

»Das verdanke ich Euch! Die Idee mit der Adoption war so wunderbar, dass sie fast von dem armen Cromwell – Gott hab' ihn selig – hätte stammen können.«

»Ach ja, der arme Cromwell«, seufzte Bruder Bernhard und bekreuzigte sich. »Ihm wäre dieser Fehler mit dem Brief sicher nicht passiert. Es war voreilig von Eurem ‚Bruder', ihn einzukerkern.«

»Umso besser für uns, denn es war auch so noch gefährlich genug. Aber dank Euch und Ritter Edgar ist mir nichts geschehen.«

Als Anna sah, dass dies Bruder Bernhard an seine recht unrühmliche Rolle in Kleve erinnerte, warf sie ihm ein aufmunterndes Lächeln zu. »Grämt Euch doch nicht so, mein Lieber. Ritter Edgar kam doch gerade noch rechtzeitig, um auf mich aufzupassen. Wenn auch seine Art, sich Zutritt zu meiner Stube zu verschaffen, ein wenig rau war. Wie geht es denn unserem übellaunigen Ritter?«

»Nun, ich glaube, recht gut. Es könnte sogar sein, dass er gestern einmal gelächelt hat«, antwortete Bernhard. »Aber eine Sache lässt mir keine Ruhe. Wie habt Ihr den König denn nur dazu gebracht, Euch nach Kleve zu locken?«

»Ach, das war leicht. Ich wusste doch, dass Lady Jane mich ausspioniert. Diese kleine Gans hat tatsächlich alles geglaubt, was ich für sie in mein falsches Tagebuch geschrieben habe, und so die Idee mit der Reise nach Kleve an Cromwell herangetragen!«

Niedermörmter grüßt den Rest der Welt

Den Verein ‚SV Hönnepel-Niedermörmter' gibt es wirklich. Auch das Transparent mit der Aufschrift »Niedermörmter grüßt den Rest der Welt« war wirklich bundesweit im Fernsehen zu betrachten. Die Spielstände der WM sind hoffentlich richtig genannt. Alle weiteren geschilderten Begebenheiten und Personen sind frei erfunden.

Ich sitze auf meinem Stuhl im Gemeinschaftsraum, in der Krohnenstraße in Kleve. Es läuft die WM-Übertragung Deutschland gegen Italien. Die Jungs um mich herum sind total am Krakelen, die Stimmung ist aufgeheizt. Ich bin kein Fan, aber im Knast hat man bei manchen Dingen genauso wenig eine Wahl wie im wirklichen Leben. Denn eigentlich hab ich mit Fußball nichts am Hut. Trotzdem wäre ich ohne ihn nicht hier.

Es begann vor ein paar Jahren, Ende der Neunziger, mit diesem Europapokalspiel. Ist eine lange Geschichte. Aber ich hab ja Zeit.

Alle Welt saß mit einem Alt in der Hand vor dem Fernseher. Jedenfalls hier bei uns am Niederrhein. Mein Bruder Paul hatte Geburtstag, aber alle hockten vor der Glotze. Zumindest alle Männer.

Neeske war in der Küche. Von dort hatte sie mich hergewunken. »Hör mal, Hennes, kannze nichma schon den Grill aufbauen? Bis Paul sich da losreißen kann . . . Sonne Speckläppkes brauchen ja ihre Zeit . . .«

Ich bin immer dankbar für solche Aufgaben. Ohne

Grund kann man sich von dem Männerritual Fußball ja nicht ausschließen. Ich schon gar nicht. In der Schulzeit haben sie mich gepiesackt, weil ich zwei linke Füße habe. Das ist jetzt egal. Die anderen Jungs haben größere Handicaps, die wüssten gar nicht, wenn sie zwei linke Füße hätten, weil sie die schon lange nicht mehr sehen können. Zuviel Speckläppkes, Alt und Korn. Die Konkurrenz beim Bolzen auf dem Platz ist also durch es-besser-als-der-Trainer-wissen abgelöst worden. Leider bin ich da auch eine Null. Abseits oder keins, Schwalbe oder nicht – meine Beiträge scheinen immer daneben zu sein. Aber womit soll ich mich zur Sportschauzeit entschuldigen? Für richtige Männer gibt es da einfach nichts. Sagen Sie jetzt nicht, in Hönnepel gäbe es ja auch einen Schützen-Verein. Und zum Schießen braucht man nicht die Füße. Ich glaube, da haben Sie mein Problem nicht verstanden. Außerdem sitzen in Hönnepel auch die Schützen während der Sportschau vorm Fernseher.

Speckläppkesgrillen ist da wirklich eine der wenigen Alternativen, die akzeptiert wird. Neeske scheint das zu ahnen; denn sonst hätte sie den Grill damals wohl selbst angemacht. Neeske, eigentlich Agnes, aber das sagt bei uns keiner, die ist in Ordnung. Sie war in meiner Berufsschul-Klasse, und ich hab gedacht, wir beide ... Aber dann hat sie meinen Bruder, den tollen Fußballer, kennengelernt.

Als ich in der Küche nach den Streichhölzern krame, erschrecke ich. Nebenan plötzlich Todesstille. Eben noch sind alle am Debattieren, und nun plötzlich atemloses Schweigen. Neugierig werf ich einen Blick durch die offene Tür. Paul sitzt mit offenem Mund da und starrt auf den Bildschirm.

Und da seh ich das Banner auch: »Niedermörmter grüßt den Rest der Welt«.

»Dat gibbet doch nich!«, schreit Detlef. »Dat is bestimmt Lothar und seine Männa, die Jungs sind auf Schalke, Uefa-Pokal. Dat könne se doch nit maake!«

Und jetzt bricht der Tumult los. Sie verstehen das nicht? Nun ja, vielleicht wissen Sie nicht, dass unser Fußballverein ‚SV Hönnepel-Niedermörmter' heißt, kurz genannt ‚SV Hoe-Nie'. Unser Platz liegt ziemlich genau auf der Grenze beider Gemeinden, aber die Mitgliederzahl und damit der Vorstand setzt sich überwiegend aus Niedermörmterern zusammen. Damit fühlen sich die Hönnepeler manchmal vernachlässigt. Und es geht natürlich nicht an, dass sich die Jungs von unserem Verein nur Niedermörmter auf ihr Spruchband schreiben, und Hönnepel einfach zum Rest der Welt schlagen.

Beim Futtern der Speckläppkes ist von nichts anderem die Rede. Keiner – außer Neeske – bemerkt, dass sie mir auf einer Seite angebrannt sind. Alle reden mit vollem Mund, reden von nichts anderem als »Niedermörmter grüßt den Rest der Welt«.

Die drei Kisten Alt tragen dann sicher auch zu der Schnapsidee von Paule bei – unser Banner mit: »Hönnepel grüßt den Rest der Welt«. Aber nicht so ein lumpiges Europa-Pokal-Spiel soll für die Ausstrahlung des Grußes dienen, nein, es soll ja wirklich der Rest der Welt gegrüßt werden. Da muss mindestens eine Europameisterschaft, ja, noch besser eine Weltmeisterschaft her! Die anschließende Flasche Korn lässt dann die Planung eher im Theoretischen versickern.

Erst an Detlefs Geburtstag nimmt die Idee konkrete Gestalt an. Lothar kann als einziger französisch, darum soll er die Tickets besorgen. Natürlich für das Endspiel, was sonst. Deutschland scheidet aber im Viertelfinale gegen Kroatien aus, womit natürlich keiner gerechnet hat. Alle sitzen vor dem Fernseher, das Gebrüll, das einsetzte, als Matthäus irgendwie daneben schießt, kann man bestimmt bis zum Rhein hören. Und während Paul mir noch gereizt zu erklären versucht, dass das, was Wörns daraufhin versucht, eine sogenannte Notbremse ist, folgt der Platzverweis und bringt uns endgültig auf die Verliererstraße. Null zu drei, welch ein Ende. Die Stimmung ist hinüber, keiner will als Verlierer den Rest der Welt grüßen, schon gar nicht von einem Spiel ohne deutsche Mannschaft, Frankreich - Kroatien oder noch schlimmer: Niederlande - Brasilien.

Alle hacken auf mir rum, als wenn ich für den Fehlpass oder den Rauswurf verantwortlich bin, nur weil ich gefragt habe, ob der Schiedsrichter denn eine andere Wahl gehabt hätte.

Bis zur nächsten WM in Japan haben wir noch vier Jahre Zeit. Weil Detlef in Kleve bei Fuji arbeitet, triezen ihn alle, dass er doch mal da seine Verbindungen spielen lassen soll. So über die Kollegen Kontakt mit einem japanischen Verein aufnehmen und eine Einladung besorgen, zum Beispiel. Zwei Wochen lang ist Detlef der King und tut geheimnisvoll. Aber dann rückt er damit raus, dass kaum einer der Japaner dort Deutsch spricht. Und irgendwie kommt auch rüber, dass er wohl überhaupt da ein ganz kleines Licht ist.

Danach ist das Thema Weltmeisterschaft in Japan ziemlich gestorben. Ist ja auch uninteressant, als klar wird: Deutschland wird Gastgeber der WM 2006! Alle verfolgen die Diskussion um die Stadien und diskutieren folgendes Problem: Grüßen wir Hönnepeler den Rest der Welt vom Endspiel, egal, ob Deutschland es bis dahin schafft? Nee, das will keiner. Besser Heimvorteil nutzen und Tickets für ein Stadion bei uns in der Nähe besorgen.

Das Westfalenstadion – oder Signal-Iduna-Park, wie das ja jetzt heißt – in Dortmund ist das größte deutsche Stadion, bei über 50 000 Plätzen müssten doch Karten für uns zu kriegen sein!

Bald zeichnet sich ab, dass die Diskussion völlig sinnlos ist. Der Andrang auf die Tickets ist riesig. Paul erinnerte sich, dass doch ein Freund von meiner Schwester als Ordner bei Borussia in eben diesem Stadion arbeitet.

Ich habe noch nix dazu gesagt, da sind schon alle begeistert: »De Hennes besorgt uns Karten! Sons kricht he wat achter sinn Hörner!«

Neeske sieht mich mitleidig an. Sie hat wohl als einzige mitgekriegt, dass meine Schwester schon längst nicht mehr mit diesem Typ zusammen ist. Und überhaupt – wenn so ein Ordner leicht an Karten für ein WM-Spiel käme, wär sie noch mit dem zusammen, denn dann wäre der ein reicher Mann.

Drei Tage hab ich an nichts anderes gedacht, als wie man an die Karten rankommt. Im Kirchenbüro ist im Augenblick nicht viel los, da hab ich viel Zeit zum Grübeln und fürs Internet. Die Fifa hat den ganzen Kram an so eine Schweizer Firma verscherbelt, die verlosen die Tickets, höchstens vier pro Bewerber, und man muss einen Vertrag unterschreiben, dass man sie nicht verkauft oder weitergibt. Bezahlen muss man sie dann trotzdem. So ein Driss!

Das läuft nicht. Warum sollte ich Glück haben? Hab ja auch noch nie was im Lotto gewonnen. Aber ich finde etwas anderes: »Erstklassige Tribünensitzplätze mit fantastischer Sicht. Exklusive VIP-Loge direkt am Stadion.« Hab da gleich angerufen: 5000 Euro! Pro Ticket, nicht für die sieben von uns, die fahren wollen! Die kamen direkt von Sponsoren, waren überwiegend an Geschäftspartner verschenkt worden, so zum Schmieren wichtiger Geschäftsbeziehungen. Und der Rest wird eben über diese Agentur verkauft.

Das bringt mich auf eine Idee. Wenn diese Geschäftsleute nun mehr Karten geschenkt kriegen? Oder gar nicht alle selber hingehen wollen?

Ich also zu ebay: Dreimal einzelne Tickets für das Achtelfinal-Spiel in Dortmund! Ich geb als Limit 500 Euro ein, weil, soviel hauen die Jungs sonst auch immer für den Ausflug nach Mallorca auf den Kopf. Aber ich bin sofort überboten. Und während ich so vor dem Bildschirm sitz und ein bisschen rumsurf, seh ich auf einmal, dass da einer genau sieben Tickets für das Halbfinale Dortmund anbietet. Wenn das kein Omen ist!

Mit 500 brauch ich da gar nicht erst anzufangen. WM in Deutschland gibt's für uns wohl nur einmal im Leben. Da kann man mehr als für die Ballermann-Sause ausgeben.

ICH HAB SIE! – Bei 15 003 Euro ist Schluss. Ein bisschen bammelig ist mir schon, als ich die Überweisung ausfülle. Aber der Verkäufer mit dem schönen Namen ‚Lalipap' hat 99 Prozent gute Bewertung. Leider sind auf meinem Konto keine 15 000 drauf, da muss ich vorübergehend was vom Kirchenkonto borgen. Ein Glück, dass ich als Buchhalter in der Friedhofsverwaltung da ran kann. Wir haben gerade für eine Friedhofserweiterung ein Stück Acker von einem Bauern gekauft, da dreh ich mal alles so, dass es aussieht, als ob das die erste Rate ist. Laut Vertrag kriegt der nämlich dreimal 15 000, das passt doch genau. Schreib seinen Namen, Heinrich Pickendonk, auf die Überweisung, aber meine Kontonummer. Wenn ich dann das Geld von den anderen hab, überweis ich das weiter an ihn. Der kann ruhig ein bisschen warten. Wird die Kirche ja nicht drängen.

Was die anderen wohl sagen werden, wenn ich am Sonntag nach der Sportschau ganz lässig mit den Tickets wedel?

Aber dieser ‚Lalipap' schickt mir 'ne Email, dass er bisher nur die Bezugsscheine hat, und dass es besser ist, wenn er die fertigen Tickets schickt. Doch warten? Das Geld ist raus, und ich will jetzt was in der Hand haben. Ich hab mir doch schon überlegt, ob ich nicht für den Vorstand vom ‚SV Hoe-Nie' kandidiere. Mit den Tickets in der Hand wär ich ja echt eine wichtige Person. Dann würde sich keiner mehr erlauben, meine Äußerungen über Fußball zu veralbern.

Ich maile also zurück, dass ich diese Scheine jetzt haben will und mich dann schon selber kümmere. Keine

Antwort. Die Mail kommt immer wieder zurück – error und so. Ebay will mir den Namen und die Adresse von ‚Lalipap' nicht geben. Wenn ich die Tickets innerhalb von 30 Tagen nicht kriege, soll ich mich melden, dann schreiben Sie ihn an, und wenn er sich dann innerhalb von 10 Tagen nicht meldet, sperren sie ihn in Zukunft und ich könne ihn strafrechtlich verfolgen lassen. Na toll. 40 Tage warten? Und was mach ich dann?

Geh ich zur Polizei? Kann ich ja nicht. Wenn die fragen, wo ich das Geld her hatte ...

Mensch, wenn ich das so erzähle, fühlt sich das an, als wenn's gestern gewesen wär. Mag mich gar nicht weiter erinnern, weil, natürlich kommt's noch dicker.

Heinrich Pickendonk will die erste Rate sofort. Als er das erste Mal bei mir im Büro anruft, versuche ich mich mit überweisungstechnischen Problemen rauszureden. Wenn der beim Vorstand anruft oder dem Pastor am Sonntag in der Kirche was sagt! Darum kratze ich erst mal alles, was ich kriegen kann, zusammen. Neeske leiht mir einen Tausender, ohne zu fragen, wofür. Womit hat mein Bruder so eine Frau verdient?

Ich ruf Pickendonk an und versuch ihn mit dreitausendsechshundert zu vertrösten. Von wegen!

»Drissegal!«, meckert er. »Dat cheht nit, dat köchee nit maake. Siebentausend-un-vierzich mott ek häwwe, un dat gau. Wat machze denn da? Pennen? Wenn ek dat Gald hämm, dann könnt chej ow wär wat hinlege, vordem nit!«

Ich habe natürlich keine weiteren 3 440 Euro. Aber irgendwie muss ich ihn zum Warten überreden. Darum habe ich mich für Montagabend an unserem Sportplatz mit ihm verabredet. Der ist ja auch Teil des Problems, denn wenn er nicht zur Hälfte in Hönnepel und zur anderen Hälfte in Niedermörmter läge, hätten wir ja vielleicht einen eigenen Sportverein in Hönnepel und es wär gar nicht erst soweit gekommen.

Als ich von der Rheinstraße abbiege, seh ich schon

Pickendonks Mercedes da stehen. Silbermetallic, bestimmt neustes Modell. Ich hab einen richtigen Brass auf ihn gekriegt. Früher, da hat er's sicher nicht leicht gehabt, mit seinen verstreuten Äckern und Feldern, die dann auch noch oft unter Wasser standen. Aber heute – wird alles gebraucht für Golfplätze, Freizeitanlagen, Friedhof und so weiter. Braucht selber keinen Handschlag mehr zu tun, kann im Anzug mit Strunzläppke in der Tasche rumlaufen, statt in Kittel und Gummistiefeln. Aber sich wegen 7 040 Euro so aufregen!

Ich versuch trotzdem, ihm die Geschichte mit den Tickets zu erklären. So als Niederrheiner hat er vielleicht Verständnis dafür, dass ich mich für den ‚SV Hoe-Nie' einsetze. Aber denkste! Er wechselt sogar zeitweise ins Hochdeutsche, um seinen Standpunkt klarzumachen. Und fängt dann plötzlich an zu grinsen und fragt: „Seches, biste niet van Paule den kleine Brüer, den die Neeske getraut het? Mann, dat was doch en lecker Tüttje! Het di en Füür! Kenn ek von de Dschungelparty!"

Ich werde rot. Ja, temperamentvoll ist Neeske immer noch. Aber die berühmten Dschungelpartys von der Landjugend in Geldern, tja, das war Pauls große Zeit, da war er mit Neeske hingegangen, obwohl sie ja eigentlich meine Freundin aus der Berufsschule war.

Pickendonk fängt an zu gackern: »Mann, warömm het cheij niet owe Brüer ma ordentlich ene ob die Nöös gegäwe? Door hewe all drop gewacht! Son Dämel! Lätt sich van sinne Brüer dat Dirke . . .« – ich halte die Luft an, Neeske ist doch kein Tierchen! – ». . . üttspanne und jetzt von so'm Windei dat Gald für Lufttickets ütte de Täss trecke! Chen Täng en de Mull – ävvel La Paloma flöte! Könnt chej garneks?«

Während ich versuche, meine Krawatte zu lockern, weil mir irgendwie der Kopf anschwillt, zieht er ein Schreiben aus der Innentasche seiner Jacke: Berechtigung für vier Tickets zum Halbfinalspiel, hat er in der Verlosung der zweiten Verkaufsphase in Dortmund gewonnen. Beste Klasse, das Stück für 1.760 Euro, macht zusammen genau 7 040!

Mein Kopf droht zu platzen.

»Menz, wenn chej watt willt, mott chej dat änfach nehme! So löbbt dat! Wie wech ejh sons glücklick worre? Hier, so meckt man dat!“ Dabei wedelt er jetzt auch noch mit diesem Schreiben rum!

Was sagt er? Wenn man was will, muss man sich das einfach nehmen? Nur so kann man glücklich werden? Ich gehe auf ihn los, brülle, schubse ihn zurück, genieße den Anblick von Angst auf seinem eben noch so überheblichen Gesicht. Und dann stolpert er beim Zurückweichen, fällt rückwärts gegen sein Auto, rutscht runter und sein Kopf kriegt von der Türklinke noch mal eins verpasst. Er rührt sich nicht mehr. Erst denk ich, er wacht gleich wieder auf und ist dann fuchsteufelswild. Aber er bleibt einfach liegen, den Kopf komisch auf die Seite verdreht.

Was soll ich machen? Erst mal reiß ich mir den Kragen auf, ich kann gar nicht mehr klar denken. Was nun? Krankenwagen? Zu spät . . . Die Polizei? Wie soll ich das erklären, dass er so daliegt? Mir wird eiskalt.

Soll ich ihn in sein Auto packen und das irgendwo in Düsseldorf parken? Damit's so aussieht, als wenn er sich da rumgetrieben hätt und irgendjemand ihn dann . . . Könnte ich dann nicht auch dieses Schreiben nehmen und die Tickets bestellen, die er gewonnen hat? Von Lothar und Detlef vorweg kassieren, plus die 3 600 in meiner Tasche?

Weiter komm ich nicht. Ich steh wie festgefroren da, blick' auf dieses Schreiben, ohne wirklich etwas zu sehen, in meinem Kopf hallt es wieder und wieder: Dat Glück mott chej änfach nehme! Könntchej denn garneks? – da kommt Lothar aus der Tür vom Sporthaus. Was will der da am Montagabend? Erst tobt er rum, rauft sich die Haare und schreit mich an. Aber als er dann sieht, was ich in der Hand halte, will er mir plötzlich beim Verschwindenlassen der Leiche mithelfen. Er meint, am besten könne man die gleich im nahen Rhein versenken. Er versucht den Pickendonk anzuheben, doch als der so schlapp die Arme baumeln lässt, lässt er kreidebleich los und schlägt ein Kreuz. Sein katholisches Gewissen hat wohl gesiegt; selbst die Aussicht auf ein Endspielticket kann ihn plötzlich nicht mehr kirre machen, er zieht sein Handy raus und holt die Polizei. Eigentlich ist mir das auch ganz recht. Ich glaub nämlich doch nicht, was Pickendonk gesagt hat. Auch ohne katholisches Gewissen.

Statt eines Anwalts ruf ich Neeske an. Die fragt, warum ich ihr nicht gleich die ganze Geschichte erzählt hab. Schließlich arbeitet sie ja bei der Bank, da wäre manches einfacher. Sie sagt mir nicht, wie sie es geschafft hat, dass auf Pickendonks Konto gleich am nächsten Tag die Rate von der Kirchengemeinde gutgeschrieben wird. Aber sie meint, für einen Totschlag im Affekt wegen eines WM-Tickets haben die Richter sicher Verständnis. Da soll besser nicht der Verdacht auf eine Unterschlagung aufkommen.

Wenn ich allerdings eine Richterin bekäme . . . Der müsste ich deutlich machen, warum das mit dem Banner »Hönnepel grüßt den Rest der Welt« so wichtig für mich war. Dass die Fußball-Truppe mich irgendwie zu dem ganzen Scheiß gebracht hat, ich jetzt aber wüsste, dass das der falsche Umgang für mich wäre.

Sie jedenfalls hätte von Fußball die Schnauze voll. Darum würde sie ausziehen. »Stell dir vor, der Paul hat sich nicht geschämt, die Witwe von dem Pickendonk anzurufen und ihr die Tickets abzukaufen. Seins hat er vor mir versteckt. Zwischen seinen Unterhosen, wie einfallsreich! Aber der wird sich noch umkucken! Ich hab da noch eine Überraschung . . . auch für dich!«

Neeske ist richtig lieb. Dass sie Paul verlassen hat . . .

Natürlich hab ich ihr meine Wohnung überlassen, als sie gefragt hat. Die muss ich ja sowieso aufgeben. Sie meint, na gut, aber nur vorübergehend. Ich bräuchte ja eine Bleibe, wenn ich wieder rauskomme. Dabei hat sie aber so seltsam gelächelt.

Tja, so ist das also gekommen, dass ich mir das Spiel jetzt im Knast ansehe. Ist eine tolle Stimmung, entspannter jedenfalls als mit Paul, Detlef und vor allem Lothar und seinen Männern. Keiner hackt auf mir rum, keiner erwartet schlaue Kommentare. Ich krieg richtig Spaß am Zuschauen, will in der Verlängerung endlich ein Tor für Deutschland sehen. Eben, vor der Pause, war der deutsche Angriff doch ganz gut, das habe sogar ich gemerkt. Das Publikum im Stadion tobt.

Was ist denn das?

Der Kommentator lacht sich scheckig, der Kamerazoom fährt ins Publikum: Da tanzt eine Frau mit nacktem Busen, das T-Shirt hoch über den Kopf gezogen. Alle Blicke, alle Kameras richten sich auf sie: Jetzt reißt sie's runter – nein!

Neeske! Und auf dem T-Shirt steht, deutlich lesbar: »Hennes aus Hönnepel grüßt den Rest der Welt«.

Susanne Kliem

Sekt im Wasserglas

Der Parkplatz des Hotels war fast leer, ein schwarzer BMW nirgends zu sehen. Sie stieg aus, lehnte sich an die Fahrertür des Mietwagens und versuchte das Klopfen ihres Herzens durch ruhiges Ein- und Ausatmen in den Griff zu bekommen. Der Himmel war grau an diesem Spätnachmittag, ein feuchtwarmer Dunst hing über der Stadt.

Das Gebäude vor ihr wirkte, als hätte sich der Architekt am Nachbau eines griechischen Tempels versucht und das Ergebnis versehentlich in Goch vergessen. Sechs Säulen wuchsen aus einer steinernen Empore und schlossen mit einem Fries ab. Wenn sie sich richtig erinnerte, mussten das dorische Säulen sein, bauchig und von eher plumper Statur. Den dreieckigen Giebel darüber zierte das Relief einer Kampfszene aus Pferden, Wagen, speerbewaffneten Kriegern. Die gesamte Fassade sah frisch geweißt aus. Ein schmaler roter Teppich führte mittig über eine Freitreppe auf den Eingang zu. In den Riefen der Säulen fingen sich rote und blaue Lichtstrahlen aus Bodenscheinwerfen. Das Hotel lag nicht an der Straße, sondern um etwa fünfzig Meter nach hinten versetzt. Es schillerte bunt zwischen den dreistöckigen, grauen Mietshäusern der Umgebung, unwirklich wie die Kulisse eines Disneyfilms. Hinter dem von kahlen Sträuchern gesäumten Zaun des Parkplatzes erhob sich blau-weiß-orange das Firmenschild von Aldi Süd.

Es war Punkt fünf Uhr. Sie öffnete die Wagentür und warf ihre Handtasche zurück auf den Beifahrersitz. Mit zitternden Knien stieg sie ein. Wenn sie sich beeilte, konnte sie ihm vielleicht noch ausweichen. Sie griff nach der

Wagentür und zog sie zu. Aber dann saß sie hinter dem Lenkrad, unfähig sich zu rühren. Es gab kein Zurück mehr. Ihr altes Leben endete hier. In einer Stunde war alles vorbei.

Der schwarze BMW nahm mit Tempo die Kurve in die Einfahrt, schlug einen eleganten, exakt abgezirkelten Bogen und stoppte auf dem Parkplatz neben ihr. Sie starrte geradeaus durch die Frontscheibe in die Büsche, das lange, blonde Haar ihrer Perücke fiel ihr ins Gesicht. Aus dem Augenwinkel nahm sie wahr, wie der Fahrer ausstieg, um seinen Wagen herum ging und zu ihr kam. Er klopfte leise an die Scheibe.

Sie strich sich mit einer Geste, die ihr selbst vollkommen fremd war, die Strähnen aus der Stirn und wandte ihm ihr Gesicht zu. Zuerst weiteten sich seine blauen Augen im Erstaunen, dann verengten sie sich. Seine weichen, schwarzen Locken, die sie ihm erst am Wochenende geschnitten hatte, klebten feucht an seiner gerunzelten Stirn. Während sie die Regungen in seinem Gesicht beobachtete, fühlte sie nichts.

»Martina? Wie siehst du denn aus?«, klang seine Stimme gedämpft durch das Glas.

Sie öffnete die Tür, setzte den linken Fuß auf den Boden und stieg aus, ihre Glieder waren so verspannt, dass sie schmerzten. Der elegante Hosenanzug, den sie sich gekauft hatte, umschloss ihren Körper steif wie eine Rüstung. Schwer wog das Gewicht ihres glänzenden Helms aus fremdem Haar.

»Was . . . was machst du hier?«

»Ich möchte sehen, wo du bist, wenn du deine Termine hast.« Den Satz hatte sie sich zurechtgelegt, in Gedanken schon hundertmal in kalter Genugtuung in sein Gesicht geworfen, aber nun klang er wie auswendig gelernt.

Sein Blick wich zur Seite aus, streifte am Lack ihres Wagens entlang. »Was ist das für ein Auto?«

»Ein VW Polo.«

»Ja, das sehe ich. Wem gehört der?«

»Sixt.«

Er stand nun genauso da wie heute Morgen in der Küche, als er ihr gesagt hatte, dass es später werden würde. Der gebogene Nacken, die leicht geduckte Haltung des massigen Rückens, sein Blick, der sie von unten taxierte, an ihr heraufwanderte, aber ihre Augenhöhe nicht erreichte. Ein Mann von knapp zwei Metern, der von unten auf sie herabschaute.

Sie schwankte. In ihren neuen, viel zu hohen Schuhen fehlte ihr der Kontakt zum Boden.

»Du hast ein Date mit ‚Orchidee08' in diesem Hotel. Das bin ich«, sagte sie und merkte, wie unsicher ihre Stimme klang.

»Deshalb dieses Verkleidungstheater«, sagte er leise. Er streckte die Hand aus, die Finger gespreizt, die Handfläche ihr zugewandt, als wolle er sie berühren, aber gleichzeitig auf Distanz halten. Sie sah, dass er seinen Ehering abgelegt hatte, doch der blasse Streifen am Ringfinger war nicht zu übersehen. Sicherlich wollte er niemanden täuschen, sondern nur ein kleines Zeichen setzen.

»Es tut mir leid.« Er sprach leiser als sonst. »Martina, bitte . . . glaub mir.«

»Was tut dir leid? Dass ich dahinter gekommen bin?«

Wie oft hatte sie sich diese Situation ausgemalt, sich vorgestellt, wie sie auf seine Bitte um Vergebung reagieren wollte, aber nun lösten seine Worte nichts in ihr aus. Sie war nicht mehr Martina, die Martina, die seit Monaten an ihrer Verletzung und Wut, an ihren Selbstzweifeln und ihrer Eifersucht erstickte, seit sie hinter sein Passwort und seinen Decknamen bei ‚Happy-Seitensprung.de' gekommen war. ‚Zephyr' nannte er sich dort, Windgott. Zuerst hatte sie lachen müssen. Einen weniger passenden Namen hätte er kaum finden können. Er war zu schwer, zu langsam, zu unbeweglich, um ein Gott des Windes zu sein. Doch sie hatte sich wohl in ihm getäuscht. Seit einem Jahr flog er von Gespielin zu Gespielin.

Als ‚Orchidee08, blond, 1,72 m, schlank, Körbchengröße 75 C' hatte sie sofort viele Mails erhalten, Angebote von verheirateten Männern, unter denen sie auswählen konnte. Aber sie hatte nur ihm geantwortet. Die Verabredung in dem Hotel hatten sie sehr bald getroffen. Hier ging es schließlich um Sex, nicht um Kommunikation.

»Lass uns reingehen. Du hast sicher nicht viel Zeit«, sagte sie.

Er blickte in Richtung des Säulenportals, dann ungläubig in ihre Augen. »Du willst in das Hotel? Wozu denn?«

Sie öffnete die obersten Knöpfe ihrer Jacke. Sie trug nichts darunter, nur einen schwarzen, spitzenbesetzten BH. »Um das Versprechen einzulösen, das du ‚Orchidee' gegeben hast: eine unvergessliche Stunde.«

Sie konnte in seinen Augen lesen, spürte seinen Drang zu flüchten, seine Irritation über ihr Verhalten, sein schlechtes Gewissen.

»Warum auch nicht?«, fragte sie. »Bin ich schlechter als andere?« Sie lächelte. »Und bezahlen musst du so oder so.«

Sie ging ihm voraus die Stufen hinauf, eine automatische Glastüre fuhr auf, die Empfangshalle sog sie ein, Rot und Gold, breite Karomuster auf Sesseln und Vorhängen. Goldgerahmte Spiegel, ein weiteres steinernes Wandrelief mit speerbewaffneten Kriegern. Körper, von Stoffbahnen umhüllt, die auf die Knie herab fielen wie Faltenröcke. Oder waren es Kriegerinnen?

Er trat zögernd zum Empfang, sprach leise mit einer jungen Hotelangestellten. Ob er hier schon bekannt war? Er fasste in die Innentasche seines Jacketts, zückte einen Kugelschreiber, unterschrieb.

Sie blieb in der Nähe der Tür, musste an ihr früheres Lieblingshotel in Paris denken, an ihre Hochzeitsreise, die Kinder waren noch nicht geboren. Sie hatten nah beieinander am Tresen gestanden, während sie sich gemeinsam in das Gästebuch eintrugen. Sie war aus ihrem Schuh geschlüpft und hatte ihren nackten Fuß an seiner muskulösen Wade gerieben.

Hier an diesem Ort war sie fremd, fremd sich selbst, in ihrer Verkleidung, in ihrem verloren gegangenen Hass.

Ein leises ‚Pling' ertönte, eine Aufzugtür öffnete sich, ein älteres Paar durchquerte die Halle. Die Frau musterte sie, oder kam ihr das nur so vor? Martina nahm einen Hotelprospekt von einem golden lackierten Tischchen und blätterte darin.

Er verließ die Rezeption, stand mit hängenden Armen mitten im Raum. Sie ging an ihm vorbei, er folgte. Der Aufzug stand noch offen, der Geruch des alten Paares, ein schwacher Duft von Eau de Toilette, hing in der Luft. Sie fuhren nach oben. Nun lief er voraus durch einen Flur in der zweiten Etage. Der königsblaue Teppich mit einem Muster aus goldenen Krönchen verschluckte das Geräusch seiner schweren Schritte.

In das Zimmer hinein, diagonal zur Wand, ragte ein Himmelbett mit roter Satinwäsche und einem Baldachin aus roter Seide. Sie schloss die Tür. Innen an der Türklinke hing ein ‚Bitte nicht stören'-Schild, darüber befand sich ein runder Aufkleber mit der Aufschrift ‚Nichtraucher-Suite'.

Er warf sein Jackett und seine lederne Reisetasche auf einen Sessel, zündete sich eine Zigarette an. Dann ging er zum Fenster, zog die rot-gold-karierten Vorhänge zur Seite und kippte es.

»Gefällt dir das Zimmer?«, fragte sie laut. »Ist sicher nicht leicht, für diese Anlässe das Richtige zu finden.«

Er trat zu ihr. »Martina . . .«, begann er wieder. Leise. Zögernd.

Seinem Hemd, das sie gestern gebügelt hatte, gestern, als sie noch Martina war, die immer mittwochs die Hemden bügelte, entströmte der vertraute Geruch, ein Gemisch aus Rauch, seinem Schweiß und dem Duft des Weichspülers. Diese Nähe war gefährlich. Sie hielt den Atem an.

Ihre gemeinsame Zeit lief ab, mit jeder Sekunde wurde aus Liebe Vergangenheit.

»Was willst du, Martina?« Seine Stimme war fast ein Flüstern. »Was kann ich tun?«

Zigarettenasche fiel auf den Teppich. Sie bekämpfte den Impuls, sie aufzuheben. Sie sah an ihm vorbei, hinaus auf den Parkplatz des Aldi-Marktes. Es dämmerte, bald würden die Straßenlampen angehen. Frauen schoben volle Einkaufswagen. Sie beeilten sich, nach Hause zu kommen, die Männer kamen von der Arbeit zurück, dann sollte das Essen auf dem Tisch stehen. Sie packten bunte Verpackungen in Tüten, schlugen Kofferräume zu, rollten die silbernen Wagen zurück, setzten sich in ihre roten, grünen, grauen Autos, bewegten sich mit schlafwandlerischer Sicherheit durch den Tag, der sich aus farbigen, wie zufällig hingetupften Details zu einem Ganzen fügte wie ein impressionistisches Gemälde. Auch sie hatte lange in einem Traum vom perfekten kleinen Glück gelebt.

»Martina. Sag doch was. Was kann ich tun, damit du ...« Er brach ab.

»Wie oft hast du das schon gemacht?« Sie sah kurz hinüber zu dem Satinbett, dann wieder hinaus.

Er trat neben sie, verstellte ihr den Blick, schnippte die Kippe durch den Spalt des Fensters. »Martina ...«

»Martina, Martina ... !«, machte sie ihn nach. »Vergiss sie. Sie existiert nicht mehr.« Eine Wolke des fremden Parfums, das sie aufgetragen hatte, stieg in ihre Nase.

Er atmete schwer, sein Bauch hob und senkte sich. Er schüttelte den Kopf und beugte den Nacken wie ein Stier in der Arena, den die ersten Lanzenstiche der Picadores provozieren. Sie griff nach seiner Hand und legte sie um ihren Nacken. Seine Finger befühlten die künstlichen Strähnen.

»Mach alles wie sonst. Wie mit den anderen«, flüsterte sie.

Ein Ruck ging durch seinen Körper. Er fasste ihr Handgelenk und führte sie ins Bad. Crémefarbene Kacheln reichten bis zur Decke, ein Spiegel nahm fast die gesamte Breite der Wand über den beiden Waschbecken ein. Er knöpfte sein Hemd auf, streifte sein T-Shirt über den Kopf und ließ beides achtlos auf den Boden fallen. Sie zog ihre Jacke aus und öffnete die Hose. Das Licht war grell, ihr Gesicht unter der blonden Mähne wirkte zu klein und sah fahl aus. Der schwarze Büstenhalter gab ihren Brüsten eine schöne Form, aber sie hasste die Form ihrer zu breiten Taille. Sie wandte ihrem Spiegelbild den Rücken zu.

Er küsste sie auf den Mund. Seine Hände glitten über ihren Rücken, nestelten am Verschluss des BHs, streiften ihn ab. Er bückte sich, schob die Hose nach unten auf ihre Knie.

Er trat einen Schritt zurück und betrachtete sie. »Du bist wunderschön, ‚Orchidee'«, sagte er heiser. Dann strich er mit den Fingern über ihre Brüste, über ihren Bauch hinab bis zum Schamhaar.

»Warte.« Er verließ das Bad, kam mit einem schwarzen Kulturbeutel zurück, den sie zu Hause noch nie gesehen hatte, nahm eine Spraydose und einen Einwegrasierer heraus.

»Was machst du?«, fragte sie.

»Ich mache es wie mit den anderen«, sagte er. »Das wolltest du doch.« Sein Mund verzog sich zu einem Lächeln, dazu wieder sein Blick von unten herauf, misstrauisch, prüfend und gleichzeitig bittend, Pupillen, die auf dem unteren Rand der Lider schwammen.

Er schüttelte die Dose und sprühte weißen Schaum auf das Büschel Haar zwischen ihren Beinen, es fühlte sich kühl an und knisterte. Seine Bewegungen waren ruhig und sicher. Er nahm den Rasierer und zog ihn über das nasse Haar, den Schaum ließ er auf den Boden der Badewanne fallen.

Sie sah nicht an sich hinunter, hörte nur auf das schabende Geräusch des Messers. Schließlich hielt er inne, warf den Rasierer ins Waschbecken, deutete zwischen ihre Beine. »Komm, wir waschen das Zeug ab.«

Sie stieg in die Wanne, wartete regungslos, bis er vor ihr stand, den Duschschlauch hob, die Temperatur regelte und lauwarmes Wasser über ihren Körper fließen ließ. Sie beobachtete die Rinnsale auf dem Weg in den Abfluss, Schaum und Haar klumpten zusammen wie schmutziger Schnee.

Er drückte auf einen Spender an der Wand, seifte sie von der Taille abwärts ein, fuhr mit der Hand zwischen ihre Beine, streifte ihre Schamlippen, spülte mit Wasser nach. Es roch nach Grapefruit.

Er stieg aus der Wanne, sie wollte nach einem Handtuch greifen, doch er legte einen Arm um ihren Rücken, mit dem anderen griff er unter ihre Kniekehlen, hob sie hoch und trug sie zum Bett. Sie spürte die Kühle der glänzenden Tagesdecke unter sich. Er kniete sich über sie. Sie schloss die Augen, tastete, legte die Arme um seinen Hals und zog ihn zu sich hinunter, sie wollte sein Gewicht auf sich spüren, er sollte ihr die Luft nehmen, sie ersticken, sie wollte bewusstlos sein, nichts mehr denken müssen. Als er in sie eindrang, schrie sie auf und krallte ihre Finger in seine Schultern. Sie hatte vergessen, wie weh das tat. Aber sie wollte sich öffnen, bereit sein. Sie musste den Schmerz nur als eine verdiente Strafe akzeptieren, eine vorgezogene Sühne für das, was sie später tun würde. Er stieß hart in sie hinein, die Augen auf einen Punkt über ihr gerichtet, das Gesicht kantig, die Kiefer fest ineinander verbissen, er keuchte im Rhythmus seiner Stöße, war ganz bei sich. Ohnmächtig seinen Bewegungen ausgeliefert, kam ihr Hass zurück. Die Demütigung, die sie freiwillig herbeigeführt hatte, ihr Ekel und Widerwille verdichteten sich zu einer Intensität, zu einem Schmerz, wie sie ihn noch niemals gefühlt hatte. Sie nahm ihn an wie ein Geschenk, das sie ihre Existenz für ein paar Momente vergessen ließ und empfand Lust dabei. Er hielt inne, sank mit einem Stöhnen auf sie herab, rollte sich zur Seite. Er drehte sich weiter auf den Bauch, den Kopf von ihr abgewandt und auf seinen angewinkelten Arm gebettet. Sie setzte sich auf und betrachtete ihn. Jede Spannung war aus ihm gewichen, sein Körper glich einer Landschaft aus sanften Hügeln und Tälern.

»Hast du Durst?«, fragte sie nach einer Weile.

Er brummte zustimmend.

Sie stand mit wackeligen Knien auf, öffnete die Minibar. »Sekt?«

»Gute Idee«, sagte er in seine Armbeuge hinein, ohne den Kopf zu wenden.

Sie nahm zwei Pikkolos heraus und drehte die Verschlüsse auf. Auf dem Kühlschrank lag eine Papierserviette. Darauf standen zwei Wassergläser mit der Öffnung nach unten. Sie drehte sie um und verteilte den Sekt in die Gläser, ohne ihn länger als einen Moment aus den Augen zu lassen. Er lag da, ohne sich zu rühren. Sie nahm das Fläschchen aus ihrer Handtasche und füllte mit der durchsichtigen Flüssigkeit daraus sein Glas bis zum Rand auf.

»Hier, bitte.«

Er drehte sich zu ihr, stützte die Hand auf und nahm mit der anderen das Glas. Sie stießen an, ein hartes, stumpfes Geräusch.

Er trank mehrere große Schlucke, nahm eine Zigarette aus der Schachtel auf dem Nachttisch und zündete sie an. Dann klemmte er sie in den Mundwinkel, und sein Finger raspelte über ihr kurz geschorenes Schamhaar.

»Was meinst du, ‚Orchidee'? Wird das deinem Mann gefallen?«

»Er wird es nicht merken«, sagte sie.

Er verzog das Gesicht, das erste Unwohlsein war da, Übelkeit, gepaart mit einem Ziehen in der Magengegend, Vorboten schrecklicher Schmerzen, die noch auf ihn warteten. Sie stand auf und ging ins Bad, sammelte ihre Kleider auf und zog sich an. Als sie ins Zimmer trat, um ihre

Handtasche zu holen, lag er zusammengekrümmt und stöhnte. Sie konnte erkennen, dass er etwas sagen wollte, doch er brachte kein Wort heraus, seine Lippen zitterten nur. Seine Augen waren weit aufgerissen, die Pupillen, klein und schwarz wie Tollkirschen, saßen auf den Augäpfeln, als wollten sie abspringen. Ihre Blicke trafen sich kurz, seiner nahm den kürzesten Weg zu ihr, die letzten Kräfte schonend, nicht mehr von unten herauf, nicht mehr taxierend, sondern auf Augenhöhe.

Sie schloss das Fenster und zog die Vorhänge zu. Im Halbdunkel wirkten die Farben des Raumes matt, verlor das Rot des Bettes seine Aggressivität.

Er hatte schlechte Karten, dachte sie. Es sei denn, ihm würde sehr bald jemand helfen, ihm ein Mittel geben, das Erbrechen auslöste. Das Gift, das in den Magen gelangt war, konnte noch ausgepumpt werden, wenn er schnell ins Krankenhaus kam.

Sie sah nicht mehr zu ihm hin, als sie hinausging. Sie ließ die schwere Zimmertür ins Schloss fallen und hängte das ‚Bitte nicht stören'-Schild von außen an die Klinke. Dann folgte sie den Zeichen des Rettungsfluchtweges in ein dunkles, gekacheltes Treppenhaus. Draußen stieg sie in ihren Wagen. Rot und blau schillerten die Säulen der Hotelfront in der Dämmerung. Tempel, Opferstätte, Traumfabrik.

Wer würde ihn vermissen? Außer ihr?

Schönes Vermächtnis

Ich hasse Hunde. Und sie hassen mich. Bei der Hundedichte, die wir in Krefeld haben, ist das ein ziemliches Problem für mich, denn so oft wie mir ein Viech begegnet, kann ich die Straßenseite gar nicht wechseln. Keine Ahnung, warum dieser Köter so anders zu mir war. Ich wette, er hat das alles von Anfang an geplant.

Ich war auf meiner üblichen abendlichen Runde. Ein paar Bier im ‚Armen Kater', so lange, wie das Geld reichte, und dann noch ein bisschen Luft schnappen. Auf einmal wackelte dieser Mops auf mich zu. Er trug einen weißen Pullover und sah auch sonst ziemlich bescheuert aus. Die alte Dame, die er an der Leine hinter sich her zog, sah wie ein zerknittertes Tischtuch aus, das man zu spät aus dem Trockner gezogen hatte. Ich schätzte sie auf etwa fünfundachtzig und lag damit, wie ich später erfuhr, goldrichtig.

Wie ein Verrückter leckte der Köter meine Schuhspitzen ab. Dann setzte er sich schnaufend auf seine Hinterbeine, legte den Kopf schief und schaute mich derart triefäugig an, dass ich nicht mehr anders konnte, als mich zu ihm herabzubeugen, ihn am Hals zu kraulen und »ist ja gut, mein Kleiner« zu murmeln. Immerhin ermöglichte mir das, sein mit glitzernden Swarovski-Steinen besetztes Hundehalsband in Ruhe zu begutachten.

Die Alte sah mich mit prüfendem Blick an.

»Er scheint sie zu mögen«, meinte sie. »Normalerweise lässt er sich das von Fremden nicht gefallen.«

Mit diesen Worten nahm das Schicksal seinen Lauf. Neuerdings haben Wissenschaftler herausgefunden, dass wir Menschen keinen freien Willen haben. Wenn wir meinen, eine Entscheidung zu treffen, sind in Wahrheit die Würfel im Gehirn schon gefallen. So ähnlich muss es auch bei mir abgelaufen sein – wie eine Stoffwechselstörung. Ich zwang mich, der Töle ihre Pfote zu schütteln, die sie mir artig entgegenstreckte.

Ein paar Tage später trafen wir drei uns – ich schwöre, rein zufällig – auf der Wilhelmshofallee wieder. Weiß der Himmel warum, aber erneut rannte die Töle auf mich zu und himmelte mich an. Ich stellte mich der Alten vor und belaberte sie ein bisschen. Das Einzige, was ich richtig gut kann. Über ihre Lippen huschte ein Lächeln.

»Sie lieben Hunde, Herr Treiber, nicht wahr, das merkt man sofort«, stellte sie fest.

Ich nickte geflissentlich.

»Darf ich fragen, was Sie beruflich machen?«

»Detektiv. Private Ermittlungen«, brabbelte ich.

Und weil sie es wünschte, erzählte ich ihr die üblichen Schnüffelgeschichten eines Detektivs. »Aber richtig spezialisiert habe ich mich auf die Suche nach Vermissten.« Ich hoffte, den richtigen Ton getroffen zu haben, fachmännisch und zugleich geheimnisvoll.

Sie sprang sofort darauf an. »Vermisste Kinder?«

»Nein«, erwiderte ich, »Hunde, Katzen, Vögel. Alles, was weglaufen oder wegfliegen kann oder gestohlen wird.«

Sie schaute mich entgeistert mit offenem Mund an. Ihre Zähne sahen tadellos weiß aus. Bestimmt teure Implantate. »Hunde stehlen? Kommt das denn öfter vor?«

Ich machte eine bedeutungsschwangere Handbewegung. »Was meinen Sie wohl, wer alles Interesse an den armen Tieren hat? Hundefänger, die für Versuchslabore arbeiten, Züchter, die billig an Rassehunde kommen wollen, Gourmetköche in Chinarestaurants ...«

Ich hielt inne und wartete ihre Reaktion ab.

Sie schaute erschrocken ihre Töle an. »Hast du das gehört, Schatz? Davon wollen wir aber jetzt nichts mehr wissen, oder, Don Carlos?«

Von da an trafen wir drei uns mehrmals in der Woche zum abendlichen Spaziergang durch den Stadtwald. Bei meiner Hundephobie kostete mich das echt Überwindung. Zumal die vierbeinigen Muskelpakete, denen wir hin und wieder begegneten, nicht immer angegurtet waren. Pia Hardenstein erzählte mir von ihrem Mann, der einst Syndikus des größten Chemieunternehmens am Niederrhein und vor sieben Jahren an Herzversagen gestorben war. Weit gereist waren sie früher, in ihren Urlauben, bis seine Krankheit begann. Florida, Kanada, Australien, Neuseeland. Ich erfuhr, dass ihre Ehe kinderlos geblieben war, Freunde und Bekannte inzwischen alle verstorben waren und dass sie ganz allein in ihrer großen Villa am Rande des Stadtwaldes ein paar Autominuten von mir entfernt lebte. Der Köter stank nach Furz – Pia Hardenberg roch nach Geld, viel Geld.

Die Wochen vergingen. Ich fand heraus, dass das Geld der alten Hardenstein mit dreieinhalb Prozent verzinst auf einem Sparkonto der Krefelder Sparkasse schlummerte. Genauso sicher wie ihr Schmuck im Banksafe. Wofür brauchte sie so teure Klunker, wenn sie die doch nicht trug? Nur für ihren Köter war ihr nichts zu teuer. Das hatte ich schnell raus.

Was tat ich nicht alles, damit die gnädige Frau mir ihr Vertrauen schenkte? Ich ließ teure Visitenkarten drucken und legte mir ein sündhaft teures Telefon zu, das mich automatisch zu vorprogrammierten Zeiten auf meinem Handy anrief. Die vielen Anrufe hinterließen mächtigen Eindruck bei der Alten. Ich besorgte Pralinen für die

Hardenstein und Kacktütchen für die Töle. Langsam wurden meine ohnehin nicht großzügig bemessenen Rücklagen knapp.

Eines Abends erreichte mich ihr Anruf. Ihre Stimme klang weinerlich. »Herr Treiber, bitte, ich brauche ihre Hilfe.«

»Was ist denn los?«, fragte ich.

»Don Carlos ist weg«, brach es mit einem herzzerreißenden Schluchzen aus ihr heraus.

Ich versuchte, sie zu beruhigen und gleichzeitig möglichst viele Infos aus ihr herauszuquetschen.

Wie jeden Morgen hatten sie ihren Mops zum Pinkeln in den Garten geschickt – und von da war er nicht wieder gekommen.

»Ist Ihnen irgendetwas Ungewöhnliches aufgefallen?«, fragte ich durchs Telefon.

Sie verneinte. »Bitte, Arno, Sie müssen sofort kommen und nach ihm suchen. Hoffentlich ist ihm nichts passiert.«

Ich versprach, mich sofort auf den Weg zu machen. Nachdem ich den Hörer aufgelegt hatte, suchte ich ein paar Sachen zusammen, die ich brauchen würde.

Als ich bei ihr eintraf, eröffnete sie mir zitternd die Nachricht. »Eben hat jemand angerufen. Don Carlos ist entführt worden.«

»Wer war dran?«

»Er hat keinen Namen genannt«, stammelte sie. »Aber er hat gesagt, er hätte ihn in seiner Gewalt und ich müsste alles tun, was er von mir verlangt.«

Ich forderte sie auf, mir alles über den Anruf zu erzählen, jedes kleinste Detail. Alles konnte wichtig sein. Sie berichtete, dass der Anrufer mit ausländischem Akzent gesprochen habe. Sie solle keine Dummheiten machen, vor allem nicht die Polizei einschalten und sie solle schleunigst 50 000 Euro bereit halten. Nähere Anweisungen bekomme sie schon morgen per Post. Und wenn sie sich nicht an die Anweisungen halte, werde ihr Hund geköpft und das Fell werde ihm abgezogen.

Ich fragte die Hardenstein, ob ich mich ein wenig im Garten umschauen dürfte. Sie führte mich aus dem Entree durch die Bibliothek zur großen Veranda. Der Garten war ungefähr so groß wie Bali und zugewuchert wie tropischer Urwald. Ich schritt die Grundstücksgrenze auf und ab, schaute hinter dieses und jenes Gestrüpp, ließ mir von den Rosenstöcken die Hände zerkratzen und fand dann endlich, zwischen dem trockenen Laub, was ich gesucht hatte. Auf der Veranda zurück, hielt ich ihr die kleine Ampulle unter die Nase.

»Was ist das?«, fragte sie.

»Polamivet. Wird zur Narkotisierung von Tieren, vor allem bei Hunden und Pferden, eingesetzt. Enthält Morphin und führt zu einem unter Umständen mehrere Stunden anhaltenden Schlaf.«

»Man hat ihn . . . betäubt?«, fragte sie ungläubig.

»Ich fürchte, ja«, erwiderte ich und setzte ein besorgtes Gesicht auf.

Ich sicherte noch verschiedene Fußspuren, indem ich die Abdrücke mit Gips ausgoss und suchte nach Zigarettenkippen, Kleidungsfetzen oder sonstigen verdächtigen Gegenständen. Wie man es aus den Fernsehkrimis kennt.

»Das waren Profis«, stellte ich trocken fest, als sie mir in der Küche einen Tee und Kekse reichte. »Sie sollten ihren Zaun schnellstens reparieren lassen. So kann ja jeder auf Ihr Grundstück.«

»Sollen wir nicht doch die Polizei rufen?«

»Auf keinen Fall«, warf ich ein. »Haben Sie schon vergessen, womit man Ihnen gedroht hat? Das wollen Sie doch nicht riskieren, oder?«

Ich erzählte ihr von einem ähnlichen Fall, der sich vor einiger Zeit in Bayern zugetragen hatte und bei dem sich die Hundebesitzerin vertrauensvoll an die Polizei gewandt hatte. Die aber war bei der Geldübergabe derart dilettantisch durchs Unterholz gestolpert, dass sie den mutmaßlichen Täter in die Flucht getrieben hatte. Tage später fand man den armen Zuchtdackel aufgespießt auf einem Metallzaun. Einfach grässlich. Das Thema Polizei war damit durch.

Ich riet ihr dazu, die Fünfzigtausend lieber zu zahlen. Ich schwor, den oder die Täter zu verfolgen und ihr das Geld zurückzubringen. Und natürlich ihren Mops – lebend. Ehrenwort. In das Gesicht der Alten kehrte langsam wieder Farbe zurück. So blass wie sie war, hatte ich mir schon Sorgen um sie gemacht.

»Ich werde das tun, wozu Sie mir raten. Sie sind ja der Fachmann«, sagte sie schließlich nach längerem Überlegen. »Würden Sie die Geldübergabe für mich vornehmen?«

Ich nickte. »Ich weiß Ihr Vertrauen zu schätzen und werde Sie nicht enttäuschen«, erwiderte ich.

Dann klärten wir die restlichen Modalitäten. Bei ihrer Bank sollte sie wegen der ungewöhnlich hohen Abhebung einfach sagen, dass Don Carlos ganz plötzlich an einer seltenen und lebensbedrohlichen Krankheit erkrankt sei und sie das Geld brauche, um ihn in den USA operieren zu lassen. Und wenn sie irgendwer auf der Straße oder in den Geschäften auf Don Carlos ansprechen sollte, so war der arme Mops schwer krank und in Pflege. Ansonsten galt natürlich: zu niemandem ein Sterbenswörtchen.

Nach einer unruhigen Nacht war ich am Morgen pünktlich um zehn bei ihr, um gemeinsam mit ihr auf die Post zu warten. Wir tranken Tee und sie berichtete mir, dass sie das Geld problemlos bekommen hatte. Die Geschichte von Don Carlos und seiner drohenden Beinamputation hatte ihren Kundenberater zu Tränen gerührt.

Respekt. Die alte Hardenstein konnte besser lügen als manch ein Profi. Sie führte mich nach oben ins Schlafzimmer und zeigte den dicken Umschlag mit den Geldbündeln, den sie im Hundekörbchen unter der Kuscheldecke versteckt hatte. Mir wurde ganz schwummrig.

»Nehmen Sie das Geld an sich, Arno«. Die Alte drängte mir die Knete ja förmlich auf. Damit hatte ich nicht gerechnet.

Wir standen noch auf dem obersten Treppenabsatz, als es an der Tür klingelte. Die Post. Da die Alte nicht mehr ganz so schnell auf den Beinen war, lief ich die Treppe hinunter und nahm das Päckchen entgegen. Natürlich hatte ich Plastikhandschuhe angezogen, um etwaige Fingerabdrücke nicht zu verwischen. Das Päckchen fühlte sich leicht an und es war kein Absender darauf vermerkt. Ich reichte es Pia Hardenberg, die mich oben erwartete. Sie öffnete es mit zitternden Fingern.

»Oh Gott, nein!«

Sie stieß einen spitzen Schrei aus und ließ das Paket aus der Hand gleiten, sodass es zu Boden fiel. Zum Vorschein kamen ein Stück von Don Carlos Ohr und ein kleines geringeltes Schwänzchen.

Pia Hardenberg schloss die Augen und kippte zur Seite. Scheiße! Blitzschnell griff ich nach ihr, doch es war schon zu spät. Mit meinen Einweghandschuhen bekam ich sie nicht mehr richtig zu fassen. Mein Griff versetzte sie erst recht in eine kreiselnde Drehung. Sie schlug mit ihrem Kopf gegen die Wand, riss dabei das hinter Glas gerahmte Bild von Don Carlos mit sich und stürzte schließlich Stufe für Stufe die Treppe hinunter.

Waren es die alten Holzstufen oder ihre Knochen, die so knackten? Unten blieb die Hardenberg mit verdrehten Gliedern liegen. So schnell ich konnte, rannte ich die Treppenstufen hinab und beugte mich über sie, um ihr aufzuhelfen. Ich hätte mir die Mühe sparen können. Eine fingerlange, gezackte Glasscherbe steckte wie ein Dolch tief in ihrem Hals. Das Blut sprudelte als Fontäne aus der Halsschlagader. Ich umklammerte die Scherbe mit meinen Händen und versuchte sie herauszuziehen. Vergeblich.

Stattdessen schnitt ich mir durch meine Handschuhe hindurch tief ins Fleisch. Fluchend gab ich auf. Pia Hardenberg war mausetot.

In diesem Augenblick klingelte erneut jemand an der Haustür. Ich sah mich um. Der schnellste Weg nach draußen führte durch die Bibliothek. Wieder schellte es.

»Pia! Don Carlos! Ich bin es. Giovanni, euer Friseur. Ich weiß dass ihr da seid, meine Süßen, macht doch bitte auf!«

Panisch stürmte ich die Treppe nach oben, griff den Umschlag mit dem Geld, den die Alte hatte fallen lassen und sauste die Treppe wieder hinab, wobei ich fast in der großen Blutlache ausgerutscht wäre. Dann stolperte ich durch die Bibliothek nach draußen, Richtung Bali. Ich durchquerte den Urwald, kraxelte die Böschung nach oben und fand mich auf genau dem gleichen Weg wieder, den ich noch am Morgen zuvor mit dem Köter im Schlepptau entlang gegangen war.

»Ija nä, stehsse jetzt auf Möpse?«, hatte Rudi staunend gefragt, nachdem ich auf seinem Hof die Heckklappe meines alten Golf geöffnet hatte, in dem Don Carlos benommen hockte und asthmatisch vor sich hin schnaufte.

Rudi war ein guter Bekannter. Die kleine Hundezucht in der Nähe vom Hülser Berg, die er betrieb, hinderte mich daran, mit ihm Freund zu werden, obwohl er ein echt netter Kerl war. In den Zwingern kläfften die Schäferhunde. Ihr Lärm machte mich reichlich nervös.

»Hör mal, Rudi«, sagte ich, und deutete auf Don Carlos, »den hat mir jemand anvertraut und ich muss gut auf ihn aufpassen.«

»Da hasse aber nich jut auffjepasst«, stellte er fest. »Dinne Mops fähllt jooe en Stöck van et Ohr on däm sinne Arsch hät och jet avjekriegt.« Er zeigte auf Don Carlos linkes Ohr und das blutende Hinterteil.

»Hatten unterwegs 'ne kleine Schlägerei mit einem Pitbull«, erklärte ich entschuldigend. »Also, was ist? Kann ich ihn ein paar Tage bei dir unterbringen?«

Rudi schüttelte bedächtig den Kopf. »Weiß nich.«

Ich drückte ihm einen Fuffi in die Hand. »Komm schon. Sei nicht so.«

»Aber echt bloß für'n paar Tage«, maulte er mit der ihm angeborenen rheinischen Fröhlichkeit.

Erleichtert schnaufte ich durch. Jetzt konnte mir nichts mehr passieren. Meinen Wagen hatte ich zum Glück nicht direkt vor dem Haus geparkt. Ihn konnte ich später noch abholen. Ich bemerkte, dass meine Hose und die Schuhe blutverschmiert waren, doch ehe ich überlegen konnte, wie ich die Sachen am schnellsten los werden konnte, vernahm ich unvermittelt hinter meinem Rücken ein grässliches Knurren. Ich wirbelte herum, versuchte noch, meine Tasche schützend vor mich zu halten, aber zu spät. Ein Vieh, groß wie der Kölner Dom, flog auf mich zu und es wurde dunkel um mich herum.

Ich erwachte im Krankenhaus, bandagiert, mit Nebel vor meinen Augen. Durch den Schleier hindurch, der mich umgab, wusste ich sofort, dass die drei Herren, die um mein Bett herumstanden, nicht da waren, um mir ein Geburtstagsständchen zu singen.

Morgen, fünf Monate später, wird man mich in den Gerichtssaal führen und die Anklage gegen mich verlesen. Ich kenne die Vorwürfe schon. Alles erstunken und erlogen. Ich schwöre. Habgierig und heimtückisch soll ich die alte Hardenberg die Treppe heruntergestoßen und ihr eine Glasscherbe in den Hals gerammt haben. Raubmord nennen sie das. Ihren Köter soll ich angeblich auch noch in das Reich der Toten befördert haben. Jedenfalls hat man vor einigen Wochen in einer ausgehöhlten Kopfweide im Hülser Bruch seine sterblichen Überreste gefunden. Offenbar hat sich Rudi doch mächtig über den falschen Fünfziger geärgert.

Mein Anwalt hat mir erzählt, was die Obduktion ergeben hat. Die Hardenberg war schon so vom Krebs zerfressen, dass sie eher früher als später abgekratzt wäre.

Angeblich hat man bei ihr ein Testament gefunden. Fast alles kriegt »Hunde in Not e.V.«. Aber Fünfzigtausend hätte der Verein für mich und meine Detektei springen lassen müssen, wenn ich Don Carlos in Pflege genommen hätte. Schönes Vermächtnis.

Heute Nacht habe ich von der Gerichtsverhandlung geträumt. Als der Richter das Urteil verkündete, saß der Köter auf Rudis Schoß und kläffte wie ein Verrückter. Kläffte und kläffte. Ich könnte schwören, er hat gelacht.

... fragen Sie bitte ihren Apotheker!

Ich fühlte mich am heutigen Morgen so, wie man sich manchmal fühlt, wenn man am Abend zuvor im trauten Freundeskreis ein gewisses Pensum an Weizenbier vernichtet hatte.

Mir tat furchtbar die Rübe weh!

Dabei verlief der gestrige laue Sommerabend nicht anders als sonst, wenn ich mich mit einigen Leuten im Biergarten der Kaiser-Friedrich-Halle auf ein paar Gläser traf. Wir tranken drei, vier Weizen, unterhielten uns, lauschten dem Rhythmus der Fontänen im Springbrunnen und genossen ansonsten die Aussicht, die sich uns bot und die leise Jazzmusik, die uns umgab.

Der neue Kellner, ein junger Kerl mit freundlichem Lächeln, und, wie einige der anwesenden Damen erklärten, mit einem äußerst charmanten Wesen und zugleich allen Voraussetzungen für ein Sahneschnittchen, war äußerst zuvorkommend. Aufmerksam hielt er stets unseren Tisch im Auge und sorgte für einen kontinuierlichen Austausch der leeren Gläser gegen volle. Und doch wollte mir gestern das Bier nicht schmecken. Es war, als hätte es einen bitteren Beigeschmack. Vielleicht bildete ich mir dies auch nur ein oder hatte lediglich ein Formtief. Die anderen erklärten jedenfalls, mit ihren Getränken wäre alles in Ordnung gewesen.

Seufzend und mit den Fingerkuppen vorsichtig meine Schläfen massierend, löste ich meinen Blick aus dem Fenster von der Vogel-Voliere am Bunten Garten.

Die erfolglose Suche nach Kopfschmerztabletten in

meinem Haushalt führte mir einmal mehr die Richtigkeit von Murphys Gesetz vor Augen und half weder, meine Laune zu heben noch den Schmerz-Level meines Katers zu senken.

Dann kam dieser Anruf und so befand ich mich nun an einem Ort, wo meinem desolaten Zustand entgegen gewirkt werden konnte: in der Hirsch-Apotheke gegenüber dem Wasserturm, direkt im Schatten des Mönchengladbacher Wahrzeichens.

»Ich hätte gerne eine Packung Aspirin – die zum Kauen«, erklärte ich dem Herrn im weißen Kittel, als ich an der Reihe war. Dezent schob ich außerdem noch meine Visitenkarte über den Tresen, während ich zahlte.

Nachdem der Apotheker meine Karte überflogen hatte, ließ er sie in seiner Kitteltasche verschwinden und drehte sich nach hinten. »Bettina? Kannst du nach vorne kommen und weiter bedienen?«

Er wartete dass knappe »Ja« aus dem hinteren Raum kaum ab, winkte mir, ihm zu folgen und verschwand im nächsten Moment zwischen zwei riesigen Schränken mit Schubladen für die Medikamente. Während ich versuchte, zwei Tabletten aus ihrer Folie zu befreien, ging ich ihm hinterher und lief fast seine Mitarbeiterin um. Die gute Bettina schaute mich stirnrunzelnd an, während ich mir das erste Aspirin in den Kopf warf. Schulterzuckend ließ ich sie passieren, steckte mir die zweite Tablette in den Mund und nahm meinen Weg zwischen weiteren Schränken mit Schubladen wieder auf, vorbei an einer Nische, in der vor einem riesigen Regal mit braunen Flaschen und Gläsern ein ebenso riesiger Tisch mit Töpfen, Tiegeln, Spateln und allerlei anderem Zubehör stand.

»Hierher bitte«, hörte ich die Stimme des Apothekers, worauf ich die Türe auf der anderen Seite der Nische entdeckte.

Während ich die eben erstandenen Tabletten in meiner Jackentasche verstaute, ging ich der Stimme nach, hinein in ein Büro.

Der Apotheker wies mich an, Platz zu nehmen. »Danke, dass sie so bald kommen konnten.«

»Keine Ursache«, sagte ich, »ich hatte sowieso gerade Kopfschmerzen, ein Besuch bei ihnen bot sich also an. Was kann ich für sie tun?«

»Tja, äh, es gibt da ein Problem. Und ich weiß nicht so recht, wie ich beginnen soll.«

Aufmunternd lächelte ich ihn an. »Fangen sie einfach an. Dann sehen wir weiter.«

»Na gut. Es ist halt so, dass das, was ich ihnen jetzt sage, eine gewaltige Anschuldigung ist.« Er machte eine Pause, wohl um zu sehen, welche Wirkung sein letzter Satz auf mich hatte. Ich sagte gar nichts, in der Hoffnung, dass er langsam zur Sache käme.

»Ich habe festgestellt, dass aus meiner Apotheke Digitalis lanatae pulvis normatus verschwindet – mehrfach und in größeren Mengen. Und nicht . . .«

Ich hatte meine Hand gehoben, um ihn zu unterbrechen. »Tut mir leid«, sagte ich, »ich bin Privatdetektiv und kein Apotheker. Was ist ihnen abhanden gekommen?«

»Oh, Entschuldigung. Also, sie kennen Fingerhut, na die Pflanze, die man manchmal im Wald und häufig in Gärten findet?«

Ich nickte, die kannte ich. »Ist Fingerhut nicht giftig?«

Nun nickte er. »Ja, Fingerhut ist giftig – relativ gesehen. Und Digitalis ist die lateinische Bezeichnung für Fingerhut«, griff er seinen Vortrag wieder auf. »In gewissen Dosen ist Digitalis ein Medikament für Herzkranke. Bei anderen Menschen und in Überdosierung wirkt Digitalis jedoch wie ein Gift.«

Ich nickte verstehend.

»Die Wirkstoffe im Digitalispulver fördern die Kontraktionskraft der Herzmuskulatur. Darum werden sie in jeder Apotheke dieses Pulver vorfinden, da es zur Medikamentenherstellung für bestimmte Herzerkrankungen benötigt wird.«

Er machte eine Pause, stand auf, ging zu einer Kaffeemaschine, die mir gegenüber stand und schüttete Kaffee in zwei Tassen. Dann schüttelte er den Kopf wie ein vergesslicher Professor, stellte eine Tasse zur Seite und setzte die zweite Tasse vor mich auf den Tisch. Statt des Kaffees schüttete er sich ein Glas Wasser ein.

Als er sich wieder gesetzt hatte, sah er mich an und nahm meinen irritierten Blick wahr. »Ja, der Kaffee. Ich hatte heute schon zwei Tassen. Wissen sie, ich besitze nur noch eine Niere, die leider auch nicht mehr ordentlich arbeitet. Ich sollte eigentlich gar keinen Kaffee zu mir nehmen.«

Kopfschüttelnd trank er von seinem Wasser und ich, während ich über seinen letzten Satz nachdachte, vom Kaffee.

»Und ihnen ist nun dieses Digitalis-Pulver abhanden gekommen?«

»Ja, so ist es!«

»Und sie sagten, größere Mengen seien mehrfach verschwunden. Was bedeutet größere Mengen?«

»Nun ja, alles in allem handelt es sich inzwischen um über hundert Gramm. Auf jeden Fall genug, um damit eine Menge Unheil anzurichten. Zum Vergleich: Die Verabreichungsdosis liegt üblicherweise im Milligramm-Bereich.«

»Gut! In ihrer Apotheke werden sich nicht so viele Mitarbeiter befinden. Haben sie jemanden im Verdacht, der für den Diebstahl in Frage käme?«

»Das ist mein Problem«, erwiderte er mit einem leichten Stöhnen, »neben Bettina meiner PTA arbeiten nur noch eine Auszubildende und ab und an meine Frau hier. Und eigentlich traue ich keiner von ihnen zu, aus der Apotheke etwas zu entwenden.« Irgendwie resigniert und ratlos schaute er mich an.

»Wer hat noch Zutritt zur Apotheke? Reinigungspersonal, Lieferanten – oder haben sie Kinder, die hier hereinspazieren können?“

»Einen Sohn habe ich, Bernd, doch der hat mit der Apotheke nichts am Hut. Er studiert in Aachen. Ein werdender Elektroingenieur. Und für Marion, unsere Reinigungsfrau, würde ich auch die Hand ins Feuer legen. Sie reinigt die Apotheke seit über zehn Jahren. Ich habe absolut keine Ahnung, wer das Pulver stiehlt.«

Ich nickte verstehend. »Zeigen sie mir bitte die Stelle, wo es normalerweise gelagert wird.«

»Sicher, kommen sie.« Er stand auf und ich folgte ihm. Wir gingen zurück zu dem Regal mit den braunen Flaschen. Er holte ein dunkles Halbliterglas mit großem Drehverschluss heraus und zeigte es mir. Gegen das Deckenlicht gehalten, erkannte ich, dass es fast leer war.

»Wie wird dieses Pulver verabreicht?«, wollte ich wissen.

»In der Regel gelöst – in Tropfenform. Es ist eigentlich sehr gut dosierbar.«

Wieder nickte ich. »Ihre Frau, sagten sie, arbeitet manchmal auch hier. Ist sie auch PTA?«

Er musste lachen. »Um Gottes Willen. Stellen sie ihr diese Frage niemals. Nein, Sabine ist Apothekerin. Ich habe sie während des Studiums kennen gelernt. Aber das sie etwas mit dem Fehlen des Pulvers zu tun hat, ist schwer vorstellbar.«

»Nun, irgendwer wird es entwendet haben. Sie sollten den Tatsachen schon ins Auge sehen. Was ist mit Bettina? Trauen sie ihr zu, dass sie sie bestiehlt?«

»Wie gesagt. Ich bin völlig ratlos. Ich kann mir das Verschwinden des Pulvers nicht erklären – überhaupt nicht.«

Langsam gingen mir die Ideen aus. Ich hatte keine Ahnung, was ich ihn noch fragen sollte. Aber irgendwie benötigte ich noch Zeit. »Wann wurde das Pulver gestohlen? Anders gefragt, wann hatten sie bemerkt, dass etwas fehlte? Gab es eine Gesetzmäßigkeit? War es immer an bestimmten Tagen verschwunden? Waren die Mengen immer dieselben? Wer hatte an diesen Tagen Dienst? Oder ist ihnen sonst etwas aufgefallen?«

Während ich meine Fragen stellte, gingen wir wieder zurück in sein Büro. Ich ließ mich auf dem Stuhl nieder, auf dem ich zuvor schon gesessen hatte und trank den inzwischen kalten Kaffee aus. Der Apotheker war sofort mit der Kanne zur Stelle und füllte meine Tasse wieder auf.

»Danke«, sagte ich, wie sich das gehörte. Dann kam mir eine Idee. »Haben sie keine Unterlagen, wann das Digitalis-Pulver angeliefert wurde? Könnte man feststellen, wer es entgegengenommen hat und wer somit informiert war, wenn eine neue Lieferung eingetroffen ist?«

Während ich das fragte, wanderte meine Hand in die Jackentasche, ergriff die Packung mit den Aspirin, holte sie aus der Tasche und ich nahm mir zwei weitere Tabletten heraus. Ich steckte sie in den Mund und zerkaute sie. Auf den fragenden Blick des Apothekers bemerkte ich: »Die Kopfschmerzen. Sie wollen einfach nicht verschwinden.«

»Kopfschmerzen können übel sein«, sagte er. »Ich gehe eben die Lieferscheine holen. Sie befinden sich nebenan.«

Nachdem ich das Aspirin wieder in die Jackentasche gestopft hatte, kramte ich aus einer anderen Tasche meiner Jacke eine kleine Phiole, die mir Sabine, die Frau des Apothekers, gegeben hatte. Vor drei Tagen erzählte Sabine mir, dass ihrem Mann das Fehlen des Pulvers aufgefallen war. Ich konnte sie überreden, dafür Sorge zu tragen, dass ihr Mann mich mit der Aufklärung dieser Angelegenheit beauftragte.

Schnell sprang ich auf und kippte den Inhalt der Phiole in das Wasserglas des Apothekers. Dann füllte ich sein Glas mit Mineralwasser aus der Flasche auf und setzte mich wieder auf meinen Platz. Die Digitalis-Tropfen schmecken bitter, aber die Kohlensäure des Mineralwassers würde den Geschmack überlagern.

Sabine hatte ihm seit einigen Wochen schon Digitalis

verabreicht. Leider war sie zu inkonsequent. Sie hätte die Dosis nur ein- oder zweimal erhöhen müssen. Dann hätte es gereicht. Der Apotheker hätte eine Digitalis-Intoxikation erlitten. Tragischerweise besaß seine ihm noch verbliebene Niere einen gewaltigen Defekt: Insuffizienz! Er würde keine Chance haben. Seine Niere war niemals in der Lage, die Glykoside des Digitalis bei einer starken Überdosierung auszuscheiden.

Aber Sabine konnte es nicht tun. Darum musste ich es machen – für Sabine und mich. Für uns!

Sabines Ängstlichkeit hatte ich nie verstanden. Niemand würde auf die Idee kommen, dass der Apotheker vergiftet worden wäre. Sein Nierenleiden war allgemein bekannt. Es würde wie ein akutes Nierenversagen aussehen. Gut, es wäre am Ende schneller gegangen, als erwartet – aber seine Insuffizienz hatte sich offensichtlich doch schon in einem fortgeschritteneren Stadium befunden, als man angenommen hatte. Dennoch würde bei der Anamnese des Apothekers sicherlich niemand auf die Idee kommen, eine Pathologie durchzuführen um die Todesursache zu erforschen. Es war so einfach.

Nun musste der Apotheker nur noch sein Wasser austrinken, dann stand einer gemeinsamen Zukunft von Sabine und mir nichts mehr im Weg. Ich hörte ihn zurückkommen, schnappte mir die Kaffeetasse und nahm einen Schluck, als er den Raum betrat.

»Hier habe ich die Lieferscheine«, sagte er, während er sich mir gegenüber auf seinem Stuhl niederließ.

Ich stellte die leere Tasse ab, was er zum Anlass nahm, sich wieder zu erheben, nach der noch halbvollen Kaffeekanne zu greifen und meine Tasse ein drittes Mal zu füllen. Dann setzte er sich hin, widmete sich wieder den Lieferscheinen und betrachtete diese prüfend, als hätte er sie noch nie gesehen. Er schaute erst wieder auf, nachdem ich einen weiteren Schluck Kaffee genommen hatte und ihn durch mein unkontrolliertes, schepperndes Absetzen der Tasse auf dem Unterteller zurück in die Gegenwart seines Büros holte.

Meine Kopfschmerzen wurden zunehmend stärker. Die Tabletten, die ich eingenommen hatte, wirkten einfach nicht. Nun wurde mir auch noch übel. Ich erklärte mir die Übelkeit durch den reichlichen Kaffeekonsum, da ich zuhause bereits einige Tassen getrunken hatte. Also fiel mir nichts Besseres ein, als zwei weitere Aspirin zu zerkauen, um meine Beschwerden zu unterbinden. Ich spülte die zerbröselten Tabletten in meinem Mund mit dem Rest Kaffee hinunter, was der Apotheker, wie mir schien, eine Spur zu interessiert wahrnahm.

Er reichte mir die Lieferscheine über den Tisch. »Schauen sie nur, wer die Lieferungen angenommen hat. Ja, schauen sie nur!«

Ich sah die fünf Blätter durch, die er mir gereicht hatte. Sie waren alle ausnahmslos von ein und demselben Empfänger unterschrieben - von Sabine, seiner Frau.

Ich löste meinen Blick von den Seiten in meiner Hand. Ich zitterte inzwischen und mir war heiß. Der Schweiß stand mir auf der Stirn. Die Kopfschmerzen wurden immer rasender und mein Herz schien zu flattern. Nicht wieder diese Herzrhythmusstörungen, ging es mir durch den pochenden Kopf. Nur das nicht!

Die aufkommenden Herzbeschwerden erinnerten mich an meine Herzmuskelerkrankung, von der ich in letzter Zeit Ruhe hatte, seit ich regelmäßig meine Medikamente nahm. Nun würden bald die Panikattacken einsetzen und der Schmerz. Aber wie um alles in der Welt konnte das passieren? Ich hatte doch seit über einem Jahr keine Symptome mehr gehabt. Mist! Ich schaute den Apotheker an. Und dann begann ich zu verstehen.

Er lachte leise in sich hinein. Er schaute mich an. Dann schüttelte er den Kopf. »Es war nicht so schwer, Ihnen und Sabine auf die Schliche zu kommen«, sagte er. »Überhaupt nicht. Sabine war plötzlich so anders, so verwandelt. Ich habe sie kaum noch wiedererkannt. Ihre Augen strahlten, sie lachte häufig. Für mich gab es nur einen Grund: Sie musste verliebt sein. Und zwar nicht in mich – das hätte ich schließlich merken müssen. Nein, nicht in mich.« Fast bedauernd schüttelte er den Kopf. »Es konnte nur ein Liebhaber sein. Jemand, den ich nicht kannte. Also habe ich Erkundigungen eingezogen – durch einen ihrer Kollegen.«

Mir wurde immer heißer, ich riss mein Hemd am Hals auf. Er hatte es gewusst! Er hatte es die ganze Zeit gewusst und wir hatten es nicht bemerkt.

Der Kaffee kam mir in den Sinn. Er hatte mit mir das gemacht, was ich mit ihm vorgehabt hatte. Er hatte mich mit dem Kaffee vergiftet. Mir war vollends übel, mein Herz galoppierte inzwischen regelrecht und ich bekam kaum noch Luft.

Trink von dem Wasser, dachte ich, trink endlich von dem Wasser! Er musste meinen Blick zum Wasserglas gesehen haben. Immer noch freundlich lächelnd nahm er es, roch einmal kurz daran und kippte dann den Inhalt an eine Pflanze, die neben ihm auf der Fensterbank stand. Dann trank er von dem inzwischen kalten Kaffee, den er sich zu Beginn unserer Unterredung eingeschüttet hatte. Ich verstand nun gar nichts mehr.

»Sie haben Sabine hier kennen gelernt – richtig? An einem von Sabines Arbeitstagen in der Apotheke, als ich meine Nierenwäsche hatte, kamen sie ihre Medikamente holen.«

Ich nickte schwach.

»Das habe ich mir gedacht. Und nachdem ich wusste, wer sie sind, habe ich recherchiert, welche Arzneimittel sie einnehmen.« Fast fröhlich zeigte er auf den Computer auf seinem Schreibtisch. »Mit den Dingern ist das heute kein Problem mehr. Und da sie mein Kunde sind, bin ich hinter ihr Herzleiden gekommen. Dass Digitalis, in Überdosis verabreicht, Gift für manche Menschen ist, hatte ich schon zu Anfang unseres Gesprächs erwähnt, nicht wahr? Patienten mit Herzmuskelerkrankungen gehören auch zu diesen Menschen.« Er nickte bedauernd nach seinen letzten Worten. Dann trank er den Kaffee aus und stellte die Tasse weg. Die Tasse. Der Kaffee.

»Hören sie«, röchelte ich inzwischen mehr als das ich sprach, »wieso trinken sie von dem Kaffee? Er ist doch vergiftet – oder?«

Bedächtig schüttelte der Apotheker den Kopf. »Nein, ist er nicht. Ich habe ihnen zwar gesagt, dass Digitalis in der Regel flüssig dargereicht wird. Aber was spricht dagegen, ihn in Tabletten zu verabreichen. Das ist übrigens wesentlich unauffälliger, da Aspirin-Tabletten sowieso einen bitteren Geschmack haben. Außerdem kann man die Substanz hoch dosiert verabreichen, da keine Flüssigkeit zur Lösung verwendet wird.«

»Aber sie konnten doch gar nicht wissen, dass ich heute früh Aspirin benötige. Das konnten sie doch gar nicht«, war das letzte, was ich wimmernd hervorstieß, bevor ich langsam vom Stuhl rutschte.

»Vielleicht doch. Wissen sie, mein Sohn hat gerade Semesterferien. Da ihm ebenso viel am Zusammenhalt unserer Familie liegt wie mir, hat er sich entschlossen, in den Ferien in eben dem Biergarten zu kellnern, den sie regelmäßig mit ihren Freunden aufsuchen. Zugegeben – die Umstände für mein Vorhaben bestanden aus einer gesunden Mischung von sorgfältiger Planung und dem notwendigem Quäntchen an Glück. Wussten sie eigentlich, dass ordnende, etwa human initiierte Faktoren das Eintreten von Murphys Gesetz verhindern können? Also das Reinheitsgebot in ihren Bieren gestern Abend ist definitiv nicht eingehalten worden, denn was mein Sohn ihnen verabreicht hat . . .«

Dem Rest seiner Ausführungen konnte ich nicht mehr folgen. Das Gift tat seine Wirkung – und das bei meiner Anamnese.

Es kann der Frömmste nicht in Frieden leben . . .

Heute fasste ich den Entschluss, einen Mann zu töten. In Gedanken habe ich Lothar Szczechowski schon hunderte Male überfahren, erwürgt, vergiftet, erschossen, erhängt, erstochen und in kleine Stücke zersägt. Seit sieben Jahren ist er mein Nachbar. Sieben lange Jahre ertrage ich ihn, lasse mich demütigen und beschimpfen, versuche nichtsdestoweniger, ein guter Nachbar zu sein. Doch jetzt muss er weg.

Die Zeit ist günstig. Lotte, meine Frau, ist heute zur Kur nach Bad Wildungen gefahren. Ich habe sie zum Bahnhof nach Rheinberg gebracht.

Während ich noch dem Zug nachwinke, ertönt hinter mir eine Stimme. »Sei froh, dass du die alte Nebelkrähe los bist.«

Ich drehe mich um und blicke in das feixende Gesicht meines verhassten Nachbarn. Zorn steigt in mir auf. Wie gerne würde ich ihm meine Faust . . . Doch stattdessen strafe ich ihn mit einem verachtenden Blick.

Als ich an ihm vorbeigehe, höre ich ihn sagen: »Ich habe das Haus gekauft. Jetzt werdet ihr mich nicht mehr los. Auf gute Nachbarschaft!«

Sein Lachen verfolgt mich, bis ich die Wagentüre hinter mir zuschlage. Der alte Lukoschek, von dem Szczechowski das Haus gemietet hat, ist vor einem Monat gestorben. Wenn das stimmt, was ich gerade gehört habe, dann sind meine Hoffnungen, dass dieses Ekel bald auszieht, zunichte gemacht. Kurz spiele ich mit dem Gedanken, ihn jetzt mit dem Auto zu überfahren. Aber das würde den Lack zerkratzen.

Der Gedanke, ihn tatsächlich umzubringen, kommt mir in dem Augenblick, als ich in Rheinberg durch die Innenstadt gehe und mein Interesse von einem riesengroßen Messer geweckt wird, das als Dekoration vor dem ‚Weinhaus' steht.

In diesem Moment läuft ein Film vor meinem geistigen Auge ab. Ich sehe mich, wie ich meinem Nachbarn die lange, spitze Klinge in seine Brust ramme. Immer wieder stoße ich zu, bis mich eine schrille Fahrradklingel aus meinem fiktiven Blutrausch reißt. Im letzten Moment weiche ich aus und stehe plötzlich vor der Tür zum ‚Weinhaus'. Bevor ich wieder klar denken kann, habe ich das Geschäft schon betreten und werde von einem jungen Verkäufer begrüßt.

»Guten Tag, was können wir für sie tun?«

»Ich . . . ich möchte ein Messer kaufen. Ein großes, spitzes Messer.«

»Da sind Sie bei uns genau richtig.« Der Verkäufer bittet mich, ihm zu folgen. Er zeigt auf einen Tisch, auf dem Messer in allen Größen und unterschiedlichem Design liegen. »An was für ein Messer haben Sie gedacht?«

»Spitz muss es sein. Lang und spitz. Und scharf, sehr scharf«, ergänze ich noch schnell.

»Also ein Kochmesser«, stellt der junge Mann fest und hält mir eine blitzende, lange Klinge entgegen. »Das ist ein japanisches Sashimimesser aus Molybdänum-Stahl, rostfrei. Der Griff ist aus dem Holz der japanischen Graumagnolie mit Meguki-Stift. Die Klinge ist rechts einseitig angeschliffen und somit besonders scharf.«

Ich bin vom Fachwissen des Verkäufers sehr beeindruckt. Es zahlt sich doch immer wieder aus, vor Ort in einem Fachgeschäft beraten zu werden.

»Wollen Sie das Messer überwiegend für Fisch oder Fleisch?«

»Fleisch!« Dabei denke ich an die breite, massive Brust von Lothar Szczechowski.

»Mit dem Sashimimesser schneiden Sie die zartesten Filets und mit der scharfen Spitze entfernen Sie problemlos die Fettränder.«

Bei dieser Vorstellung muss ich doch ein wenig schmunzeln. Filets à la Szczechowski. Ob die Spitze für diese Fettränder ausreicht? Aber ich will ihn ja nicht zerlegen, sondern ihm das Messer nur bis zum Heft ins Herz stoßen. Allerdings scheint mir die Klinge dafür etwas zu dünn zu sein.

»Ist die Klinge auch stabil? Ich meine, kann sie beim Zustechen zerbrechen?«

»Zu . . . zustechen«, stammelt der junge Mann. »Wollen Sie die Kuh selbst töten?«

»Keine Kuh . . . mehr ein Schwein, ein Wildschwein eigentlich.«

»Sie können doch ein Wildschwein nicht mit dem Messer umbringen.« Das Gespräch entwickelt sich auf eine Weise, auf die der kompetente Verkäufer während der Produktschulung sicherlich nicht vorbereitet wurde.

»Natürlich nicht ›umbringen‹. Ich will damit nur sagen, dass ich kein Rindfleisch, sondern Wildschweinfleisch schneiden will.« Beinahe hätte ich alles verdorben.

»Ach so! Nun dann . . . die Klinge hat eine Härte von 58 HRC.« Er ist froh, sich wieder auf seine Verkaufsargumente stützen zu können.

»Interessant«, heuchle ich, ohne zu wissen, wovon er redet. Vielleicht bedeutet 58 HRC, dass ich achtundfünfzig Mal zustechen kann, bevor die Klinge abbricht. Das würde selbst für Szczechowski ausreichen.

»Was kostet das Messer?«

»99 Euro. Dazu erhalten Sie auch eine elegante Faltschachtel.«

Während wir zur Kasse gehen, erzählt er mir noch von Schleifsteinen und Anschleifwinkel, von Körnungen und

Pflege des Messers. Na ja, ich werde es wohl nicht nachschleifen müssen, es sei denn, der Nachmieter . . . aber soweit will ich noch nicht denken.

Auf dem Rückweg nach Budberg, einem etwas außerhalb von Rheinberg gelegenen0 Stadtteil, überlege ich mir, wie es weitergehen soll. Als ich zu Hause ankomme, habe ich einen guten Plan und weiß auch schon, wann es passieren wird. Morgen Abend ist wieder Remmidemmi bei Szczechowski. Jeden Mittwochabend kommen seine Kumpel zum Skat. Dann wird bis drei Uhr morgens gesoffen und bei offenem Fenster gegrölt. Anfangs haben sich alle Nachbarn beschwert und Lotte hat sogar mal die Polizei gerufen. Ein paar Tage später hatten wir einen langen, tiefen Kratzer im Lack unseres Autos und dazu die spöttische Bemerkung des verhassten Nachbarn.

»Du kannst ja wieder die Polizei rufen!« Sein Lachen kam einem Geständnis gleich, aber welcher Richter würde daraufhin einen Schuldspruch fällen? Dass er mich duzt, ist auch eine Sache, über die ich mich schon jahrelang ärgere.

Inzwischen bin ich so wütend, dass ich sofort hinübergehen möchte, um ihm gleich den Garaus zu machen. Aber ich muss mich an meinen Plan halten, wenn ich die Chance nutzen will.

Bevor Szczechowski nebenan einzog, wohnten dort die Krawinkels. Mit der Ollschen von denen verstand sich meine Lotte gut. Sie kümmerte sich um die Pflanzen, wenn die Krawinkels verreisten. Den Schlüssel für deren Hintertür besitzen wir heute noch. Wenn Szczechowski das Schloss nicht ausgewechselt hat, werde ich auf diesem Wege ungesehen ins Haus gelangen. Das werde ich zuerst überprüfen müssen.

Um drei Uhr früh klingelt der Wecker. Mit schwarzer Jeans und dunkelgrauem Pullover bekleidet schleiche ich in den Garten und steige vom hinteren Grundstück über den Zaun. So erreiche ich mühelos die Rückseite des Hauses. Vorsichtig, um bloß keinen Lärm zu machen, schiebe ich den Schlüssel ins Schloss der Hintertür. Gottseidank, er lässt sich problemlos drehen. Damit steht meinem Plan nichts mehr im Wege.

Morgen um diese Zeit wird Lothar Szczechowski nie wieder sein Maul aufreißen, nie wieder von seinem Balkon aus auf unseren Sonnenschirm pinkeln, nie wieder die nächtliche Ruhe mit seinen besoffenen Kumpeln stören und leere Bierflaschen auf unsere Terrasse werfen.

In einer fast heiteren Stimmung lege ich mich ins Bett. Die Vorfreude auf die kommende Nacht lässt mich lange nicht einschlafen.

Am nächsten Tag beginnt die Feinplanung meines Unternehmens. Ich übe den Umgang mit dem Messer, was mich aber ohne ein passendes Objekt, in das die Klinge eindringen kann, nicht befriedigt.

Also fahre ich zum Penny an der Rheinberger Straße und kaufe ein großes, drei Kilo schweres Stück Rindfleisch. Jetzt werden meine Übungen realistischer. Die Klinge stößt ins Fleisch wie ein glühendes Eisen in weiche Butter. Nach dreißig Stichen und Schnitten habe ich genug Gulasch für die nächsten zwei Wochen. Jetzt weiß ich, wie ich das Messer halten muss, um schnell und hart zuzustechen.

Auf meiner Checkliste steht auch das Wort Handschuhe. Ich will bei meiner ›Nachbarschaftshilfe‹ keine Fingerabdrücke hinterlassen. In einer Schublade finde ich schwarze Fäustlinge, entscheide mich dann aber für Einmalhandschuhe aus dem Verbandskasten.

Als Lotte abends anruft und mir von ihren Schlammbädern und Massagen erzählt, schallt im Hintergrund das Gegröle der Skatrunde zu mir herüber. Ich bin sehr zufrieden mit der Entwicklung. Sollen sie es noch ein letztes

Mal genießen. Ab morgen wird es in unserer Siedlung wieder sehr ruhig zugehen.

Zwei Stunden nach Mitternacht kehrt langsam Ruhe ein. Mit einem lauten Scheppern schlägt nebenan die Haustür zu, als sich der letzte Saufkumpan auf den Heimweg macht. Durchs Fenster beobachte ich, wie er den Weg zum Tor entlang torkelt und von der Straße aus gegen meinen Gartenzaun pinkelt.

Gestern Nacht war es bewölkt. Heute ist es dagegen sternenklar, und als wolle es mir den Plan endgültig verderben, haben wir auch noch Vollmond. Hinter unseren Häusern verläuft keine Straße. Die Nachbargrundstücke grenzen zwar direkt an unsere Zäune, aber um diese Zeit wird sich hoffentlich niemand mehr dort aufhalten.

Eine Stunde später verberge ich mich hinter einem Baum in meinem Garten und beobachte über den Zaun hinweg die Gegend. Alles ist ruhig. Niemand schleicht dort herum.

Mein Messer liegt wieder in der eleganten Faltschachtel, weil ich Sorge habe, mir beim Übersteigen des Zaunes ins Bein zu stechen oder gar zu stürzen und mir die Klinge selbst in den Leib zu rammen.

Fünf Minuten später stehe ich vor der Hintertür des Nachbarhauses und schiebe den Schlüssel ins Schloss. Es besteht keine Gefahr, dass Szczechowski mich hören kann. Der liegt längst besoffen und schnarchend auf seinem Bett. Dennoch bin ich vorsichtig und will keine bösen Überraschungen erleben.

Gerade als sich das Schloss mit einem leisen Schnappen öffnet, höre ich rechter Hand ein Geräusch. Sofort weiche ich in den Schatten des kleinen Holzschuppens zurück, der an der Längsseite zu meinem Grundstück steht. Ich atme mit offenem Mund, um mich nicht zu verraten. Allerdings ist mein Standort schlecht gewählt, denn ich habe von hier aus keine Möglichkeit zur Flucht. Behutsam schleiche ich mich am Schuppen entlang hinüber auf die andere Seite.

Mit kleinen Schritten gehe ich rückwärts und beobachte sorgsam die Stelle, aus der ich das Geräusch vernommen habe. Kurz bevor ich die hintere Ecke des Schuppens erreiche, stoße ich mit dem Rücken gegen einen Körper.

So muss es sich anfühlen, wenn man einen Herzinfarkt bekommt. Lähmung in den Beinen, Versteifung der Arme und Hervorquellen beider Augäpfel. Dieser Augenblick kommt mir vor wie ein ganzes Leben, dauert aber maximal nur eine halbe Sekunde. Ich fahre herum, bereit mit der eleganten Faltschachtel meines japanischen Sashimimessers unbarmherzig zuzuschlagen, und blicke in das Gesicht von Josef Clasen, der das Haus links von Szczechowski bewohnt.

»Herr Stockhausen . . .«, raunt Clasen, »was machen Sie denn hier?«

So wie ich meine Faltschachtel zum Schlag erhoben habe, richtet Clasen eine dreizackige Mistforke auf mich.

»Das frage ich Sie, Herr Nachbar. Was wollen Sie hier mit Ihrer Mistgabel?«

»Ich . . . ähm . . . also . . .« Clasen nimmt die Mistforke runter und stützt sich darauf ab. »Erst sagen Sie mir, was Sie hier zu suchen haben, Stockhausen.«

Einen Augenblick lang starren wir uns beide an.

Dann bricht es aus Clasen hervor. »Ich mach den Kerl alle. Mir reicht's jetzt. Wissen Sie, dass er das Haus von Lukoscheks Erben gekauft hat. Der zieht hier nie wieder aus, und ich bin es satt, mich von diesem asozialen Mistkerl bis zum Ende meines Lebens verhöhnen zu lassen. Und jetzt gehen Sie mir aus dem Weg, damit ich es zu Ende bringen kann.«

»Wenn hier einer was zu Ende bringt, dann bin ich das.« Soweit kommt es noch, dass mir Clasen meinen schönen Plan zunichte macht. Ich habe ein größeres Anrecht darauf, Szczechowski zur Hölle zu schicken. »Mich hat er viel mehr gequält als Sie, Clasen.«

»Ha, das könnte Ihnen so gefallen. Auf meine Rosen hat er gepisst und meinem Hund hat er vergiftetes Fleisch über den Zaun geworfen. Tausend Euro hat mich der Tierarzt gekostet, und dafür wird dieser Bastard Szczechowski heute Nacht bezahlen.«

»Das ist doch gar nichts zu dem, was er mir angetan hat. Seine Kumpane kotzen nach jedem Saufgelage vor meine Haustür. Einer hat sogar in meinen Vorgarten geschissen.«

Im Eifer unseres Wortgefechtes haben wir vergessen, wo wir uns gerade befinden. Ein Knarren lässt uns verstummen.

»Haben Sie das gehört?«, flüstert Clasen.

»Ich bin ja nicht taub. Kommen Sie . . .« Ich ziehe ihn tiefer in den Schatten, wo wir im Dunkeln auf weitere Geräusche horchen.

Wer immer da rumläuft, scheint entweder taub oder einfach nur blöd zu sein. Ein Scheppern durchdringt die Nacht.

»Jetzt hat er den Blumenkübel umgestoßen«, zischt Clasen.

Kurz darauf taucht ein Mann aus der Dunkelheit auf. In seiner rechten Hand trägt er eine langstielige Axt. Im Mondschein erkennen wir Kalle Böhm, dessen Grundstück hinten an Szczechowskis Anwesen grenzt.

»Das ist der Böhm. Was will der denn hier?«

»Ich befürchte, das Gleiche wie wir.«

Als Böhm nur noch zwei Meter entfernt ist, trete ich aus dem Schatten heraus. Clasen folgt mir und Böhm bleibt wie angewurzelt stehen.

»Stockhausen . . . Clasen . . . was um Himmelswillen . . .«

»Psssst! Wollen Sie die ganze Nachbarschaft wecken«, raune ich Böhm zu. »Kommen Sie näher, damit wir uns unterhalten können.«

Schnell stellt sich heraus, dass Nachbar Böhm auch gekommen ist, um mit Szczechowski abzurechnen.

»Jetzt sind wir schon zu dritt, und wer weiß, wie viele noch kommen werden. Das scheint wohl heute die Nacht der Abrechnung zu sein.« Ich kann meine Enttäuschung nicht verbergen.

»Das geht mir am Arsch vorbei«, knurrt Böhm. »Ich schlag ihm den Schädel ein und dann ist gut.« Die Axt in seiner Hand lässt keinen Zweifel daran, wie Szczechowskis Schädel nach einem Treffen mit Böhm aussehen wird.

»Da müssen Sie sich hinten anstellen«, widerspricht Clasen.

»Ich war als Erster hier, also habe ich das Vorrecht. Keiner von euch wird mir dieses Vergnügen rauben.«

»Womit wollen Sie's denn machen? Werden Sie ihn mit der Pappschachtel erschlagen?« Deutlich sehe ich Clasens feixendes Gesicht im Mondlicht.

»Nur um Ihre Neugierde zu stillen. In dieser Schachtel befindet sich ein japanisches Messer. Damit können Sie sich rasieren, so scharf ist das. Ihre Forke und Ihre Axt wirken ja geradezu lächerlich dagegen.«

»Ach, der Herr mordet mit Niveau, da . . .«

»Wieso Mord?«, fällt Clasen ihm ins Wort. »Das ist kein Mord, sondern Selbstverteidigung. Entweder er oder wir.«

»Das sehe ich auch so«, stimme ich Clasen zu.

»Okay, dann machen wir's zu dritt.«

Wir nicken und reichen uns die Hände. Ich bemerke, dass außer mir niemand Handschuhe trägt. Auf was für Trottel lasse ich mich da bloß ein?

Die Hintertür lässt sich geräuschlos öffnen.

»Seid leise und stoßt nichts um.« Meine Worte sind besonders an Böhm gerichtet.

»Hat jemand eine Taschenlampe dabei?« Niemand antwortet.

Dass ich daran nicht gedacht habe, ärgert mich. Eine Lücke in meinem gut durchdachten Plan.

Ich gehe voran, gefolgt von Clasen und Böhm, der im Dunkeln mit seinem Axtstiel gegen ein Möbelstück schlägt. Das Geräusch muss im ganzen Haus zu hören sein. Atemlos lauschen wir, bereit, beim kleinsten Anzeichen sofort die Flucht zu ergreifen.

»Noch so ein Ding und wir entsorgen zwei Nachbarn«, zische ich Böhm zu.

Wir warten noch einen Moment, aber nichts scheint darauf hinzuweisen, dass Szczechowski auf uns aufmerksam geworden ist.

Ich kenne mich in dem Haus aus und weiß, dass die Wohn- und Schlafräume oben liegen.

»Dort ist die Treppe«, flüstere ich den beiden zu. »Seid hier besonders vorsichtig.«

Kurz, bevor ich die untere Stufe erreiche, stößt mein Fuß gegen etwas Weiches. »Da liegt was auf dem Boden.« Ich drücke Clasen zurück, der im Dunkeln gegen mich stößt.

»Was ist es denn?«

»Das weiß ich nicht. Fühlt sich an wie ein Körper. Vielleicht aber auch nur ein Kissen.« Ich gehe in die Hocke und taste mich mit den Händen vor. Da ist etwas Haariges. Als ich erkenne, was meine Finger fühlen, springe ich mit einem Schrei auf und pralle gegen Clasen, der das Gleichgewicht verliert und dabei einen Stuhl umwirft. Der Lärm ist ohrenbetäubend. So fest kann niemand schlafen, selbst wenn er sturzbesoffen ist.

»Was ist denn los?«, kreischt Böhm, der von allem völlig überrascht wurde.

Niemand achtet mehr darauf, leise zu sein.

»Da liegt jemand.« Meine Stimme ist heiser. Ich bekomme kaum einen Ton heraus.

»Wer liegt denn da?«, fragt Böhm.

»Er hat seinen Namen nicht genannt.«

Plötzlich erhellt ein Licht das Zimmer. Böhm hat ein Streichholz angezündet. Im Schein der kleinen Flamme sehen wir in das Gesicht von Lothar Szczechowski. Aus dem seltsam verdehten Kopf blicken uns seine starren Augen an.

»Der ist tot«, sagt Clasen, »ist die Treppe runtergefallen und hat sich das Genick gebrochen.«

»Entweder das oder jemand aus der Nachbarschaft war vor uns hier und hat ihm den Hals umgedreht.« Böhm klingt enttäuscht, und ich kann es ihm nachempfinden.

Mit hängenden Köpfen verlassen wir das Haus und schließen die Tür wieder ab.

»Das war's dann, meine Herren.«

Böhm und Clasen nicken.

»Ich weiß nicht, wie es euch geht«, sagt Böhm, »aber ich habe einen Mordshunger.«

Ich grinse die beiden an. »Appetit auf 'ne Portion Gulasch, meine Herren?«

Der Kastanienbaum

»Gratuliere!«, sagte der Herr im schwarzen Anzug und schüttelte Vaters Hand. »Das ist eine sehr fortschrittliche Entscheidung. Sie setzen Ihrer Mutter ein individuelles Denkmal. Aesculus hippocastanum Annensis.«

Manu verstand nicht so recht, was die Erwachsenen besprachen. Sie war viel zu traurig dazu. Ihre geliebte Oma war gestorben. Oma, die immer für sie Zeit hatte, die mit ihr lernte und lachte und die sie versteckte, wenn Vater eine seiner Stimmungen kriegte. Wie sollte sie nur ohne Oma weiterleben!

»Und wie findest du es, wenn deine Oma in eurem Garten steht?«, wandte sich der schwarze Herr an Manu.

Sie schaute ihn entgeistert an.

Vater schob ihr den Mund zu. »Die Kleine ist etwas zurückgeblieben«, verkündete er und der schwarze Herr sah betreten zur Seite.

Manu wurde rot. Wenn Vater das doch bloß nicht immer sagen würde!

Auch wenn ihr das Lernen schwer fiel, hatte sie schon solche Wörter wie DNA gehört. Und dass man mit Gentechnik DNA von einem Lebewesen in ein anderes einbringen kann. Nur wie das genau vor sich gehen sollte, konnte sie sich einfach nicht vorstellen. Der schwarze Mann hatte zwar vorhin lange darüber gesprochen, doch Vater hatte auch nur stumm genickt und Manu war sich nicht sicher, ob er mehr verstanden hatte als sie.

Aber Erinnerungsbäume waren in diesem Jahr am Niederrhein absolut in und das war es, was für Vater zählte. Sie waren extra nach Kleve gefahren, um bei der neuen

Firma Memory Trees & Co. KG einen Kastanienbaum zu bestellen, denn der passte am besten zu Oma. Jeden Herbst hatten sie Kastanientierchen und -männchen gebastelt ...

»Wir stellen Ihnen das Bäumchen dann kostenlos zu und pflanzen es an die gewünschte Stelle.«

Der Mann stand auf und schüttelte Vater die Hand. Manu stopfte er etwas verlegen ein kleines Tütchen Gummibärchen in die Jackentasche.

Manu steckte sich ein rotes Gummibärchen in den Mund und seufzte. Fast vierzig Jahre war das Gespräch mit dem schwarz gekleideten Mann jetzt her, doch immer wenn sie hier unter dem Baum saß und Gummibärchen aß, war die Erinnerung so frisch in ihrem Gedächtnis, als wäre sie erst gestern neben Vater aus dem modernen Bürogebäude in Kleve gestolpert, wo man Omas Erbgut in eine Rosskastanie gepackt hatte.

Der Baum war gut angewachsen und hob seine stattliche Krone im hinteren Teil des großen Gartens am Ortsrand von Haldern. Im Frühling erfreute er sie mit seinen weißen Kerzen und im Herbst warf er glänzende braune Kastanien ab, die Manu sammelte. Solange die Kinder klein waren, bastelte sie mit ihnen Tiere und Männchen daraus. Doch seit Evi und Leo aus dem Haus waren, hob sie einfach nur die schönsten auf und legte sie zwischen die Pflanzen auf die Fensterbank. Geschenke von Oma.

Manu sah zufrieden hinauf in die Krone. Es würde auch in diesem Jahr wieder viele Kastanien geben, dicht und schwer hingen sie an den Zweigen. Sie lutschte ein gelbes Gummibärchen und lauschte. Wenn sie ganz still war, konnte sie manchmal Omas Stimme hören.

»Du bist schon recht so!«, hörte sie sie sagen. »Lass dir nichts anderes erzählen. Ich hab dich lieb.«

Heute war es schwierig, Oma zu hören. In der Ferne zog ein Gewitter auf und es grummelte am Horizont.

»Manu! Manu! Wo ist die blöde Kuh denn wieder!«

Günter. Erschrocken sprang Manu auf. Wieso war Günter denn schon da? Ein Blick auf die Armbanduhr. Halb sechs! Und sie hatte das Abendessen noch nicht auf dem Tisch! Gerade heute. Sie wusste doch, welch großen Wert er darauf legte! Manu rannte über die Wiese zum Haus, knickte mit dem linken Fuß um, rannte humpelnd weiter.

»Bitte, bitte, Oma, lass ihn nicht böse sein!«, betete sie. Zu Gott betete sie schon lange nicht mehr. Gott hatte ihr nicht geholfen, damals nach Omas Tod, als ihre kränkliche Mama vom Zug überrollt wurde und sie allein mit Vater zurückblieb. Gott hatte sie nie vor Vaters Stimmungen beschützt, nicht vor seinen verletzenden Worten und nicht vor seinen verletzenden Schlägen. Er hatte ihr nur Günter geschickt.

»Dieser Mann ist ein Gottesgeschenk für unsere Manu«, hatte Vater bei der Hochzeit allen verkündet. Und damals hatte Manu ihm sogar geglaubt.

»Manu, verdammt! Wo hast du dich wieder verkrochen!«, brüllte Günter, als Manu atemlos in die Küche humpelte.

»Ah, wieder einen kleinen Unfall gehabt? Du bist aber auch wirklich zu ungeschickt!«, empfing er sie. Sein Lächeln war grausam.

Manu hinkte stumm zum Kühlschrank und holte die Aufschnittplatte heraus. Sie zog die Klarsichtfolie herunter und stellte sie auf den kleinen Tisch, der bereits seit Stunden für zwei Personen gedeckt war. Sie öffnete Günters Bier und goss ihm ein. Ihre Hände zitterten ein wenig. Aber sie war fest entschlossen. Heute würde sie mit ihm reden.

Hungrig fiel Günter über das Essen her. Manu nahm nur einen kleinen Bissen. Die Kehle war ihr wie zugeschnürt. Erst mal essen lassen, dachte sie.

Als Günter sich schließlich zufrieden zurücklehnte, und seinen feisten Bauch ausstreckte, nahm sie all ihren Mut zusammen. »Ich glaube, wir sollten uns trennen.«

Günter starrte sie an, bewegungslos.

Mit allem hatte sie gerechnet, nur nicht mit dieser Reaktion, die keine war. Er schwieg.

Manu wand sich auf ihrem Küchenstuhl und versuchte es noch einmal. »Ich glaube, wir sollten uns trennen.«

»Warum?«, fragte er tonlos.

»Ich dachte . . .«

»Du dachtest, du dachtest! Seit wann kannst du denken! Wieso sollte ich mich von dir trennen? Was werden die Kinder denken?«

»Aber die Kinder brauchen uns nicht mehr, sie sind jetzt erwachsen!«

Bittersüß, die Gewissheit, dass Evi und Leo frei waren, dass sie sie nicht mehr zu beschützen brauchte. Sie konnte stolz sein auf sich. Die Kinder hatte Günter nie geschlagen.

»Und ich? Ich brauche dich auch nicht mehr?«

»Nicht wirklich. Du hast doch eine Freundin.«

Jetzt war es ausgesprochen.

Günter lachte hämisch. »Natürlich. Ein Mann hat ja auch Ansprüche im Bett! Und was hat das mit einer Trennung zu tun?«

»Aber . . . aber, ich dachte . . .«

»Unsere Manu denkt heute aber viel. Jetzt werde ich dir mal was vordenken! Du trennst dich sicher nicht von mir und vor allem nicht von deinem komischen Kastanienbaum, um irgendwo allein in der Gosse zu landen. Vergiss nicht – dein Vater hat mir das Haus und den Garten hinterlassen, nicht dir! Von mir kriegst du keinen Pfennig!«

Keinen Cent, hätte Manu ihn gerne verbessert. Es gab doch schon so lange keine Pfennige mehr. Keine Glückspfennige.

Günter schwieg und Manu bemerkte erschrocken, dass sie ihm gar nicht richtig zugehört hatte.

Er stand auf. Er kam näher. Sanft fasste er ihre Schulter, bevor sich seine fleischigen Finger unter ihr Schlüsselbein bohrten, dass ihr die Tränen kamen.

»So böse Gedanken«, flüsterte er. »Ich glaube, dafür muss ich dich bestrafen.«

Manu biss die Zähne zusammen. Nur keinen Laut von sich geben. Vielleicht würde es ja dann nicht so schlimm werden. Sie saß ganz still und blickte durch die geöffnete Küchentür hinaus in den Garten. Irgendwo da hinten stand ihr Kastanienbaum. Oma, die sie liebte. Der Gedanke gab ihr wieder einmal Kraft.

»Ich glaube aber«, fuhr Günter mit erstaunlich sanfter Stimme fort, »dass ich dieses Mal ein wenig andere Saiten aufziehen muss. Sonst verstehst du mich nicht.«

Doch Manu verstand. Er brauchte sie. Wen sollte er sonst quälen? Ihre Augen wurden groß, als er zur Küchenschublade ging und das scharfe Gemüsemesser herausnahm. Prüfend fuhr er mit einem Finger über die Schneide. »Vielleicht muss ich dir aufschreiben, was ich meine. Auf deine Haut, damit du es immer bei dir hast!«

Er meinte es ernst. Sie spürte das sadistische Vergnügen, das er schon bei der Vorstellung empfand. Und sie wusste, dass er es nie bei der Vorstellung beließ.

Mit einem Satz sprang sie vom Stuhl auf und rannte hinaus in den dämmrigen Garten. Weg, nur weg! Vielleicht hätte sie um die Hausecke rennen sollen, auf die Straße, wo Menschen waren. Doch ihre Füße fanden den üblichen Weg in den hinteren Teil des Gartens. Eine Windböe wehte ihr die Haare ins Gesicht. Sie strich die mausbraunen Strähnen aus den Augen und sah sich um. Günter war nicht zu sehen. Doch da! Er folgte ihr tatsächlich. Atemlos hetzte sie weiter. Den Schmerz im Fußgelenk hatte sie fast vergessen. Da, der Kastanienbaum. Schluchzend warf sie sich auf die dicke Wurzel, an der sie noch vor einer Stunde friedlich gesessen hatte.

Günter kam näher. Ein ferner Blitz erhellte den Himmel und das Licht fing sich in der Schneide des Messers, das er immer noch in der Hand hielt.

»Ooomaaa!«, schrie Manu.

Dann hatte Günter sie erreicht. Er lächelte, bückte sich zu ihr und packte ihr Handgelenk. Dann hob er langsam seinen rechten Arm.

»Jetzt reicht's aber!«, grollte es im Wipfel des Baumes und Günter sah überrascht nach oben. Eine dicke Kastanie löste sich und landete mit einem Plopp direkt auf seiner Stirn. Günter schrie auf und ließ Manu los, um sich die Stirn zu reiben. Plopp, eine weitere Kastanie knallte auf seine rechte Schulter und die Stachelschale sprang ihm ins Gesicht. Plopp, auf den Hinterkopf, plopp, plopp, auf seinen Fuß in den dünnen Hausschuhen.

Manu drückte sich eng an den Stamm. Ein Hagel von Kastanien ging auf Günter nieder, bis er am Boden saß, die Hände über dem Kopf verschränkt. Dann war Ruhe.

Günter blickte auf. Sein Gesicht war hassverzerrt.

»Das ist alles deine Schuld! Das wirst du büßen!«, zischte er und suchte nach dem hinunter gefallenen Messer.

»Ich habe gesagt, es reicht!«, brummte der Kastanienbaum. Oder waren es nur die Zweige, die knarrten?

Als Günter nach oben schaute, traf ihn der dicke Ast unvermutet und brach ihm das Nasenbein, so dass er sich vor Schmerzen auf den Boden warf. Der zweite Ast zerschmetterte seinen Hinterkopf. Der dritte deckte gnädig seinen Laubmantel über den grausigen Anblick. Dann brach der Regen los.

Manu saß eng an den Stamm gelehnt und wartete. Das Gewitter kam und ging, doch Günter stand nicht wieder auf. Nie wieder.

»Nein, Mama, du musst verstehen, dass wir uns Sorgen machen. Der Baum kann unmöglich stehen bleiben, immerhin hat er beim letzten Gewitter Papa erschlagen!«, erklärte Leo und Evi fügte hinzu: »Ich könnte nicht ertragen, dass dir was passiert, vor allem wenn du jetzt hier allein wohnst.«

Gerührt umarmte Manu ihre Kinder. Sie verstand ihre Sorge. Doch der Abschied von ihrem Kastanienbaum fiel ihr schwer.

Als die Männer von der Gärtnerei kamen, schloss sie sich im Wintergarten auf der anderen Seite des Hauses ein. Der Ton der Säge schnitt ihr ins Herz, doch ihre Hände waren ruhig, als sie die Kastanien Reihe um Reihe in die feuchte Erde der Blumenkästen setzte.

Bis zum Frühjahr würden sie keimen. Dann konnte sie sie hinauspflanzen in den Garten. Eine ganze Allee.

Hans Forster

Die Liebe der Frauen

Die Schaufel traf ihr Ziel, unbarmherzig und mit voller Wucht. Sogleich erhob sie sich erneut, kreiste wie ein Greifvogel über der Beute, um kurz darauf hinabzustoßen, direkt auf ihr Opfer zu. Kalter Stahl zerquetschte weiches Gewebe. Der hilflose, winzige Körper wand sich konvulsivisch zuckend am Boden.

»Michael, Abendessen!« Der kleine Junge hörte den Ruf seiner Mutter nicht. Begeistert klopfte er mit seiner Gartenschaufel weiter einen Regenwurm platt, bis dessen Haut aufplatzte und die Innereien herausquollen.

»Jetzt lass dich doch nicht hundertmal bitten. Wenn du nicht gleich reinkommst, kannst du ohne Essen ins Bett gehen.«

Michael stocherte mit einem kleinen Stöckchen in den aufgerissenen Teilen des Wurmes herum. Nachdem der Wurm gründlich seziert und Michaels Neugier und Forscherdrang schließlich befriedigt waren, wurde ihm das Spiel langweilig und er trottete gemächlichen Schrittes zur Verandatür, an der seine Mutter mit gerunzelter Stirn auf ihn wartete.

Michael war das, was man mit Fug und Recht einen Rotzlöffel nennen konnte. Die kleine Sophie hingegen, gerade einmal zwei Wochen alt, war ein reiner Engel. Sie lag, eingewickelt in eine Babydecke, in süßem Schlummer in ihrer Wiege.

Wie friedlich das Kind doch aussieht, dachte Elvira. Warum können sie nicht für immer so klein und unschuldig bleiben? Sie lächelte Sophie glücklich an. Dann nahm sie wieder den Kampf mit Michael auf. Händewaschen vor dem Essen war immer Schwerstarbeit. Besonders, wenn Michael vorher im Sandkasten gespielt hatte und Elvira versuchte, ihm die verklebten Sandkörner unter den Fingernägeln herauszubürsten. Endlich hatten sie es geschafft und saßen bei Tisch.

Wann Victor wohl nach Hause kam? In letzter Zeit hatte er immer so viel Arbeit. Aber sein Einkommen als Angestellter einer Versicherung musste nach Sophies Geburt für eine vierköpfige Familie reichen. Das war in der jetzigen Zeit nicht einfach. Elvira hatte Verständnis dafür, dass Victor oft Überstunden leistete.

Sie griff, nachdem sie Michael ein Wurstbrot geschmiert hatte, zum Telefon und wählte Victors Handynummer. Es klingelte einige Male, bis er abnahm.

»Hallo, Liebling. Wir sitzen schon beim Abendessen. Kommst du bald?« fragte Elvira.

»Ich wäre so gern bei euch. Aber, du weißt ja, die vielen Fälle. Ich komme natürlich so bald wie möglich. Hebt mir noch etwas auf. Küsschen.«

Victor klappte langsam sein Handy zu und steckte es in die Innentasche seines Jacketts. Dann ging er beschwingt aus der Toilette des Stadtwaldhauses zurück an seinen Tisch, wo er den Blick über die Reihe der anderen Biergartengäste schweifen ließ.

Genüsslich streckte er die Beine aus und trank den Schaum von seinem Weißbier ab, eine Reminiszenz an seine bayerischen Wurzeln. Lässig zog Victor seine Sonnenbrille hervor, setzte sie sich auf die Nase und grinste die Blondine am Nebentisch an. Sie arbeitete im selben Gebäude wie er. Bislang waren sie sich leider nur im Aufzug begegnet. Sie hatte traumhaft lange Beine und trug eine enge Hose, die auf einen knackigen Po darunter schließen ließ.

Elviras Po hingegen hatte spätestens seit der letzten Schwangerschaft jedweden erotischen Reiz für ihn verloren. Hängend, ausgeleiert, plattgesessen. Victor stöhnte leise in sich hinein. Elvira! Welche Frau hieß schon Elvira, außer seiner eigenen? Das klang so altbacken. Altbacken wie Elviras Hintern. Wie ein altes, in Milch eingetunktes, aufgequollenes Brötchen sah der aus. Die Blondine lächelte zurück. Victor nahm sein Glas und wechselte den Tisch. Ein langweiliger Arbeitstag konnte nicht besser ausklingen.

Gut zwei Stunden später kam Victor zu Hause an und fuhr langsam in die Garage. Müde erhob er sich aus seinem Autositz und schlurfte durch den Hausgang mit hängenden Schultern ins Wohnzimmer. Elvira war bereits oben und brachte die Kinder ins Bett. Als sie wieder nach unten kam, fand sie Victor mit einem Bier in der Hand vor dem Fernseher sitzen.

»Entschuldige, Schatz. Das brauche ich jetzt. Es war ein anstrengender Tag«, sagte Victor mit erschöpfter Stimme.

Elvira nickte ihrem Mann zu und lächelte. Der arme Victor. Muss den ganzen Tag lang schuften und hat jetzt Angst, dass ich ihm sein Bier nicht gönne, dachte sich Elvira und ging in die Küche. Dort holte sie sich ein Glas Orangensaft. Zurück im Wohnzimmer, setzte sie sich neben Victor auf das Sofa. Sie legte ihre Hände sanft auf seine Schultern und begann, ihn liebevoll zu massieren.

Victor erhob sich und schenkte sein Glas nochmals randvoll. Als er sich wieder in die Polster der Couch fallen ließ, hörten es beide vernehmlich knacken. Wütend stand Victor auf und besah sich seine Sonnenbrille, durch deren jetzt zerbrochene Gläser er noch heute Nachmittag manch kurzweilig vergnügten Blick auf erquicklichere weibliche Formen hatte werfen können, als sie sich ihm gemeinhin zuhause boten.

Elvira tätschelte beruhigend seine Hand. »Nicht so schlimm, mein Liebling. Nächste Woche hast du ja Geburtstag. Brave Ehemänner wie du bekommen vielleicht eine neue Brille.«

Am nächsten Morgen musste Elvira zuerst wieder einmal einen Kampf mit Michael bestehen. Einen kleinen Jungen anzuziehen, war, wenn der partout nicht wollte, ohne Einsatz massiver Körperkraft kaum möglich. Endlich hatte sie Michael im Kindergarten abgeliefert, erneut waren einige Stunden gewonnen.

Mit der kleinen Sophie in der Babyschale neben sich im Auto fuhr Elvira zum Supermarkt. Beim Gemüse, unweit der Schlangengurken, begegnete sie Katharina aus der Nachbarschaft.

»Und, wie geht es euch mit zwei Kindern?«, fragte Katharina.

Elvira murmelte etwas von danke der Nachfrage, ganz gut, aber viel Stress.

»Wenn Victor nicht immer so viel Arbeit hätte. Jeden Abend kommt er so spät nach Hause«, schob sie noch unbeabsichtigt nach.

»Na, gestern jedenfalls habe ich ihn nachmittags im Stadtwaldhaus gesehen. Mit einer Blondine.« Katharina sah gespannt auf Elvira.

»Was?«, entfuhr es Elvira.

»Sicherlich nur eine geschäftliche Besprechung.« Katharinas Tonfall war hörbar ironisch.

»Mein Victor tut so etwas nicht«, verteidigte Elvira ihren Mann.

»Kein Mann tut so etwas«, bemerkte Katharina maliziös.

Elvira vertraute ihrem Victor. Sie hatte ihm immer vorbehaltlos vertraut, aber das Gespräch mit Katharina im Supermarkt beschäftigte sie doch mehr, als sie sich selbst zunächst eingestehen mochte.

Die Stunden am Nachmittag verflossen langsam. Zu langsam. Immer wieder ertappte sich Elvira dabei, auf die große Wanduhr im Wohnzimmer zu sehen. Deren Zeiger schienen ihr heute wie festgeklebt. Sollte sie Victor zur

Rede stellen? Ihn direkt darauf ansprechen? Vielleicht stellte sich alles als vollkommen harmlos heraus. Es könnte wirklich eine geschäftliche Besprechung gewesen sein. Oder Katharina hatte Victor mit einem anderen Mann verwechselt. Alles war möglich. Gegen fünf Uhr griff sie zum Telefon und rief Victor an. Er teilte ihr mit, leider noch bis mindestens sieben Uhr arbeiten zu müssen.

Kurzentschlossen klingelte Elvira bei ihrer Nachbarin und bat darum, Michael ein Stündchen bei ihr lassen zu dürfen. Sodann packte sie ihr altes Fernglas in die Brusttasche und die kleine Sophie in die Babyschale. Mit ihrem kleinen Auto tuckerte sie los in Richtung Stadtwald.

Victor war ein Gewohnheitstier. Seit Jahren verbrachten sie ihren Sommerurlaub an der italienischen Adria im selben Hotel. Einem Hotel, in dem Victor schon als Kind mit seinen Eltern Urlaub gemacht hatte. Auf der Fahrt dorthin mussten sie sich immer Victors langweilige, alte Johnny-Cash-CD anhören. Auch die hatte er wahrscheinlich bereits bei seinen Eltern im Auto angehört. Beim Italiener bestellte er sich, seit er als Junge gelernt hatte, den Namen korrekt auszusprechen, stets eine pizza capricciosa, dazu einen gemischten Salat, insalata mista. Lediglich bei den Getränken erlaubte er sich, mitunter spontanen Stimmungsschwankungen folgend, zwischen Bier und Wein zu variieren.

Victor trug, seit Elvira ihn kannte, und das waren immerhin bereits neun Jahre, ausnahmslos denselben Haarschnitt. Beim Durchblättern von Victors Kinderfotoalbum blickte sie ein Victor im Kindergarten, in der Schule und während der Ausbildung an, dessen Haartracht, bis auf die neuerdings kleine kahle Stelle am Hinterkopf, für die Ewigkeit gemacht schien.

Elvira hielt es noch heute für ein wahres Wunder, dass Victor, in München geboren, tatsächlich mit ihr nach Krefeld gezogen war, nachdem sie das Haus von Tante Gertrud geerbt hatte. Victor hatte sich mit der ihm ungewohnten Umgebung erst versöhnt gezeigt, als er den Biergarten im Stadtwald entdeckt hatte, der ihn an den Englischen Garten und das Seehaus in München erinnerte.

Wenn Victor also irgendwo außerhalb seines Büros zu finden war, dann am Stadtwaldhaus.

Elvira beschloss sicherheitshalber, sich von der Seite, die Deckung der Bäume ausnutzend, zu nähern. Die Außentische des Biergartens waren größtenteils besetzt. Elvira stellte Sophie auf dem Boden hinter einem Gebüsch ab und holte ihr Fernglas aus der Hülle. Langsam bewegte sie die Optik über die Tische.

Und wirklich. Am dritten Tisch entdeckte sie tatsächlich ihren Victor. Vor sich ein Weißbierglas, neben sich eine langbeinige Blondine. Elvira wurde schwindlig. Katharina hatte richtig gesehen, Verwechslung ausgeschlossen.

Sie zwang sich, das Fernglas wieder vor die Augen zu pressen und beobachtete weiter. Die beiden unterhielten sich scheinbar fröhlich. Elvira richtete ihr Fernglas etwas nach unten und sah, dass Victor seine Hand auf dem Oberschenkel der Blondine liegen hatte, woran die überhaupt keinen Anstoß zu nehmen schien. Schließlich rief Victor die Bedienung und bezahlte. Die Blondine verabschiedete sich mit einem Kuss von Victor. Einem Kuss auf den Mund.

Elvira hielt die Luft an. Das konnte alles einfach nicht wahr sein. Ihr Victor. Mit einer fremden Frau. Rachegedanken keimten in ihrem Busen und weckten den Wunsch, Victor spontan eine Behandlung angedeihen zu lassen, die dem Wappenheiligen der Stadt Krefeld, Dionysius von Paris, bereits etwa 250 Jahre nach Christi Geburt zuteil geworden war. Seither trug Dionysius, gebräuchlichen Darstellungen folgend, seinen Kopf nicht mehr auf dem Hals, sondern unter dem Arm.

Kaum war die Blondine um die Ecke gebogen, stiefelte ein junges Mädchen an Victor vorbei. Elvira beobachtete, wie Victor offenbar in bester Laune dem wackelnden Hinterteil des Mädchens hinterhersah. Sie holte tief Luft und schnaufte durch. Richtig verliebt konnte Victor in die Blonde also nicht sein. Sonst hätte er nicht gleich der nächsten Frau hinterher geguckt.

Nein. Victor war ihr nicht untreu, redete sich Elvira ein. Aber er guckte nach anderen Frauen, hielt Ausschau, spähte nach Beute. Letztlich war er doch nur ein kleiner Junge, ein Lausejunge. Und kleine Lausejungen müssen manchmal ein wenig bestraft werden.

Elvira lächelte. Sie wunderte sich über sich selbst, aber sie musste wieder lächeln, dann guckte sie zu Sophie hinunter. Ihr Baby starrte sie mit weit aufgerissenen Augen an. Elvira hatte einmal gelesen, dass Babies in den ersten Wochen noch nicht richtig sehen konnten. Aber sie erkannten ihre Mama. Ihre Stimme, ihren Geruch. Sie wussten instinktiv, dass sie bei Mama geborgen waren.

Elvira wusste, sie würde ihre Familie niemals aufgeben, schon gar nicht wegen irgendeiner dahergelaufenen Blondine. Bis dass der Tod uns scheidet. Das hatte sie Victor bei ihrer kirchlichen Trauung vor dem Altar versprochen. Und solch ein Versprechen bricht man nicht. Ihre Familie war ihr heilig. Elvira klemmte sich die Babyschale mit Sophie unter den Arm. Als sie noch einmal zum Biergarten hinüberblickte, war Victor bereits verschwunden. Sie musste sich beeilen, vor ihm zu Hause zu sein.

Die Nachbarin war ersichtlich froh, Elvira wieder zu sehen. Ein kurzer Blick in ihr Wohnzimmer genügte bereits, das Ausmaß an Verwüstung zu erahnen, das Michael innerhalb kürzester Zeit dort angerichtet hatte.

Elvira hatte es gerade geschafft, mit beiden Kindern an den Armen ihre Wohnungstür aufzusperren, als sie unten bereits das stotternde Geräusch von Victors in der Garage ersterbendem alten Dieselmotor hörte.

Ein Schlüssel drehte sich im Schloss und ein sichtlich geschaffter Victor trat mit schlaff herunterbaumelnden Armen herein. »Hallo, Liebling. Ich bin zu Hause.«

Elvira trat ihm im Wohnungsflur entgegen. Betont beiläufig fragte sie: »Und, wie war dein Tag?«

Victor sah sie mit gequältem Gesichtsausdruck an. »Schrecklich, mein Schatz. Arbeit, nichts als Arbeit. Ich bin heute wirklich am Ende. Was gibt es zum Abendessen?«

Vor etwa zehn Jahren hatte Elvira eine Optikerlehre absolviert und in ihrem Beruf immer gerne gearbeitet. Dann war sie Victor nach München gefolgt, hatte Michael bekommen, war wieder nach Krefeld gezogen, schließlich war Sophie geboren worden. Elvira pflegte jedoch nach wie vor einen freundschaftlich guten Kontakt zu ihrem alten Lehrmeister.

Am nächsten Tag fuhr sie, nachdem sie Michael, leider wieder einmal nicht ganz problemlos, im Kindergarten abgeliefert hatte, in den Optikerladen. Ihr alter Chef Dieter freute sich ersichtlich, sie zu sehen. Er gewährte ihr gerne die geäußerte Bitte. Elvira fand sich an ihrem alten Arbeitsplatz sofort wieder zurecht. In den nächsten Stunden hatte sie den Arbeitsraum für sich. Sophie kam in die mitgebrachte Babywippe und schlief friedlich ein. Elvira machte sich sogleich an die Arbeit. Victor würde im wahrsten Sinn des Wortes Augen machen. Es sollte etwas wirklich Besonderes werden, ein echtes Meisterwerk. Frohgemut pfiff Elvira leise vor sich hin.

»Zum Geburtstag viel Glück«, krähte Michael am nächsten Wochenende, nicht schön, dafür aber laut, zu Ehren seines Vaters.

Elvira stand lächelnd daneben. Sie küsste Victor und überreichte ihm sein Geschenk. »Für dich, mein Liebling. Möge dir immer die Sonne scheinen.«

Victor besah sich das kleine Päckchen. Er gab es an Michael weiter, der schon darauf brannte, es auszupacken. Nachdem er im Nu das Papier heruntergefetzt hatte, war seine Begeisterung schnell wieder verflogen. Er drückte das Etui, das unter der Verpackung zum Vorschein gekommen war, seinem Vater in die Hand. Victor öffnete es und besah sich die neue Sonnenbrille. Er bedankte sich bei Elvira mit einem Kuss und steckte die Brille in die Innentasche seines Sakkos, das er zumeist auf dem Weg zur Arbeit trug. Dann durfte Michael für seinen Vater die Kerzen auf dem Geburtstagskuchen auspusten und sich das erste Stück des Backwerks einverleiben. Die Familie verbrachte ein harmonisches, geruhsames Wochenende.

Montage hatte Victor, wie vermutlich ein Großteil seiner Kollegen und der arbeitenden Bevölkerung insgesamt auch, noch nie gemocht. Alle unliebsamen Kunden und Geschäftspartner, denen am Wochenende irgendeine Laus über die Leber gelaufen war, riefen heute bei ihm an. Sein Telefon klingelte nahezu ununterbrochen. Victor sah am Nachmittag aus dem Fenster in den wolkenlos blauen Himmel und glaubte, sich nun etwas Entspannung redlich verdient zu haben. Punkt fünf Uhr schaltete er den Anrufbeantworter ein und diktierte noch einige dringende, kurze Schreiben. Die nicht ganz so dringenden Fälle klickte er auf Wiedervorlage. Die mussten eben bis zum nächsten Tag warten.

Er spazierte beschwingt aus dem Büro und machte sich auf den Weg in den Biergarten. Sein Stammplatz mit Blick zum Weiher war noch frei. Die Sonne lachte vom Himmel und schien ihm freundlich ins Gesicht. Als sich zwei hübsche Mädchen am Tisch schräg gegenüber niederließen, wurde aus dem bislang recht lausigen Tag doch noch einer jener guten Tage.

Bestens gelaunt summte Victor die Melodie des alten Johnny-Cash-Hits ‚Ring of Fire' vor sich hin: »Love is a burning thing, and it makes a fiery ring . . .« Er griff in die Innentasche seines Sakkos und holte sein Geburtstagsgeschenk hervor. Mit geübtem wie lässigen Griff setzte er sich die Sonnenbrille auf die Nase. ». . . and it burns, burns,

burns ...« Victor trommelte mit seinen Fingern rhythmisch auf den Oberschenkeln, dann blinzelte er zufrieden in die Sonne.

Michael war aus dem Kindergarten nach Hause gekommen, hatte zunächst das Mittagessen vom Tisch auf den Boden gefegt und sich später lautstark über Sophie beschwert. Eine seiner Meinung nach völlig unnütze Anschaffung, mit der man nichts anfangen konnte, da sie zumeist nur schlief und, wenn sie denn einmal wach wurde, dies lediglich nutzte, um in die Windeln zu kacken, dass es im ganzen Haus erbärmlich stank. Dann war Michael, erschöpft vor Aufregung, selbst eingeschlafen.

Jetzt, am späten Nachmittag, spielte er, nunmehr gut ausgeruht, im Garten.

»Michael, komm endlich her. Lass dich eincremen, sonst bekommst du einen schlimmen Sonnenbrand.«

Widerwillig stapfte Michael zu seiner Mutter. Nach der Sonnencreme musste er sich auch noch einen Sonnenhut aufsetzen. Dafür bekam er von Mama ein Stück dunkles Glas zum Spielen in die Hand. Michael rannte damit zum Sandkasten zurück. Es dauerte eine Weile, bis er herausgefunden hatte, wie es funktionierte.

Noch bewegte sich die Ameise munter auf dem Stein. So wie sie jedoch der gebündelte Sonnenstrahl traf, wurde sie zunächst langsamer und rollte sich dann zusammen. Leichter Qualm stieg auf, schließlich blieb die Ameise, zu einem winzigen Klumpen verbrannt, liegen. Stolz betrachtete Michael sein Werk. Es roch nach verbranntem Chitin. Michael grinste bis über beide Ohren und freute sich über seine neu erworbene Fertigkeit. Er nahm das Glasstück wieder in die Hand, hielt es in die Sonne und wartete darauf, die nächste Ameise zu rösten.

Elvira sah ihm vom Wohnzimmer aus zu. Sie lächelte glücklich. Das Glas, das sie Michael gegeben hatte, war ihr erster Versuch gewesen. Ein untauglicher Versuch, denn die Bündelung des Lichts fand erst in einer solchen Entfernung vom Glas statt, dass es als Brillenglas nicht zu gebrauchen war. Außerdem war es fiel zu schwer und dick ausgefallen. Zu wenig elegant. Nichts für Victors Ansprüche.

Sie hatte mehrere Versuche gebraucht. Bis ihr die bei größerer Fehlsichtigkeit verwendeten Lentikulargläser eingefallen waren. Ein entsprechender Schliff in der Mitte hatte genügt, das Glas war im Übrigen relativ unverdächtig geblieben.

Die Netzhaut ist, wie Elvira noch aus ihrer Ausbildung wusste, eine äußerst empfindliche Membran. Einmal verbrannt, ist der eingetretene Schaden irreparabel. Aber sie besitzt weder Schmerzrezeptoren noch Blutgefäße. Darum verbrennen sich auch immer wieder Menschen bei Sonnenfinsternissen die Augen, ohne dies sofort zu bemerken.

Victor würde also nichts spüren, zumindest hoffte sie das. Er wäre wieder wie ein Baby, ihr Baby. Wie die kleine Sophie. Elvira würde für ihn sorgen, ihn pflegen und betreuen. Einen lieben Jungen, der ihre Fürsorge brauchte und nicht mehr nach anderen Frauen gucken konnte.

Zufrieden beugte sie sich über die Wiege und nickte der kleinen Sophie zu. »Ja, meine Kleine. Ich weiß, dass du mich noch nicht richtig sehen kannst, aber deine Mama ist immer bei dir.«

Der zweite Frosch

Glauben Sie an Märchen? Ich bin überzeugt davon, dass sie unser Leben bereichern. Allein die schönen Träume: von Prinzessinnen, Königen, Schlössern, Zwergen und dem bösen Wolf. Und was wäre ein nebliger Tag am Niederrhein, wenn mit den wabernden Schwaden keine Gespenster, Feen und Elfen kämen? Vom alljährlichen Märchen-Festival ganz zu schweigen.

Aber, dass ein Märchen so richtig lebensgefährlich werden kann, davon hatte ich keine Ahnung. Bis zu diesem Sommertag im August.

Das Ding fiel direkt an meinen großen staunenden Augen vorbei. Gunter hatte es auch gesehen. Leider. Denn es war eine golden glitzernde Gelegenheit, wie sie sich nur einmal im Leben bietet.

Und Gunter konnte schon immer besser tauchen als ich. Damit war klar, wer von uns diese Gelegenheit beim Schopf packen würde. Zwar versuchte ich auch ein paar kräftige Schwimmbewegungen. Aber ich merkte sofort, dass Gunter schneller sein würde. Er schnappte sich die goldene Kugel und schoss strahlend an mir vorbei in die Höhe. Kurz danach tauchten wir beide aus dem Wasser auf.

Während ich mich auf ein Seerosenblatt zurückzog, konnte ich beobachten, wie Gunter die wunderschöne junge Frau am Ufer ansprach. Sie trug einen glänzenden Kopfschmuck mit einem geheimnisvollen Schriftzug darauf. Aus ihren Augen schienen feine Regentropfen zu perlen.

»Ich kann dir helfen«, flötete Gunter. »Ich gebe dir deine Kugel zurück.«

Wie ich ihn dafür hasste.

In all den kalten, nassen Nächten in unserem Tümpel nahe der Niers hatte ich von der hübschen jungen Frau geträumt, die hin und wieder kam und mit ihrer goldenen Kugel spielte. Ich hatte sie sogar einmal verfolgt und gesehen, dass sie in einem gigantischen Schloss wohnte. Genau wie ich es aus dem Märchen wusste.

War es wirklich ein Schloss? Ganz sicher bin ich nicht. Es hatte keine goldenen Zinnen oder so etwas. Dafür große Schilder vor der Tür, die es etwas bedrohlich wirken ließen. Aber jedenfalls war es ein riesiges Gebäude mit einem hohen Zaun drum herum.

Für Sie, der ich Ihnen meine Geschichte jetzt erzähle, mag dieses Gebäude auch gar nicht so riesig sein. Doch Sie müssen es sich nur einmal aus der Froschperspektive vorstellen, dann wissen Sie, wovon ich spreche.

Aber ich schweife ab. Kommen wir zurück.

Gunter, der alte Schwätzer, redete auf die junge Frau ein: Sie möge ihn in ihr Zuhause mitnehmen, dann würde er ihr die Kugel wiedergeben, mit der sie so gern spielte.

Er versuchte etwas, wovon er gewiss glaubte, dass es ein Lächeln war. Ich fand, dass er sein Maul nur zu einer abstoßenden Grimasse verzog.

Aber das hübsche Mädchen gab nach. »Komm mit«, sagte sie. »Du sollst in meinem Schloss wohnen dürfen.«

»Und von deinem Tellerchen essen?«, quakte Gunter.

»Auch das«, antwortete das Mädchen.

»Ich bring ihn um«, zischte ich leise auf meinem Seerosenblatt. Dann glitt ich ins Wasser und krabbelte ans Ufer. Während ich den beiden folgte, schmiedete ich Mordpläne.

Mit einem giftigen Pfeil würde ich Gunters aufgeblasene Brust durchstoßen. Oder ihm einen Stein auf seinen glitschigen Schädel werfen. Oder noch besser: Ihn mit einem gezielten Stoß unter den Fuß des hübschen Mädchens befördern. Damit seine Eroberung selbst sein Tod würde. Oh ja, ich schmiedete Mordpläne, die sich gewaschen hatten.

Das hübsche Mädchen ging auf einem schmalen Trampelpfad durch den Wald. Dabei hielt sie Gunter in ihrer geöffneten Hand. Ich hatte ziemliche Mühe, den beiden zu folgen. Einmal überquerten sie den Niers-Radwanderweg, und ich wäre fast überfahren worden. Doch schließlich erreichten wir das Schloss. Ein Herr im weißen Kittel öffnete. Einen König hatte ich mir ganz anders vorgestellt. War es wirklich der Vater des Mädchens? Oder nur ein Dienstbote?

Kurz bevor er die Tür wieder zuschlug, schlüpfte ich unbemerkt in die Eingangshalle.

Ein seltsamer Geruch herrschte in dem Gemäuer. Als Bewohner eines stark frequentierten Tümpels bin ich einiges gewohnt. Doch dieser Geruch ließ mich schaudern. Dann geschah etwas, womit ich nicht gerechnet hatte: Der Mann, der die Tür aufgemacht hatte, sah Gunter kurz an, zog etwas aus seiner Jackentasche und schubste ihn hinein.

»Das ist ja ein wunderschönes Exemplar«, grinste er.

Ich sah, dass Gunter in einem Marmeladenglas saß und strampelte. Der Mann schraubte den Deckel zu. Gunters angsterfülltes Quaken drang gedämpft nach außen.

»Hübsch, nicht wahr?«, sagte das Mädchen. Auch sie grinste. »Du wirst mir nie glauben, mit welchem Trick ich den angelockt habe.« Sie zog ihre goldene Kugel aus der Tasche und kicherte: »Die Märchennummer. Sie klappt noch immer.«

»Rana ridibunda – und was für ein prächtiger«, flüsterte der Mann. »So einen hat von hier bis Holland noch niemand gefangen. Ich werde ihn gleich morgen präparieren.«

»Präparieren«, fragte ich mich, »was kann er damit meinen?« Es klang nach nichts Gutem.

Der Mann und das Mädchen gingen durch die Halle in einen hell beleuchteten Raum. Der eigenartige Geruch wurde noch stärker. Chemie, dachte ich. Es riecht nach Chemie.

Der Geruch erinnerte mich an eine schlimme Zeit vor inzwischen drei Jahren. Da hatte die Niers so gerochen. Sie verläuft ganz in der Nähe unseres Tümpels. Als der Fluss diesen Geruch verströmte, wurden hunderte Frösche und Kröten schwer krank. Es ging das Gerücht um, die Sache habe mit einer der großen Fabriken zu tun, die einige Kilometer weiter am Rhein stehen.

Jetzt, da ich diesen Geruch wieder in der Nase hatte, war ich mir gewiss, dass Gunter in höchster Gefahr war. Und obwohl ich ihm gefolgt war, um ihn zu ermorden, siegte meine Froschsolidarität.

Ich beobachtete, wie der Mann das Marmeladenglas mit meinem Kumpel darin ins Regal stellte.

Mit einem kühnen Hüpfer sprang ich in die Schale einer silbern glänzenden Waage und versteckte mich. Die beiden sahen sich noch einmal ihren Fang im Marmeladenglas an, dann verließen sie den Raum. Ich beschloss abzuwarten, bis es dunkel würde.

Der lange Weg vom Teich bis zum Schloss, das schnelle Hüpfen und nicht zuletzt die Anspannung waren offenbar ein bisschen zu viel für mich gewesen. Kaum hatte ich es mir in meinem Versteck einigermaßen bequem gemacht, schlief ich auch schon ein.

Als ich erwachte, war es stockfinster in dem Raum. Der stechende Geruch erschien mir jetzt noch schlimmer. Wie um alles in der Welt sollte ich in dieser Finsternis meinen Kumpel Gunter wieder finden? Katzenaugen müsste man haben.

Wir Frösche sehen leider nur die Dinge wirklich gut, die sich in schneller Bewegung befinden. Was ruhig in der Ecke sitzt oder nur ganz langsam kriecht, fällt unseren

Augen nicht auf. Das war besonders in dieser Situation sehr ärgerlich.

Vorsichtig tastend schob ich mich von der Waage auf den Fußboden des Labors. Ich richtete meinen Blick nach oben und sah – nichts. Nichts, außer Dunkelheit.

Ohne zu wissen, wohin mein Weg mich führen würde, schlich ich auf dem mit Linoleum beklebten Fußboden voran. Ich wurde etwas mutiger und machte einen kleinen Hüpfer. Ein verhängnisvoller Fehler. Ich glitschte aus, schlitterte in etwas hinein, das krachend über mir zusammenfiel. Ich konnte nicht ausmachen, was es war. Aber ich hörte das Geräusch von splitterndem Glas und spürte einen stechenden Schmerz, als ich beim nächsten Hüpfer in einer Scherbe landete.

Meiner Kehle entfuhr ein krächzender Schrei. In etwa einem Meter Entfernung vernahm ich ein Echo. Dann erklang das Echo noch einmal, und zwar ohne dass ich selbst geschrieen hatte. Ich stutzte. Das musste ein ganz besonderer Raum sein, in dem mehrere Echos aufeinander folgten. Als ich meinen Ruf ein drittes Mal widerhallen hörte, wurde mir klar, dass es gar nicht meine Stimme war.

»Gunter«, quakte ich.

»Paul!« Ich hörte die Erleichterung in Gunters Stimme. »Hier oben bin ich«, rief er, »auf dem Tisch. Ich komme aus dem verdammten Glas nicht raus.«

»Ich kann nichts sehen. Gibt es einen Weg da rauf?«

»Weiß nicht«, antwortete Gunter.

Wir schwiegen einen Augenblick.

»Ich glaube, der Tisch ist nicht sehr hoch. Wenn du dich gegen die Glaswand wirfst . . .«, schlug ich vor.

»Du bist wohl wahnsinnig«, unterbrach mich Gunter. »Wenn ich mit dem Glas runterfalle, sterbe ich.«

»So ein Quatsch, du Weichei.«

»Kein Quatsch. Die Scherben werden sich in meine Augen bohren.« Er jaulte. »Das wird furchtbar.«

»Furchtbar wird es, wenn die beiden dich morgen präpanieren«, sagte ich. Ich war nicht ganz sicher, ob ich mir das Wort richtig gemerkt hatte.

»Präpa . . . was?«, fragte Gunter.

»Präpanieren – oder präpantieren – ich weiß nicht so genau. Es klang auf jeden Fall gefährlich, was die vorhaben.«

Plötzlich hörten wir ein Geräusch an der Tür. Ich machte einen Satz unter das Regal und betete, dass man mich dort nicht entdecken würde. Gunter quakte noch einmal jämmerlich.

Das Licht ging an. Herein kam der Mann. Er sah ärgerlich aus. »Was ist denn hier schon wieder passiert?«, murmelte er.

Im Licht der Deckenlampen sah ich, was ich angerichtet hatte. Eine Apparatur mit mehreren Glaskolben, die von Drähten gehalten wurden, war umgekippt und in tausend Stücke zerbrochen.

»Verdammt«, fluchte der Mann.

Er bückte sich, um einen gläsernen Stiel mit einer Kugel daran aufzuheben. Ich duckte mich, so tief ich konnte, unter das Regal. Für einen Moment hatte ich das Gefühl, dass sein Blick mich traf. Doch er hatte mich nicht gesehen. Stattdessen trat er beim Zurückweichen vom Regal mit seiner Sandale auf eine größere Scherbe und geriet ins Schlingern. »Scheiße«, schimpfte er und ruderte wild mit den Armen.

Trotz meiner misslichen Lage konnte ich mir ein Kichern nicht verkneifen. Das rechte Bein des Mannes rutschte weg und er schlug der Länge nach auf den Boden. Ich hielt mir den Mund zu, um mich nicht durch lautes Lachen zu verraten. Doch ein Glucksen konnte ich nicht unterdrücken. Das schmerzerfüllte Gesicht des Mannes drehte sich zu meiner Seite. Ich platzte fast vor Schadenfreude. In diesem Moment bemerkte er mich.

»Noch einer«, zischte er, und seine Miene hellte sich auf. »Na, dann ist es ja doch ein guter Tag heute.«

Bevor ich mich versah, hatte er mich geschnappt und in genau so ein Marmeladenglas gesetzt, wie das, in dem Gunter eingesperrt war.

»Scheiße«, quakte ich.

»Quak du nur«, grinste der Mann. »Gleich zwei. Da haben wir morgen ja gut zu tun.«

Der Morgen dämmerte und ein fahles Licht fiel in den Raum. Gunters Maul wirkte durch die Wölbung des Marmeladenglases noch breiter als gewöhnlich. Unter normalen Umständen hätte mich das amüsiert. Aber die Umstände waren alles andere als normal. Wir saßen in der Falle. Ich sah in Gunters große Augen und entdeckte die gleiche Angst, die ich auch gerade spürte.

»Und jetzt?«, quakte ich.

»Du hast doch gesagt, es sei nicht so hoch. Man könnte sich gegen die Glaswand werfen . . .«

»Du spinnst wohl«, schimpfte ich. »Und sich an den Scherben die Halsschlagader aufschneiden?«

»Du hast es vorgeschlagen . . .«

Er hatte Recht. Aber jetzt war ich total dagegen. Seltsam, wie sich die Qualität einer Idee durch die eigene Perspektive verändern kann.

Zitternd und schweigend saßen wir in unseren gläsernen Gefängnissen. Ich dämmerte kurz weg und träumte von meiner Lieblingswiese am Ufer der Niers. Eine rote Sonne tauchte in meinen Gedanken auf und ging hinter der Langendonker Mühle unter. Wie ich mich danach sehnte. Sogar nach den Kindern, die nachmittags oft kamen und Stöckchen ins Wasser warfen, so dass wir zur Seite springen mussten. Verdammt, nie hatte ich geahnt, wie schön und wertvoll das alles ist.

Ich schlug meine Augen auf und sah, dass der Mann und das Mädchen im Raum waren. Sie hielten eine Flasche in der Hand, auf der ein Totenkopf aufgedruckt war. Eine Kaffeemaschine schnaufte.

»Mit welchem fangen wir an?«, fragte der Mann und sah zu uns beiden hinüber.

»Egal«, sagte das Mädchen. Sie füllte etwas von der Totenkopf-Flüssigkeit in eine Spritze.

Das war's also dann, dachte ich.

Gunters Gesichtsausdruck verriet, dass er die gleichen Gedanken hegte. In diesem Augenblick klingelte es an der Eingangstür.

»Mist, das könnten wieder die vom Veterinäramt sein«, zischte das Mädchen. »Stell die Viecher in den Schrank.«

Der Mann nahm mein Glas, das Mädchen Gunters. Sie stellten uns ganz unten in ein Schränkchen hinter einige dicke Aktenordner. Dann verließen sie den Raum.

Ich hörte etwas klappern.

»Paul!« Es war Gunters Stimme. Sie klang weniger gedämpft als zuvor. »Paul, ich bin nicht mehr in dem Glas. Die hat beim Wegstellen nicht aufgepasst und den Deckel los gemacht. Ich bin draußen.«

»Mensch, hilf mir«, quakte ich.

Gunter sprang auf mein Marmeladenglas, doch dieser Deckel rührte sich nicht.

»Sei jetzt tapfer und mach mit«, rief Gunter. Er zählte bis drei. Dann warf er sich mit voller Wucht von außen gegen das Glas. Ich sprang von innen an die entgegengesetzte Seite.

Wir mussten es dreimal wiederholen. Dann zersprang das Glas. Erstaunlicherweise verletzte ich mich kaum. Nur ein ganz kleiner Schnitt hinter dem Ohr. Nicht der Rede wert.

»Weg hier«, zischte Gunter. »Die Tür steht offen.«

»Einen Moment«, sagte ich. »Es gibt noch eine Kleinigkeit zu erledigen.« Ich sprang auf den Tisch mit der Kaffeemaschine und tat, was getan werden musste.

Drei Tage später saßen wir in unserem kleinen Tümpel und hatten uns einigermaßen von dem Schrecken erholt. Es war ein windiger Tag. Nur wenige Spaziergänger waren auf dem Wanderweg von Grefrath nach Vinkrath unterwegs, der direkt bei uns vorbeiführt.

Einem Mann auf dem Fahrrad flogen ein paar Blätter der ‚WZ' davon. Eine Zeitungsseite landete direkt im Gras vor unserem See.

Die beiden Menschen auf dem Foto erkannte ich sofort. »Das sind sie doch . . .«, erzählte ich Gunter aufgeregt.

»Wir müssen Ottilie rufen«, sagte er. Ottilie ist die einzige Kröte weit und breit, die lesen kann.

Ottilie kam und las uns vor, was unter dem Foto stand:

Rätselhafter Mord im Labor.

(bl) Gestern Mittag entdeckte die Polizei zwei Leichen im Labor des pharmazeutischen Instituts. Es handelt sich um den Institutsleiter und seine Assistentin. Die beiden wurden offenbar vergiftet. Spuren des Giftes fanden sich auch in der Kaffeemaschine.

Von dem oder den Tätern fehlt jede Spur. Die Fahnder machten allerdings eine erstaunliche Entdeckung in dem Labor: In den Regalen stand eine große Anzahl illegal gefangener und präparierter Amphibien, die unter Naturschutz stehen.

Gunter sah mich staunend an. »Du?«, fragte er.

»Quak!«, sagte ich.

Moyländer Hängung

Hab Schwein gehabt, bin ‚auf Bewährung' davon gekommen, unter der Bedingung, dass ich psychiatrisch betreut werde. Fundamentale Hybris, meinte der Richter, tief verwurzelter Hochmut. Wer hier wohl spinnt! Der psychologische Gutachter bescheinigte mir, dass mein Wunsch, ein Kunstwerk zu besitzen, zwanghaft ist. Meinetwegen. Der Seelenspion war einer von der Sorte, die diesen Beruf in der Hoffnung ergreifen, ihre eigenen Probleme verstehen zu können. Er machte allerdings nicht den Eindruck, dass ihm das gelungen war. Dabei ist das mit dem Besitzerwunsch wie in der Liebe. Du willst doch auch nicht, dass alle die von dir Angebetete in ihrer Blöße anstarren dürfen.

Ich hatte mich nun mal in die ‚Roten Schuhe' verliebt. Nicht irgendwelche, sondern die von Morton Havanger. Mir stockt jedes Mal der Atem, wenn ich die sehe. Dem Havanger ist es gelungen, nur die schlanken Füße und Fesseln in den Schuhen zu malen und im inneren Auge des Betrachters den Anblick einer wunderschönen Frau hervorzurufen, deren Reizen du dich nicht entziehen kannst. Ich jedenfalls bin ihr verfallen. Der Seelendeuter mag das zwanghaft nennen; für mich ist das bedingungslose Verehrung. Sie muss mir gehören, und zwar nur mir.

Nun klau du mal ein Bild im Museum Schloss Moyland. Gar nicht so einfach. Schönes Land, Moyland, wie unsere westlichen Nachbarn sagen. Aber die trutzburgischen Ecktürme lassen ahnen, dass man dort auf Abwehr eingestellt ist, weil man die Werte in diesem Schloss nicht gerade aus der Portokasse bezahlen kann. Da muss man sich schon was einfallen lassen. Und das habe ich getan. Meinen Super-IQ schleppe ich schließlich nicht als Ballast herum.

Wie alle genialen Pläne war meiner einfach. Es sind die Mittelmäßigen, die alles komplizieren. Länge und Breite des Bildes brauchte ich nicht selbst zu messen. Das wäre auch aufgefallen. Doch der Kenner weiß, so etwas steht im Katalog. Den brauchst du nicht einmal zu kaufen. Im Museumsbuchladen liegen Ansichtsexemplare.

Aber du musst doch etwas investieren. Die ‚Roten Schuhe' gibt's dort als Poster, allerdings mit anderen Maßen. Keine schlechte Reproduktion, aber, mal ehrlich, ein Photo deiner großen Liebe würde dir auf die Dauer auch nicht genügen. Ich musste das Original haben, nicht irgendeinen Abklatsch.

Also zweite Investition, ab zum Kopierladen. Eine gute Farbkopie gibt's zwar nicht umsonst, aber die Maße stimmten wenigstens.

Ein Zeichenbrett hatte ich zu Hause. Großformatige Zeichenblätter drauf, darunter die Farbkopie. Als Kunststudent konnte ich in meinem Alter nicht auftreten, zu viel Bauch und zu viel Grau, aber warum nicht als Kunsterzieher? Die richtige Mischung von beamteter Spießigkeit und Verachtung bürgerlicher Normen fiel mir leicht. Neben vielen Talenten ist mir auch das des Schauspielers gegeben.

Eine Besonderheit der Gemäldesammlung Moyland kam meinen Absichten entgegen. Sie ist so riesig, dass die Bilder nicht nur mehr oder weniger auf Augenhöhe nebeneinander hängen, sondern von der Decke bis zur Kniehöhe sind die Wände mit Kunstwerken bedeckt, Rahmen an Rahmen. Das glaubst du erst, wenn du es gesehen hast.

Einen Namen hat dieses System auch, die Moyländer Hängung. Ich finde es eher unsystematisch, weil es zu unübersichtlich ist. Aber gerade darin lag meine Chance. In diesem Wirrwarr von Gemälden erkennt man eine Fotokopie nur bei genauem Hinsehen. Du siehst, Köpfchen, mein Lieber.

Der richtige Zeitpunkt musste gewählt werden. Natürlich nicht in der Stoßzeit. Gut ist der späte Dienstagvormittag. Die werktätige Bevölkerung ist dann ohnehin woanders beschäftigt, dort, wo sie vor der Faszination der ‚Roten Schuhe' gefeit ist, weil sie fremdbestimmt die Gewinnmaximierung anderer Leute betreibt. Und die meisten Besucher zieht es um diese Zeit schon zu einem Imbiss ins Café. Es sei denn, sie nehmen gerade an einer Führung teil.

Und wieder ist es gut, wenn du ein bisschen Bescheid weißt. Da ist ein junger Mann, der sieht nicht nur verdammt gut aus, der kann so interessant erklären, dem schließen sich im Laufe seiner Führung auch die an, die gar nicht dafür bezahlt haben. Seine Stammkundinnen, alle so zwischen fünfzig und siebzig, hängen an seinen Lippen, als wäre er der Messias. Die Aufsichtspersonen ziehen allesamt mit dem Tross mit. Ist ja schließlich eine ziemlich unübersichtliche Situation.

Für eine Weile schloss ich mich ihnen an und ließ mich dann zurückfallen. Als das geballte Kunst- und Sicherheitsinteresse zwei Säle weiter war, konnte es losgehen.

Immer noch skizzierend – das kann ich so einigermaßen – sicherte ich. Die wohltönenden Erläuterungen des schönen Experten wurden leiser. Er und seine Kunstpilgerinnen entfernten sich.

Im folgenden Saal war nur ein alter Mann mit Baskenmütze und Krückstock, der der Truppe schlurfend folgte. Allerdings guckte er mich so seltsam an, als käme er vom Mond. Mein Zeichenbrett schien sein besonderes Interesse zu erregen. Im Durchgang drehte er sich nochmal um, so dass ich mich fragte, ob der wirklich so harmlos war, wie er aussah. Leise ging ich zurück und sah noch, wie er am anderen Ende verschwand.

Der vorhergehende Saal war leer. Ich war mit meinen

‚Roten Schuhen' allein. Ach was, Schuhe, ich war allein mit meiner Schönen. Mein Puls ging wie immer schneller. Das geschah sogar zu Hause, wenn ich nur an sie dachte. Der Gutachter hatte wohl Recht, wenn er Zwanghaftigkeit konstatierte. Was der Fachidiot nicht erkannte, dieser Zustand bezog sich nicht auf den Besitz von Kunstwerken allgemein, sondern auf die Faszination meiner Schönen, die ohnehin nur ich sah. Alle anderen sahen ja nur die Schuhe, die Armen.

Schritte! Ich hörte Schritte, dann auch Stimmen, aus dem Saal, der eben noch leer gewesen war. Zwei junge Männer schlenderten herein, unterhielten sich halblaut über Öffnungszeiten. Gehörten sie zur Belegschaft des Museums? Gesehen hatte ich sie hier noch nie. Nur beiläufig blickten sie zu mir, wie ich skizzierend zu einem Gemälde oben links schaute. Natürlich sind dort nicht die roten Schuhe; so blöd bin ich nicht. Das Objekt meiner Begierde befindet sich unten rechts.

Immerhin hatten die zwei mich ein wenig verunsichert, denn ich hatte gemeint, von dort könne niemand mehr kommen. Mir blieb nichts anderes übrig, ich musste die Säle noch einmal überprüfen. Ich ging schnell; trotzdem kostete mein Kontrollgang in beide Richtungen Zeit, viel Zeit. Zuviel Zeit? Egal, beim perfekten Kunstraub musste jedes Risiko ausgeschaltet werden. Leer, alle Räume waren leer. Keine Besucher, keine Aufseher.

Neuer Ansatz, ich atmete tief durch. Sollte ich die Gummihandschuhe anziehen? Anprobiert hatte ich sie. Ich wollte nichts dem Zufall überlassen. Bei einer so gewagten Unternehmung durfte ich das auch nicht. Ich nahm sie aus der Tasche. Nur hatte ich bei der Anprobe nicht das Zeichenbrett unterm Arm gehalten. Die dünnen Dinger erwiesen sich plötzlich als reichlich widerspenstig. Schnell hatte ich das Gefummel satt. Ach was, das hielt nur auf.

Noch einmal umgeschaut und los! Ich hatte alles ganz kühl geplant, dennoch hatte ich jetzt mein heftiges Herzklopfen, das ich jedoch mit kontrollierter Atmung bald in den Griff bekam. An diesem Herzrasen leide ich seit meiner frühen Jugend, aber mit speziellen Atemübungen kann ich das immer überwinden. Psychosomatisch nennen das die Ärzte. Selber Psycho.

Weiter! Jeder Handgriff musste sitzen. Praktisches Üben und mentales Training zahlen sich aus. Bei mir zu Hause hatte ich das Ganze unzählige Male exerziert und es von anfänglichen dreieinhalb Minuten am Ende auf eine Minute, zehn Sekunden gebracht. Das ging zuletzt im Blindflug. Abnehmen, absetzen, aufklappen, herausnehmen, austauschen, zuklappen, Original unter die Zeichenblätter, aufhängen, fertig.

Und so auch hier im Schloss Moyland, es ging wie im Traum. Ich war jetzt ruhig wie ein Chirurg bei einer Routineoperation. Von wegen Psycho! Das flutschte nur so. Der Rahmen mit der Fotokopie hing. Ein Schritt zurück, noch einmal justieren. Für alle Fälle überprüfte ich noch einmal die angrenzenden Säle. Leer, so leer wie vor Beginn meiner Austauschaktion. Und Kameras gab es hier ohnehin nicht.

Betont langsam ging ich hinter den Verehrerinnen der Kunst und ihres Vertreters her. Ich hatte mich voll unter Kontrolle.

Fast war ich enttäuscht, dass keine Alarmanlage losheulte. Ich hatte meinen Rückzug genau im Schutze der Führung geplant. Nichts. Einen Moment lang zweifelte ich. Hörte man den Alarm, die Sirene, nur in einer Zentrale? Würden die Häscher gleich angerannt kommen? Doch niemand tauchte auf. Das Aufsichtspersonal begleitete die Führung mit gelangweilten Gesichtern. Von denen drohte mir keine Gefahr. Ich entspannte mich.

Und dann ergriff mich ein unbeschreibliches Glücksgefühl. Bist du schon mal auf einer rosa Wolke dahingeschwebt? Dann wüsstest du, wie mir zumute war. Ich hielt die Schöne in meinem Arm! Sie war mein, gehörte nur mir, und niemand wusste davon. Es war ein prickelndes Geheimnis, das mir ein Gefühl der Macht gab. Meinen Gesichtsausdruck hatte ich völlig unter Kontrolle. Keiner hätte mir ansehen können, welche berauschende Wirkung mein Besitz auslöste.

Bei den Kunstbeflissenen blieb ich bis zum Ende der Führung. Als dann einige der Damen begannen, ihren aufgestauten Kunstverstand mit mehr oder weniger klugen Fragen an den schönen Sachverständigen unter Beweis zu stellen, setzte ich mich mit mehreren Zuhörern ab. Im Seitengebäude ging ich ins Café und trank ganz langsam einen Espresso an einem der Bistrotische.

Die rosa Wolke trug mich immer noch, aber mein Atem ging ganz ruhig. Lässig überschaute ich die Besucher, die Genießbares zu sich nahmen und Kluges von sich gaben. Wenn die wüssten!

Ich hatte Mühe, nicht abzuheben. Das Gewicht des Zeichenbretts war mein Anker. Die Versuchung war groß, einmal kurz zu blättern und mich von meinem Erfolg zu überzeugen. Kam nicht in Frage. Ich wusste mich zu beherrschen. Es wurde Zeit für den Abflug.

Im Buchladen bummelte ich noch ein wenig, blätterte mit meiner freien rechten Hand mal hier in einem Buch, zog dort eine Kunstpostkarte und studierte sie, klappte mich durch die Postersammlung und erwog sogar, einen Kalender zu kaufen, verwarf diesen Gedanken aber. Ich hätte das Zeichenbrett unter meinem linken Arm absetzen müssen, das mich wie ein Zauber schützte und stärkte, von dem mich eine warme Sicherheit durchströmte. Ich war unverwundbar geworden wie Siegfried. Mir konnte nichts mehr passieren. Langsam schlenderte ich zum Ausgang.

Neben der Tür unterhielten sich die zwei jungen Männer, die vorhin über Öffnungszeiten geredet hatten, aber sie beachteten mich nicht. Draußen stand plötzlich einer auf jeder Seite neben mir. »Entschuldigen Sie. Hier lang, bitte.« Hochnäsig höflich. Die Griffe der beiden an meinen Oberarmen ließen mir keine Wahl. Einen Moment später ging's durch eine Tür. Schluss? Aus?

Drinnen lümmelte ein freundlich dreinblickender, grauhaariger Mann mit auffallenden Augensäcken auf einem Sofa. Er stand auf, als wir eintraten, und stellte sich vor.

Fänger, Kriminalhauptkommissar. Ausgerechnet Fänger! Ich dachte, die Zeit sei längst vorbei, als die Familiennamen vom Beruf bestimmt wurden. Später erfuhr ich, dass er sich mit »e« und nicht mit »ä« schrieb.

»Sie haben sich ja ordentlich Zeit gelassen. Ich dachte schon, wir müssten Sie holen. Hätten wir ungern getan«, setzte er hinzu.

Seine Stimme klang sympathisch, gar nicht streng oder vorwurfsvoll. Wie er mich ansah, fast väterlich. Ganz im Gegensatz zu dem Museumsbeamten, der mit ungemütlichem Gesicht eintrat, das sich erst entspannte, als er das Originalbild unversehrt unter meinen Skizzenblättern fand. Die Blicke, die er mir zuwarf, wurden dadurch jedoch nicht freundlicher.

»Holger, hol schon mal den Wagen«, sagte der Kriminalhauptkommissar zu einem der beiden jungen Männer, als der Museumstyp gegangen war.

Ich musste lachen, laut lachen.

Erstaunt schaute Herr Fenger mich an, begriff den Grund meiner Belustigung und lachte mit, lachte so herzhaft, dass ich schon misstrauisch wurde.

»Das ist aber das Einzige, was ich mit meinem Fernsehkollegen gemeinsam habe«, gluckste er. Mit einem nicht übermäßig sauberen Taschentuch tupfte er sich die Lachtränen von den Augensäcken. »Und du, Heiko«, sagte er, als er sich beruhigt hatte, zu dem zweiten jungen Mann, »du kannst schon mal aufnehmen.«

Sprach's und lümmelte sich wieder genüsslich aufs Sofa. Sein Assistent stellte mir die wohl üblichen Fragen und schrieb meine Antworten brav auf.

Die Kripo nahm mich mit. Anklage und so weiter.

Der Haftrichter entschied, dass ich sogar nach Hause durfte. Ohne die Roten Schuhe, ohne meine Schöne! Hab ja festen Wohnsitz, und Fluchtgefahr nahm man nicht an.

Bis zum Termin hab ich mir mein Gehirn zermartert, wie die auf meine Spur gekommen waren. Immer und immer wieder spielte ich die Situation im Schloss Moyland in allen Einzelheiten durch. Ich hatte nichts falsch gemacht. Einen Alarm hatte ich nicht ausgelöst. Der alte Mann mit der Baskenmütze und dem Krückstock konnte mich ebenso wenig beobachtet haben wie die beiden jungen Männer, die, wie ich nun wusste, nicht zum Museum, sondern zur Kriminalpolizei gehörten. Und die Wärter waren allesamt mit der Führung mitgelaufen, die konnten überhaupt nichts mitbekommen haben.

Wie waren die mir auf die Schliche gekommen? Ich konnte keinen Fehler begangen haben. Mein Plan war doch perfekt! Ich rätselte und rätselte. Eine Antwort fand ich nicht. Die Fragen verfolgten mich bis in den Schlaf. Oft plagte mich das Herzrasen, das ich immer seltener durch meine Atemübungen beruhigen konnte. Schließlich war ich so weit, dass ich den Gerichtstermin herbeisehnte, nicht so sehr wegen des Urteils, sondern wegen der Lösung meines Problems.

In der Verhandlung stellte sich heraus, der Mensch im Kopierladen hatte dem Museum einen Hinweis gegeben, weil meine Maßvorgaben ihn misstrauisch gemacht hatten. Und der Zeuge des Museums Schloss Moyland wies auf den Mikrochip an jedem Exponat hin. Die Typen hatten auf dem Bildschirm jeden meiner Schritte verfolgt.

Ganz schön link, nicht wahr?

Peng – geplatzte Träume

Hubertine Pischler schob die Wohnzimmergardine zur Seite und starrte mit leerem Blick auf die regennasse Straße. Es war bereits Mitte März und der Frühling wollte und wollte in diesem Jahr einfach nicht kommen. Die alte Uhr auf der Anrichte schlug dreimal. Es wurde Zeit, ihren Willi zu besuchen. Sicher würde er schon auf sie warten.

Um kurz vor halb vier betrat sie den kleinen Friedhof in Merbeck.

Hauptkommissar Klaas Gerken schaute gedankenverloren auf das weiße Blatt vor sich. Eigentlich hatte er sich ein paar Stichworte einfallen lassen wollen. Zum Thema Sicherheit an den Schulen im Kreis Heinsberg. Sein Chef hatte ihm für den Nachmittag ein Interview mit so einem Presseheini aus Erkelenz aufs Auge gedrückt. Seit dem Amoklauf von Winnenden schien es kein anderes Thema mehr zu geben.

Widerwillig schüttelte Gerken den Kopf. Noch ein paar Wochen war öffentliches Gruseln angesagt. Passieren würde auch diesmal nichts, da war er sicher. Wie nach Erfurt nicht. Und nach Emsdetten auch nicht.

Er fühlte sich alt, uralt, frühzeitig vergreist. Mit Mitte fünfzig! Nein, das war jetzt nicht die Zeit für Interviews, auch nicht für ihre Vorbereitung. Gab es nichts Wichtigeres?

Gerken nahm lustlos einen braunen Schnellhefter aus der Ablage: der »Hartbrandwichtel-Fall«. Vor einer Woche waren aus einem Vorgarten in Geilenkirchen fünf Gartenzwerge spurlos verschwunden. Diebstahl? Zwergnapping?

Gut, es war ja nicht nur der Liebe wegen, er hatte es auch ruhiger haben wollen, als er sich vor drei Jahren von Hamburg hierher zur Kripo in Heinsberg hatte versetzen lassen, aber so ruhig nun auch wieder nicht.

Genervt warf Gerken die Akte zurück. Er lehnte sich in seinem Bürostuhl zurück, zog die oberste Schublade seines Schreibtischs auf und griff zu einem Stethoskop, das dort sauber aufgerollt neben seiner Dienstwaffe lag. Er schob seine Krawatte etwas zur Seite und öffnete den untersten Knopf seines Oberhemdes, gleich oberhalb der Gürtelschnalle. Dort schob er den Kopf des Stethoskops hinein und setzte die Ohrbügel auf. Das machte er immer, wenn er sich neu sortieren musste. Ihn beruhigte das Blubbern, Brausen, Gluckern und Zischen aus seinem Bauch. Seine ganz eigene Biofeedbackmethode war das. Die Kollegen spöttelten kaum noch über die seltsamen Gebräuche des »Fishcops« aus dem Norden. Seinen Spitznamen hatte er aber weg: »Dr. Gerken«.

»Herr Doktor, Herr Doktor, ein Notfall auf Station 6!« Oberkommissar Reiner Rilke hatte die Tür zu Gerkens Büro aufgerissen. »Männliche Leiche. Rothenbach. Nahe der Kreis-Mülldeponie.«

Sorgsam rollte Gerken seine medizinische Horchapparatur auf, legte sie in die Schublade zurück und nahm seine Waffe an sich.

»Da vorn, gleich neben dem Zaun unter den Büschen«, begrüßte ein uniformierter Kollege die beiden Kripobeamten am Fundort. »Sieht ziemlich übel aus. Ist nicht mehr viel, wo eigentlich ein Gesicht sein müsste.«

Es regnete noch immer, als Hubertine Pischler in den kleinen Weg einbog, an dessen Ende das Grab ihres Mannes lag. Heute wirkte der Gottesacker noch trostloser als die Tage zuvor. Fünf Tage war es erst her, dass sie Willi

Pischler zur letzten Ruhe gebettet hatten. Der Wind hatte die Schleifen der Kränze verdreht. Aber das war es nicht allein, es sah so anders aus als die Tage zuvor, so unordentlich. Und wenn der alte Pischler etwas hasste, dann war es Unordnung.

»Nun reg' dich mal nicht auf, Willi, ich mach' das schon.«

Sie hatte es kaum vor sich hingemurmelt, als sie abrupt stehen blieb. Keine zehn Meter vor ihr hatte sich neben dem Grab eine kleine, dunkle Gestalt erhoben. Der Fremde schien genauso erschrocken zu sein wie sie. Sekunden, die einem im Nachhinein wie eine Ewigkeit vorkommen, blickten sie einander an, dann hatte sich der Mann offensichtlich gefangen und rannte in Richtung des kleinen Parkplatzes davon. Ein Motor heulte gequält auf und ein heller Lieferwagen raste nach links über den Feldweg, bog in Richtung Harbeck auf die Landesstraße und entfernte sich rasch.

»Ja, ja, ich mach' ja schon«, seufzte Pischlers Witwe schwer und zog die Schleifen glatt. Danach ging sie auf die linke Seite des Grabes, um den verrutschten Blumenschmuck zu richten.

Kaum hatte sie den obersten Kranz angehoben, als sie mit weit aufgerissenen Augen auf das stierte, was darunter herausgerutscht war – das nackte Ärmchen eines Kindes.

Der Kranz entglitt ihren Händen, rollte noch ein Stück über den matschigen Weg und kippte in eine Pfütze. Wie hypnotisiert folgte ihr Blick noch kurz dem taumelnden Kranz, bevor sie sich an die Brust fasste und lautlos in sich zusammensackte.

»Da muss jemand eine Mordswut gehabt haben. Todesursächlich ist zweifelsfrei die stumpfe Gewalteinwirkung im Kopfbereich. Das Schädeldach ist scherbenartig zerlegt und an der Schädelbasis habe ich einen sogenannten Scharnierbruch ausgemacht.«

»Und was heißt das, Herr Doktor?« Hauptkommissar

Gerken hatte sich den Hörer zwischen Schulter und Ohr geklemmt und lauschte den Ausführungen des Gerichtsmediziners aus Köln, während er mit einer Plastikgabel im Menü Nummer 23 vom Chinesen um die Ecke herumstocherte – »Babi Pang Peng« oder so, geröstetes Schweinefleisch, er konnte sich die Namen dieser Gerichte einfach nicht merken.

»Das heißt«, fuhr Dr. Roland Bednarz fort, »dass auf den armen Kerl noch eingeschlagen wurde, als sein Schädel bereits auf dem Boden auflag. Anders lässt sich eine solche Verletzung nicht erklären. Nur der Vollständigkeit halber: Die knöchernen Mittelgesichtsstrukturen sind zertrümmert, Ober- und Unterkiefer sind mehrfach gebrochen, Zähne ausgeschlagen.«

»Danke, Doc. Das reicht fürs Erste. Faxen Sie mir den Rest bitte rüber.«

Gerken schob den Plastikteller von sich. Appetit hatte er jetzt keinen mehr. Was konnte den Täter so in Rage versetzt haben? Wer war das Opfer? Papiere hatte der Tote keine bei sich gehabt. Nur eine Börse mit Kleingeld und zwei Kassenbons einer Bäckerei in Roermond hatten sie bei ihm gefunden.

»Herr Doktor, ich störe ungern, aber wir müssen wieder.« Reiner Rilke hatte die Tür aufgerissen. »Ein toter Junge. Friedhof in Merbeck.«

Es regnete immer noch, als sie den Friedhof erreichten. Der gleiche Beamte, der sie bereits am Vortag in Rothenbach empfangen hatte, führte sie zu dem etwas abseits gelegenen Grab von Willi Pischler. Einige abgeräumte Kränze und Gestecke umsäumten es. Auf dem verbliebenem Grabschmuck lag ein etwa sechsjähriger Junge – wie schlafend. Der rechte Arm war seitlich ausgestreckt, die linke Hand ruhte auf seinem Bauch, eine weiße Chrysantheme darin.

»Die da haben sie gefunden«, Polizeiobermeister Wichmann wies auf ein älteres Ehepaar in Gummistiefeln und gelben Friesennerzen ein paar Meter entfernt.

»Sie? Wen denn noch?«, raunzte Rilke.

»Eine alte Frau. Sie lag hier neben dem Grab. Ist unterwegs ins Krankenhaus. Vermutlich ein Herzanfall.«

Keine halbe Stunde später war der gesamte Friedhof abgesperrt.

»Lass uns ein paar Schritte gehen, Reiner, die Spurensicherung kommt auch ohne uns klar«, forderte Gerken seinen Kollegen auf. »Ich mag keine Friedhöfe. Da kommen so Fragen hoch. Gibt es ein Leben vor dem Tod? So als Beamter, meine ich, noch zehn Jahre bis zur Pension.«

Rilke hielt inne und musterte seinen Vorgesetzten von der Seite. Ist schon eine schräge Type, unser Nordlicht, dachte er bei sich. Wortlos setzten sie ihren Weg durch die Grabreihen fort.

»Schau mal, das hier sieht nach einem Kindergrab aus. Keine Woche alt.« Rilke wies auf ein weißes Holzkreuz am Kopfende eines blumengeschmückten Grabes. »Zhang Bao 18. 6. 2003 - 12. 3. 2009« stand darauf in schwarzer Schrift.

»Keine Woche liegt er hier und keine sechs Jahre ist er alt geworden. Du, das ist doch kein Zufall. Der Kleine dahinten, das ist doch auch ein Chinese. Sollte so ein perverses Schwein den hier ausgebuddelt haben und irgendwann auf das Grab von dem Pischler . . . ?«, fragte Rilke mehr sich selbst als seinen Vorgesetzten.

»Für Spekulationen ist es nun wirklich noch zu früh. Komm, machen wir erst einmal unsere Hausarbeiten«, gab Gerken zu bedenken. »Warten wir, was die von der Spusi zu berichten haben.«

Gerken strich sich den Regen aus dem Gesicht. Zwei Leichen in zwei Tagen. Das sind ja fast schon Hamburger Verhältnisse, dachte er bei sich.

Klaas Gerken nahm einen tiefen Schluck aus seinem Kaffeebecher und blickte in die Runde. Acht mehr oder weniger ausgeschlafene Kriminalbeamte aus Heinsberg und Mönchengladbach, die seit heute die Mordkommission »Rothenbach« bildeten, folgten an diesem Vormittag seinen Ausführungen.

»Ich fasse zusammen: Wir haben zwei Tote und mindestens ein Tötungsdelikt – den Toten aus Rothenbach. Die Todesursache des Jungen aus Merbeck, vermutlich ein Chinese, steht noch nicht fest. Ich erwarte den Anruf der Gerichtsmedizin im Laufe des Vormittags. Die alte Dame, die den Jungen entdeckt hat, könnte nach Auskunft des behandelnden Arztes noch heute befragt werden. Reiner, machst du das bitte. Konzentrieren wir uns also auf unseren Toten mit dem eingeschlagenen Schädel. Laut Rechtsmediziner wurde er am frühen Morgen des gestrigen Tages erschlagen, so zwischen fünf und sieben. Tatwaffe: der Drehmomentschlüssel, der keine zwei Meter entfernt sichergestellt wurde. Fundort vermutlich gleich Tatort. Identität des Opfers unbekannt. Vielleicht ein Niederländer. Zeugen: bislang Fehlanzeige. Vier von euch müssen raus nach Rothenbach. Vergesst den Golfplatz nicht. Vielleicht hat einer von denen was gesehen. Fragen?«

»Ich habe da möglicherweise etwas«, meldete sich Rilke zu Wort. »Gestern ist um 6:38 Uhr auf der Kirchstraße in Wassenberg ein Ford Transit älteren Baujahrs geblitzt worden. Niederländisches Kennzeichen. Hatte 84 Sachen drauf. 30 sind da erlaubt. War der Rekordhalter gestern.« Rilke stand auf und heftete zwei großformatige Fotos an die Pinwand. »Die Anfrage an die niederländischen Kollegen läuft bereits. Ach übrigens«, er tippte auf eines der Fotos, »am Steuer sitzt ein Asiate, möglicherweise ein Chinese.«

Kaum hatte Gerken die Tür seines Dienstzimmers halb geöffnet, als das Telefon läutete.

»Geeerken«, meldete er sich, der Hamburger Tonfall hatte sich auch nach drei Jahren Niederrhein nicht abgeschliffen. »Ach, Sie sind's, Doc. Was haben Sie für mich?«

Kurz und knapp gab der Rechtsmediziner aus Köln die

Ergebnisse seiner Arbeit durch: »Die Verletzungsmuster des Jungen sprechen für massive stumpfe Gewalteinwirkung – typisch für Verkehrsunfälle oder einen Sturz aus großer Höhe. Da wir an der Kleidung helle Lackpartikel gefunden haben, war es zweifelsfrei ein Unfall mit einem Kraftfahrzeug. Todeszeit: gestern so zwischen Fünf und Sieben. Postmortale, das heißt, nach Eintritt des Todes zugefügte Verletzungen habe ich keine gefunden. Schriftliches wie üblich in den nächsten Tagen.«

Gerken bedankte sich artig.

»Da nich' für«, versuchte sich Bednarz im Hamburger Dialekt.

»Hör auf deinen Bauch!« Gerkens innere Stimme ließ ihn nach seinem Stethoskop greifen. Er musste sich kurz mal rausnehmen, sich »kondensieren«, wie er das nannte. Doch kaum hatte er den Hemdknopf geöffnet, als Rilke in seinem Arbeitszimmer stand. Rilkes Klopfen und das Aufreißen der Tür waren eine Bewegung gewesen.

»Sag jetzt nicht, wir haben schon wieder 'ne Leiche.« Gerken sah seinen jungen Kollegen fragend an.

»Nein, noch nicht. Mit Betonung auf ‚noch'. Ich stehe nämlich kurz vorm Infarkt. Ich habe über die Staatsanwaltschaft Mönchengladbach die Exhumierung des chinesischen Jungen beantragt. Also den aus dem Grab mit dem Plüschpanda. Um auszuschließen, dass irgendein Perverser den ausgebuddelt hat. Und weißt du, was der Richter entschieden hat? Halt dich fest! Der alte Korinthenkacker hält den Antrag formaljuristisch für unzulässig, weil der Junge – so unser Verdacht zuträfe – ja bereits exhumiert sei. Er liege doch bereits in der Rechtsmedizin. Das ist Sabotage, Sabotage ist das! Der gehört eingesperrt.« Rilke kriegte sich gar nicht mehr ein.

»Heh, komm runter! Dann vergessen wir eben den Exhumierungsantrag und besorgen uns einen Durchsuchungsbeschluss für das Grab. Doch halt mal . . .«, Gerken kramte in seinen Notizen, ». . . vergessen wir's. Der kleine Bao kommt gar nicht in Frage, der wurde bereits vor einer Woche beigesetzt. Der tote Junge auf dem Grab von dem Pischler war keine 24 Stunden tot, als er gefunden wurde. Das hat mir Bednarz vorhin durchgegeben. Wir müssen einen Gang runter, wir sind zu hektisch. Sag bitte den anderen Bescheid, wir treffen uns um 16 Uhr im Besprechungsraum.«

Es war bereits 19 Uhr, als sich Gerken in seinen Drehstuhl fallen ließ und nach dem Stethoskop langte. Die anderen hatte er vor einer halben Stunde nach Hause geschickt. Gerken legte die Krawatte ab, öffnete den untersten Hemdknopf und legte die Membran seines Doktorspielgeräts auf seinen Bauch. Das erste, was er zu hören bekam, war ein lang gezogener Heulton. Irgendetwas zwischen Wolf und Kojote. Dann das wohlbekannte Zischen, Brummen und Glucksen.

Merkwürdig war das Ganze schon. Zwei chinesische Jungen in etwa gleichem Alter. Beide tot. Beide Verkehrsopfer. Auch der kleine Bao hatte die Folgen eines Verkehrsunfalls nicht überlebt. Beide auf dem Dorffriedhof in Merbeck beigesetzt. Beigesetzt? Doch wohl nur einer. Obwohl – entsorgt ist der Kleine auf Pischlers Grab nun gerade nicht worden, so sorgsam wie er dort aufgebahrt worden war. Und dann war da noch ein Toter mit eingeschlagenem Kopf. Gab es eine Verbindung? Ein paar frühe Golfer wollten mehrere Menschen etwa zur Tatzeit wild gestikulierend in der Einfahrt zur Mülldeponie gesehen haben. Gab es Zoff? Kurz darauf ein Asiate, wahrscheinlich Chinese, mit einem Ford Transit in der Radarfalle. Die alte Dame hatte bei ihrer Befragung angegeben, dass ein heller Kastenwagen davongerast war. Mit gelbem Kennzeichen. Verdammt, das konnte doch kein Zufall sein. Da musste es doch einen Zusammenhang geben. Nur, welchen?

Der Kojote heulte wieder – oder war es der Wolf? Erst jetzt bemerkte er, dass er seit dem Frühstück nichts mehr gegessen hatte. Im China-Menü hatte er mehr herumgestochert als davon gegessen. Und überhaupt kam ihm heute alles sehr chinesisch vor. Zeit, Schluss zu machen für heute.

»Albeite flöhlich ohne Mullen und Knullen und immel dalan denken: Albeit macht Fleude!« Müde lächelnd blickte Gerken auf die Karikatur auf seinem Schreibtisch, als er am folgenden Morgen sein Büro betrat. Rilke war also schon da. Das konnte nur von ihm stammen.

»Moin, Herr Doktor«, Rilke stand in der offenen Bürotür. »Wusstest du, dass es 1,6 Milliarden Chinesen gibt und einige von denen gerade ein Meeting hier in Heinsberg haben? Die China-Wochen gehen weiter, nicht nur bei McDoof. Ich glaube unser rasender Chinese sitzt bei uns in der Ausnüchterungszelle. Er ist gestern nach einer wilden Verfolgungsjagd auf dem Grenzlandring in Wegberg gestellt worden. 2,3 Promille Blut im Alkohol.«

»Hat er schon was gesagt?« Gerken war hellwach.

»Hat el. Blabbelt so vol sich hin. Nul velsteht ihn keinel.«

»Dann brauchen wir wohl einen Dolmetscher.«

»Ist bereits veranlasst, Chef. Ist schon im Anmarsch, kommt aus Düsseldorf.«

Um kurz nach zehn saß Gerken mit Li Jianhua, dem Dolmetscher aus der Landeshauptstadt, einem vollkommen in sich zusammengesunkenen Mann von etwa 30 Jahren gegenüber. Er mochte allenfalls knappe einsfünfundsechzig sein. So zusammengesunken, wie er vor ihnen saß, aber allerhöchstens gefühlte einszwanzig. Er trug ein verschmuddeltes, angegrautes T-Shirt, das vor langer Zeit einmal weiß gewesen sein mag, blaue verschlissene Jeans und ausgelatschte Sportschuhe. Er hob nicht den Kopf, als sein Landsmann und Gerken ihm gegenüber Platz nahmen.

»Da kriegste ja eher was aus so einem Ton-Krieger raus«, fluchte der Ex-Hamburger, als er eine Stunde später das Verhörzimmer verließ.

Rilke hatte inzwischen Hausarbeiten gemacht. »Der Ford Transit ist auf einen Holländer zugelassen, Jan Roubroeks. Alter Bekannter unserer holländischen Kollegen. Mehrfach vorbestraft, wegen Drogen und – jetzt kommt's: als Schlepper. Ich wette, das ist unser Toter. So langsam kommt Licht in die Sache.« Rilke war nicht zu bremsen.

Am späten Nachmittag brach Jiang Wen sein Schweigen.

Am Vormittag des folgenden Tages referierte Gerken nach einer langen Nacht den aktuellen Sachstand vor der Mordkommission »Rothenbach«:

„Jiang Wen und mehr als zwei Dutzend seiner Landsleute hatten einen Traum, einen Traum von einem besseren Leben. T'schuldigung, weiter ohne Poesie: Sie sind in einem Container über Rotterdam illegal nach Europa gekommen. Im Ford Transit des Jan Roubroeks sollten zwölf, unter ihnen Wen mit seinem sechsjährigen Sohn, sein Name war Peng, nach Deutschland eingeschleust werden. Über Rothenbach. Kurz hinter der Grenze ist es dann zu so was wie einer Meuterei gekommen. Die waren schlichtweg fertig, fix und alle. Wen Junior war nicht das einzige Kind im Wagen. Roubroeks musste anhalten. Das war in der Einfahrt zur Mülldeponie. Alle sind sofort raus. Peng hat sich in dem Tumult losgerissen und ist davongelaufen. Ist einfach durchgedreht, der Lütte. Roubroeks hat getobt und rumgeschrien. Ist mit dem Wagen hinterher. Hat ihn überfahren. Ob Unfall oder Absicht, wird sich wohl nicht mehr zweifelsfrei klären lassen. Was dann genau geschah, erinnert Wen nicht mehr. Er habe irgendetwas Schweres von der Ladefläche des Lieferwagens genommen und auf den Kerl eingeschlagen. Bis ihn seine Landsleute weggezogen haben. Sie haben den Holländer dann ins

Gebüsch geschleift und sind abgehauen. Wen ist gefahren. Um 6:38 Uhr ist er in Wassenberg geblitzt worden. Kurz darauf sind sie dann zufällig in Merbeck am Friedhof gelandet. Die anderen sind zu Fuß abgehauen. Wen hat seinen toten Sohn beerdigen wollen, wurde aber gestört. Da hat er ihn erst einmal nur versteckt und wollte später wiederkommen. Ist er dann auch. Aber da war der Junge schon weg. Der Rest ist bekannt.

Übrigens, der Dolmetscher sagte mir, Peng bedeute ‚Großer Vogel'. Hat hier nicht landen können, der kleine, große Vogel. Geplatzte Träume.«

Endlich - zum kalendarischen Frühlingsanfang schien die Sonne. Nach drei Tagen Krankenhaus konnte Hubertine Pischler es kaum erwarten, ihren Willi zu besuchen. Sie hatte ihm viel zu erzählen.

Ursula Heidbüchel

Männerfreundschaft auf dem Monreberg

»Jetzt ist die ganze Schönheit dahin«, sagte Erich Verhoeven.

Eine Äußerung, die allgemein für etwas unpassend gehalten, aber dem Schock in der Situation zugeschrieben wurde. Schließlich ist es ja nicht ganz alltäglich, dass man eine Leiche im Graben am Ackerrand findet. Am eigenen Acker. Und noch dazu eine Leiche, die man kennt.

Erich Verhoeven und Paul Terschlüsen waren zusammen mit dem Auto unterwegs von ihren Höfen bei Kalkar zur Landwirtschaftskammer in Münster. Zum Vortrag über neue Düngemethoden. Erich und Paul sind gute Freunde. Paul war von seinem Hof im Heseler Feld zu Erichs Hof auf dem Monreberg gekommen und zusammen waren sie weiter gefahren, die Mössekiep entlang, Richtung Römerweg an Erichs Rübenacker vorbei.

Und da hatten sie sofort gesehen, dass da jemand im Graben lag. Waren ausgestiegen. Der bewegte sich nicht. Sah aus, als ob er schon länger da lag. Und weil der Graben ziemlich voll mit schlammigem Wasser war, und weil der da mit dem Gesicht im Wasser lag, richtig den Kopf fast unter Wasser, hatten sie die Polizei gerufen. Die waren relativ schnell da.

Ich war auch schnell da. Noch vor der Polizei. Mich hatten sie nämlich noch vor der Polizei gerufen. Ich wohne ja ganz in der Nähe von Erichs Rübenacker. In einer alten Katstelle in der Nähe vom Mälle Pöttje, dem alten Brunnen.

Ich saß beim Frühstück. Las die Zeitung. Die Zeit. Die hat meine Frau abonniert. Sie versucht, sich durch intellektuelle Zeitungslektüre zu verschöngeistigen. Ich war gerade bei einem Artikel über die Gewalt unter Schülern an Grundschulen in städtischen Ballungsräumen. Meine Frau ist Lehrerin und hatte mir den empfohlen. Wahrscheinlich, damit ich erkenne, wie gefährlich ihr Beruf ist. Wobei nach meinen Eindrücken die ländliche Grundschule, an der sie unterrichtet, eine durch und durch ungefährliche Einrichtung ist. Jedenfalls ist das Dorf kein Ballungsraum, die Schüler entstammen durchweg nicht-mafiösen Familien und die Eltern machen den Lehrern allenfalls dann das Leben schwer, wenn zuviel Unterricht ausfällt oder der Nachwuchs aus ihrer Sicht bei Klassenarbeiten oder Zeugnissen ungerecht behandelt wird. Gefährdet ist meine Frau da nicht.

Jedenfalls nicht durch Schüler.

Gefährdungen gehen da eher von anderer Seite aus. Vom Kollegium. Genauer gesagt: von einem bestimmten Kollegen. Männlich. Und gut aussehend. Also, was Frauen des Alters meiner Frau so für gutaussehend halten. Männer meines Alters halten solche Typen eher für Schönlinge. Paul und Erich halten ihn auch für einen Schönling. Das weiß ich nicht nur, weil sie in meinem Alter sind, sondern weil sie es mir direkt gesagt haben. Mehrfach. Zuletzt gestern Abend in der Kneipe. Und nun lag er da im Graben am Rand von Erichs Rübenacker. Sofort zu erkennen an seinen Designerklamotten.

Und die ganze Schönheit war dahin, wie Erich sachlich ganz richtig anmerkte. Der Schönling lag da im Graben und war keiner mehr.

Menschen sehen eben nicht mehr schön aus, wenn sie längere Zeit in einem Graben liegen, der nass ist und schlammig. Um diese Jahreszeit sind alle Gräben nass und schlammig, so im April. Und gestern hatte Erich auch noch Jauche gefahren, das war richtig heftig, auch für die Nase.

Da hatte sich meine Frau ja im Anfang so aufgeregt. Dass Erich ihrer Ansicht nach immer zu völlig unmöglichen Zeiten Jauche auf dem Acker um unsere Katstelle verteilte. Unseren Wohnsitz sozusagen ländlich einparfümierte.

Für landwirtschaftliche Belange hatte meine Frau anfangs nicht so viel Verständnis. Das hat sich später gelegt. Sie hatte Erich gebeten, seine Jauche-Aktionen möglichst auf ein Wochenende zu legen und vorher anzukündigen. Was Erich auch getan hat, denn Erich ist ein feiner Kerl. Sie ist dann einfach weggefahren für zwei Tage, bis sich der Gestank verzogen hatte. Zu ihrer Schwester, die wohnt so etwa 70 Kilometer entfernt von hier, in einem Vorort von Krefeld. Hat sie zumindest gesagt, dass sie da hinfährt. Aber das stimmte nicht. Das habe ich rein zufällig herausgefunden. Als sie mal – angeblich – bei ihrer Schwester war, habe ich einen Ausflug mit dem Motorrad gemacht und eine Pause in einem Landgasthaus eingelegt. Habe da so gesessen in einer lauschigen Ecke im Biergarten. Lauschig insofern, als man mich vom Nachbartisch aus nicht sehen, ich aber alles rundum hören konnte. Und da höre ich eine Stimme, die mich alarmiert. Die Stimme von Ute, der Schwester meiner Frau. Die hört sich so an wie die meiner Frau, zum Verwechseln ähnlich. Und da ich immer alarmiert bin, wenn meine Frau spricht, war ich auch jetzt alarmiert. Und wusste nach ein paar Sekunden, wer da in Hörweite saß. Ute mit einer Freundin. Und Ute erzählt munter von der Ehe ihrer Schwester. Wie das so läuft zwischen ihrer Schwester und deren Mann, also zwischen meiner Frau und mir. Und so erfahre ich dann, dass meine Frau nicht bei ihrer Schwester ist, sondern mit einem Kollegen für zwei Tage in ein nettes Hotel gefahren ist. Ute ist richtig ins Schwärmen geraten. Zuerst über das Hotel, mit Wellness und so. Und dann über den Kollegen meiner Frau.

Ich versuche immer, ruhig und sachlich zu bleiben. Das muss ich in meinem Beruf, das versuche ich auch im

Privatleben. Auch in schwierigen Situationen. Ich versuche, mich nicht von Emotionen überwältigen zu lassen. Im Beruf muss ich genau sein, auf jedes Detail achten, Möglichkeiten bedenken und Auswirkungen berücksichtigen.

Das tat ich jetzt im Biergarten des Landgasthauses auch. Erst mal ruhig anhören, was Ute zu erzählen hatte. Ganz genau zuhören, sich jedes Detail merken. Dann Möglichkeiten bedenken, dann Auswirkungen berücksichtigen. Das hat eine Weile gedauert, bis ich damit fertig war, Ute und ihre Freundin waren da schon wieder weg.

Ich bin dann nach Hause gefahren, habe mir ein Bier und einen Kurzen aus dem Kühlschrank geholt, bin in den Garten gegangen und habe über den Acker geschaut, wo Erich mit dem Jauche-Tank die letzten Bahnen zog. Erich hat mich dann gesehen. Und ist ein paar Bier später vorbei gekommen. Auf ein paar Bier und ein paar Kurze. Wir konnten uns immer schon gut leiden und sind richtig Freunde geworden an dem Abend.

Vielleicht auch, weil wir einiges gemeinsam haben. Wir sind ja, wie ich schon erwähnte, im gleichen Alter. Unsere Frauen sind auch im gleichen Alter. Und wir werden beide ab und zu für zwei Tage von unseren Frauen allein gelassen, weil sie ihre Schwestern besuchen.

Einen Unterschied gibt es aber: Erichs Frau und deren Schwester verstehen sich nicht so gut miteinander, wie meine Frau sich mit Ute versteht. Und deshalb hat die Schwester von Erichs Frau nicht wie Ute die schwesterlichen Zweitage-Trips verheimlicht, sondern hat Erich als fürsorgliche Schwägerin darauf hingewiesen, dass er sich doch mal Gedanken machen soll, was seine Frau so in den zwei Tagen macht, die sie nicht bei Erich ist. Weil ihr das komisch vorkäme, hat sie Erich gesagt.

Erich war das eigentlich nicht komisch vorgekommen. Erich ist ein vertrauensseliger Mensch. Aber jetzt war die Saat des Misstrauens gesät. Gekeimt ist sie dann, als seine

Frau das nächste Mal weg wollte. Und er einfach hinterher gefahren ist.

Das hat er mir alles erzählt an dem Abend in meinem Garten an seinem Acker im Jaucheduft. »Und nun stell dir vor, mit wem!«, hat er gesagt. »Mit dem Lehrer, mit dem Schönling von der Grundschule.«

Das hatte er mir erzählt, um mich zu trösten. Weil ich ihm vorher gesagt hatte, dass seine Jaucheaktion gewissermaßen meine Ehe zerstört habe. Von dem Schönling hatte ich da noch nichts erwähnt. Aber nun war plötzlich alles anders geworden. Ich hatte einen Freund. Und wir beide hatten gemeinsam jemanden, der nicht unser Freund war.

Erich ist genauso ruhig und sachlich wie ich. Deshalb haben wir uns nach ein paar Bier in tiefer Verbundenheit getrennt und eine ganze Zeit nicht mehr über das alles gesprochen. Wir wollten uns in Ruhe Möglichkeiten und Auswirkungen des Ganzen überlegen. Ich wollte das, weil ich das, wie gesagt, ja grundsätzlich tue. Und Erich, weil er es damit auch nicht so eilig hatte. Was daran gelegen haben mag, dass Erich sich die zwei Tage, an denen seine Frau mit dem Schönling unterwegs war, ganz nett gemacht hat. Und zwar mit Pauls Frau.

Davon wusste Erichs Frau natürlich nichts. Und Paul auch nicht.

Aber Paul hatte einen Verdacht, dass da etwas ist mit seiner Frau. Weil Pauls Frau ab und zu für zwei Tage weg fuhr. Zum Ausspannen, wie sie ihm erklärte. Was Paul nicht verstand. Denn Paul findet, dass man genug ausspannen kann, wenn man abends das Vieh versorgt hat und vor dem Fernseher einschläft. Weil Paul aber seine Frau gerne verstehen möchte, hat er seinen Freund Erich um Rat gefragt. Das war ein paar Wochen nach dem Abend, an dem Erich und ich so gute Freunde geworden waren. Erich hat sich angehört, was Paul zu erzählen hatte. Und dann hat Erich zu Paul gesagt, man müsse alle Möglichkeiten und Auswirkungen gut bedenken. Dafür brauche er ein paar Tage Zeit, bevor er Paul einen Rat geben könne.

Und mit der Sache ist Erich dann zu mir gekommen. »Du musst jetzt eine Lösung finden«, hat er zu mir gesagt, »schließlich hast du studiert.«

Es gibt Lösungen, die drängen sich geradezu auf. Die lösen gleich mehrere Probleme auf einmal. Man muss nur alle Möglichkeiten und Auswirkungen bedenken.

Es traf sich gut, dass meine Frau ein paar Tage später ganz spontan mal ein paar Tage zum Ausspannen brauchte und deshalb über's Wochenende weg wollte. Mit Ute.

Ich habe dafür natürlich Verständnis gehabt. »Mach es, Liebste«, habe ich zu ihr gesagt, »man weiß ja nicht, ob man so schnell wieder Gelegenheit dazu hat.«

Da hat sie ein bisschen komisch geguckt, aber so sind die Frauen: Widerspricht man, ist man ein verständnisloser Kerl, stimmt man bedingungslos zu, ist es auch nicht richtig.

Ich habe ihr sogar den Koffer zum Auto gebracht. »Ich freue mich, wenn du wieder da bist«, habe ich gesagt.

Da hat sie wieder komisch geguckt, aber gesagt hat sie nichts. Und ist gefahren. Eine halbe Stunde später sind dann Erich und Paul bei mir eingetroffen. Und wir haben uns einen schönen lösungsorientierten Männerabend gemacht. Erst mal haben wir Paul das Gefühl gegeben, nicht allein zu sein mit seinem Problem. Das ist wichtig, wenn man später gemeinsam handlungsfähig sein will. Wir haben Paul erzählt, was mit unseren Frauen ist. Paul hat uns dann gedrängt zu sagen, wer mit unseren Frauen – und so. Wir haben uns schwer getan, den Schönling zu verraten. Aber was wahr ist, muss wahr bleiben. Oder?

Paul hat dann eine ganze Weile geschwiegen und nachgedacht. Und dann hat er uns mit fester Stimme verkündet, dass er den Schönling schon immer in Verdacht hatte mit seiner Barbara – und so.

»Bist du ganz sicher?«, hat Erich gefragt. »Könnte ja auch ganz jemand anderes sein.« Ganz unschuldig hat Erich dabei geguckt.

»Ganz sicher!«, hat Paul uns und seiner Bierflasche nachdrücklich bestätigt.

Dann haben Erich und ich ziemlich geschimpft über den Schönling. Und Paul hat uns immer zugestimmt.

»In 'nen Graben sollte man den tunken«, hat Erich schließlich gemeint, »bis alle Schönheit dahin is!« Das fand Paul auch.

Aber Paul ist nicht dumm. »Man muss alle Möglichkeiten und Auswirkungen berücksichtigen«, meinte er. »Selbst wenn man Handschuhe anzieht beim Tunken, um keine Fingerabdrücke zu hinterlassen, könnte das doch trotzdem irgendwie rauskommen.« Da war es erst mal still in unserer Runde.

»Das Alibi ist entscheidend«, meinte Erich dann. »Mit Alibi können die einem nix.«

Da musste Paul nachfragen. Ob das heiße, dass »die einem nix können«, wenn man zur der Zeit woanders wäre, wenn einer stirbt. Und man Zeugen dafür hätte.

»Genau!« Erich nickte entschlossen. Und dann fragte Paul, wer denn bestimmen würde, wann einer gestorben ist.

»Der Gerichtsmediziner«, hat Erich gesagt.

»Und dem glauben die?«

»Klar«, hat Erich gesagt. »Dem immer.«

Und jetzt standen wir hier an Erichs Rübenacker am Graben vor dem Schönling.

Der Notarzt hatte den Tod festgestellt. Zum Todeszeitpunkt konnte er nichts sagen. »Irgendwann gestern am späten Abend. Das wird der Gerichtsmediziner genau sagen können«, meinte er und lächelte mir freundlich zu.

»Das wird ja was werden in nächster Zeit. Mit der Kripo und so. Mal gut«, sagte Erich, »dass wir drei gestern den ganzen Abend zusammen in der Kneipe waren. Da kommen wir nicht als Verdächtige in Frage und haben unsere Ruhe."

Tja, so war das mit dem Schönling im Graben.

Was ich beruflich mache, fragen Sie? Ach so, ja, da habe ich Ihnen soviel von mir und Erich und Paul erzählt und das gar nicht erwähnt . . .

Ich bin hier Gerichtsmediziner.

Haus im Glück

Unter Glockengeläute verließen die Gläubigen die Kirche St. Martin in Wankum. Strahlender Sonnenschein empfing sie an diesem Frühlingsmorgen, als sie aus dem dunklen Kirchenschiff auf den Kirchplatz traten.

Grete Schmitz sah sich nach ihrer Nachbarin Agnes um. Diese stand neben Bärbel Oemmeln, der Bäckersfrau, und gab eben ihre Meinung zur Predigt von Pfarrer Malertz kund: »Aus Geldgier beutet der Mensch die Natur aus, hat er gesagt. Bestimmt hat er Frickens Hansi mit seiner Biogas-Anlage gemeint. Das ist ja auch nicht normal, Mais und Getreide in solchen Mengen einfach zu verbrennen, um Gas draus zu machen. Überall auf der Welt verhungern Menschen und hier werden Lebensmittel angebaut, um sie zu verbrennen.«

»Pfarrer Malertz sprach doch von Nigeria und der Ausbeutung dort«, widersprach Bärbel, die nicht gerne über Kunden lästerte, weil sie ums Brötchengeschäft bangte.

»Das hat der doch nur gemacht, damit er keine Namen nennen muss«, mischte sich nun Grete ins Gespräch. »Das ist so wie mit den Gleichnissen. In Wirklichkeit meint er nicht Nigeria und die Ölmafia, sondern Wankum und die Biogas-Anlage.«

»Pst!!«, brachte Agnes sie mit einem Rippenstoß zum Schweigen, während sie mit dem Kinn in Richtung einer jungen Frau wies.

Diese schob einen Rollstuhl mit einem etwa siebenjährigen Jungen vor sich her. Alle drei Frauen wandten sich jetzt zu ihr hin und grüßten freundlich die vorübergehende Maren Gertsches und ihren Sohn Jan.

Kaum war sie außer Hörweite, beschwerte sich Grete bei Agnes über den Rippenstoß.

»Ja, weißt du denn nicht, dass die Maren alle ihre Felder nach dem Tod von Hein an Frickes verpachtet hat, weil der doch für seine Anlage immer mehr Land für die Nawaros braucht?«, klärte Agnes sie auf.

»Jetzt versteht ich langsam gar nichts mehr«, beklagte sich Bärbel. »Was sind denn Nawaros?«

»Nachwachsende Rohstoffe!«, trompetete es triumphierend aus den Mündern der beiden Bauersfrauen, stolz über den Wissensvorsprung.

»Was blieb der Maren denn auch anderes übrig, nachdem der Hein so bös verunglückte«, wandte Bärbel, immer um Frieden bemüht, ein.

Bereitwillig stürzten sich Grete und Agnes auf das neue Thema. »Ja, erst der Autounfall, bei dem der Junge sein Bein verlor und Maren so schwer verletzt wurde, dass sie keine Kinder mehr kriegen konnte. Dann der plötzliche Tod von Hein, der ja auch nie ganz aufgeklärt wurde. Und die alte Margot soll ja nach dem Tod ihres einzigen Sohnes auch nicht mehr ganz normal sein.«

»Nein, leicht hat es die Maren bestimmt nicht – und langsam fällt der Hof ja auch zusammen, weil schon seit Jahren nichts mehr dran gemacht wurde.« In wohliger Anteilnahme sahen sie Maren und ihrem Sohn hinterher.

»Mir kommt da gerade eine Idee«, schreckte Bärbel die beiden plötzlich aus ihren düsterschönen Gedanken auf. »Hört mal zu . . .«

Maren warf noch einen Blick zurück zum Kirchplatz, bevor sie Jan vom Rollstuhl in das Auto hob. Ihr war unbehaglich, als sie die drei tuschelnden Frauen sah. Noch unbehaglicher aber wurde ihr bei dem Gedanken, was sie zuhause erwartete. Ihre Schwiegermutter würde schon auf ihr Essen warten. Seit dem Tod von Hein ging sie nicht mehr in die Kirche. Sie arbeitete auch nicht mehr im Haus oder auf dem Hof mit, obwohl sie dazu körperlich durchaus in der Lage war. Stattdessen stand sie stundenlang im ehemaligen Kuhstall und redete dort mit jemanden, den niemand außer ihr sah. Nur zu den Mahlzeiten saß sie pünktlich in der Küche am Tisch.

Maren schauderte bei dem Gedanken an ihre Schwiegermutter und die Küche. Beide, Schwiegermutter und Kücheneinrichtung, waren in etwa gleich alt. Nur Herd, Kühlschrank und Waschmaschine waren mit ihren fünfzehn Jahren geradezu neu. Auch die übrige Einrichtung des Hauses stammte größtenteils noch aus den Fünfziger Jahren.

Seufzend verstaute Maren den Rollstuhl im Kofferraum, bevor sie sich in das Auto setzte und zu ihrem Hof fuhr, den sie öfter in Gedanken das »Horror-Haus« nannte.

Drei Monate später schien wieder eine strahlende Sonne über Wankum, als Maren durch lautes Klingeln an ihrer Haustür aufgeschreckt wurde. Gerade hatte sie in der Küche gegrübelt, dass es so mit ihrer Schwiegermutter auf keinen Fall weitergehen konnte und nach einer Lösung gesucht.

Aber die alte Hexe, wie sie sie im Stillen nannte, konnte wohl Gedanken lesen und hatte irre gekichert und bösartig geknurrt: »Wenn ich gehe, gehst du mit, egal wohin. Die Sonne bringt es an den Tag«, drohte sie, während sie im Kuhstall verschwand.

Maren bekam langsam Angst.

Und jetzt klingelte es laut und fordernd. Maren riss genervt die alte Haustür auf und schreckte im gleichen Augenblick zurück. Vor ihr standen ein Mann und eine Frau und dahinter mehrere Männer mit Kameras, Scheinwerfern und Mikrofonen.

Hinter diesem Aufmarsch drängelten sich Bärbel, Agnes und Grete mit erwartungsvollen Gesichtern.

»Herzlichen Glückwunsch, Frau Gertsches«, wurde Maren von der jungen Frau angesprochen. »Mein Name ist

Meike und das ist mein Partner Pit, wir kommen von der Sendung *‚Haus im Glück'*. Ihre Nachbarinnen haben uns angeschrieben und von Ihrem Unglück berichtet, und jetzt sind wie hier, um ihr Haus zu renovieren und für ihren Sohn behindertengerecht umzubauen.«

Vor laufender Kamera wurde Maren nach diesen Worten von der ihr fremden Frau in den Arm genommen, gedrückt, weitergereicht an Pit, um dann von ihren vor Rührung schluchzenden Nachbarinnen umarmt zu werden.

Bevor sie noch einen klaren Gedanken fassen konnte, hatte sich das Fernsehteam auf ihren Sohn, der, angelockt vom Lärm, mit seinem Rolli aus dem Innenhof kam, gestürzt. Auf die Fragen, ob er sich auf ein neues Zimmer freuen und was er von einem kurzen Urlaub halten würde, konnte er vor lauter Überraschung keine Antwort geben.

Diese bekamen sie dann von der plötzlich auftauchenden Schwiegermutter. »Der Hof braucht einen gesunden Erben, einen und keinen mehr, sonst wird er zerstückelt. Ein Erbe reicht, aber gesund muss er sein. Mein Hein war gesund und ein guter Erbe«, erklärte sie den verdutzten Fernsehleuten, die sich verstört und teils unangenehm berührt anschauten.

»Meine Schwiegermutter ist seit dem Tod meines Mannes, ihres einzigen Sohnes, etwas seltsam geworden«, versuchte Maren eine Erklärung.

»Das war ja auch zu schrecklich«, drängte sich jetzt Agnes vor die laufende Kamera. »Sie müssen nämlich wissen, dass er nachts in den Jauchekeller gefallen und ertrunken ist. Hat wohl am Abend vorher vergessen, die Abdeckplatte wieder draufzuschieben und rums, war es passiert«, führte sie genüsslich aus, als sie sah, dass ihr die allgemeine Aufmerksamkeit galt.

»Dies wird ein Knüller«, flüsterte unterdessen Architektin Meike ihrem Bauleiter Pit zu. »Solche Geschichten liebt die Fernseh-Gemeinde.«

»Frau Gertsches«, wandte sie sich jetzt an Maren, »bevor sie morgen auf unsere Kosten mit ihrer Familie für eine Woche während der Umbauzeit in Urlaub fahren, möchten wir sozusagen stellvertretend und demonstrativ schon heute hier im Haus etwas niederreißen.«

Bei diesen Worten kamen aus einem von Maren bisher nicht beachteten VW-Bus drei junge Männer in Blaumännern und mit großen Vorschlaghämmern gesprungen.

»Was nehmen wir denn nun?«, fragte Pit die vollkommen überrumpelte und zu keiner Antwort fähigen Maren.

Deren Schweigen ausnutzend drängte sich Agnes wieder nach vorne: »Nehmt doch die Zwischenwand vom Kuhstall. Kühe sind ja seit Heins Tod keine mehr da und Heins Vater hat die Wand ja damals selbst hochgezogen, da ist sie bestimmt auch nicht sehr stabil.«

Bevor Maren noch einen Einwand erheben konnte, führte Agnes das gesamte Team in den Kuhstall. Maren folgte verstört und zögerlich, ihren Sohn im Rollstuhl schiebend, der Truppe.

Ihre Schwiegermutter rannte ebenfalls hinterher, lachte plötzlich schrill auf und sang in einer seltsamen Melodie immer wieder: »Nicht die Sonne bringt es an den Tag, sondern das Fernsehen.«

Noch während Maren versuchte, die Schwiegermutter zu beruhigen und davon zu überzeugen, lieber ins Haus zu gehen, standen die Mitarbeiter von *‚Haus im Glück'*, geführt von den drei gutmeinenden Nachbarinnen, schon vor der besagten Wand im Kuhstall.

Mit einem fröhlichen: »Wir dürfen doch?«, an Maren gerichtet, auf dass sie keine Antwort bekam und auch nicht erwartete, gab Meike den Bauarbeitern ein Zeichen und diese schlugen gleichzeitig auf die Mauer ein. Im Scheinwerferlicht und unter den Augen der Kameras flogen große Steinbrocken ins alte Stroh.

Im Hintergrund leierte die alte Frau Gertsches jetzt immer wieder die Worte: »Nur einen Erben, nur einen Erben, lasst sie schlafen, lasst sie schlafen.« Sie wurde erst still, als sowohl Meike und ihr Team als auch Maren und die Nachbarinnen plötzlich gleichzeitig aufschrien. Der kleine Jan wurde in seinem Rollstuhl leichenblass.

Außer Steinbrocken war auch ein kleiner Totenkopf aus der Wand gefallen. Er rollte an den erschrockenen Zuschauern vorbei der Alten vor die Füße und blieb gerade so liegen, dass es aussah, als ob die toten Augenhöhlen sie anschauten.

Darauf brach die alte Frau wimmernd und immer wieder: »Die Erben, die Erben« stammelnd, zusammen.

Geistesgegenwärtig hielt der Kameramann noch seine Linse auf sie.

Am Abend dieses ereignisreichen Tages saß Maren in ihrem Hotelzimmer. Jan schlief, durch eine Verbindungstür getrennt, im Nebenzimmer. Der Fernsehsender hatte bei der Unterbringung nicht gespart, hatte er ja auch eine Topsensation live aufgenommen.

Wie die Ermittlungen der Polizei und die Befragungen der Schwiegermutter durch Fachkräfte der Psychiatrie ergaben, hatte die alte Frau Gertsches wohl in jungen Jahren nach der Geburt ihres erstgeborenen Hein noch drei Kinder zur Welt gebracht. Ob diese bei der Geburt lebten oder wie sie starben, wird wohl nicht mehr zu klären sein. Auf jeden Fall hatte sie ihre Schwangerschaften und Geburten geheimgehalten und die Kinderleichen in der doppelten Kuhstallwand versteckt. Ihr Bestreben war es, den Hof zusammenzuhalten und nicht durch mehrere Erben in seinem Bestand zu gefährden.

Maren schaute versonnen in den Fernseher ihres Hotelzimmers und bewunderte den Umbau eines alten Hauses durch das Team von *‚Haus im Glück'*.

Jetzt würde sie endlich auch in ein Haus im Glück einziehen können, denn trotz der Ereignisse sollte der geplante Umbau durch das Fernseh-Bauteam stattfinden.

Und ihre Schwiegermutter würde wohl bis an ihr Lebensende in der psychiatrischen Anstalt, in die man sie gebracht hatte, bleiben. So würde diese leider die neue Inneneinrichtung nie zu sehen bekommen und sie würde auch nie erfahren, dass das Geld aus Heins Unfallversicherung mit in die Biogas-Anlage von Hansi Fricken geflossen war.

Hansi hatte schon Recht mit seiner Behauptung, dass dies eine gute Investition für die Zukunft ihres Sohnes war, der aufgrund seiner Behinderung ja nie die ganze Arbeit eines Landwirtes würde schaffen können.

Und noch etwas würde ihre Schwiegermutter nie erfahren, dass nämlich sie und ihre Schwiegertochter in einer wichtigen Sache immer einer Meinung waren.

»Einen Erben für den Hof und keinen mehr«, das war auch Marens Grundsatz. Und schon gar keinen zweiten Erben, der nicht ihr Kind war. Deshalb musste sie damals schnell handeln, als Hein sich unsterblich in die junge polnische Aushilfe verliebt hatte und sich weitere Kinder wünschte, die seine Ehefrau ja nicht mehr bekommen konnte.

Und der Deckel des Jauchekellers war sehr schwer gewesen.

Judith Merchant

Der Himmel über Krefeld

Grauweiße Wolken.

So stellte ich mir den Himmel vor.

Dichte, zähe Rauchwolken, deren betörender Duft von keinem noch so zarten Luftzug beeinträchtigt wird. Dazu ein Sternenhimmel voller glimmender Zigaretten, die in der Schwärze der Nacht um die Wette funkeln und dabei ungestört und straffrei Nikotin und Teer in die Atmosphäre entlassen, von mir aus CO^2 noch dazu. Jeder Atemzug in diesem Paradies wäre gesättigt von köstlichen, verbotenen Substanzen.

Einfach göttlich.

So viel zum Himmel. Auf Erden sah es leider anders aus. Häuslichen Streitigkeiten ließen mir wenig Muße, um den Wolken hinterher zu blicken, und die Luft war geschwängert von den Kunststoffdämpfen des Bayer-Werks. Ich lebte hier in Uerdingen mit meinem Mann, der leider Nichtraucher war – vielleicht sollte ich eher sagen, mit einem Nichtraucher, der leider mein Mann war – gemeinsam in einer kleinen Neubauwohnung ohne Balkon. Es war eine Wohnung, in der das Rauchen keinen Spaß machte. Das lag an dem permanenten Durchzug, für den mein asthmatischer Mann sorgte, und an seinem beleidigten Gesichtsausdruck.

Nun rennen ja viele Ehemänner mit beleidigtem Gesichtsausdruck herum, ohne dass es gleich Mord und Totschlag gibt. Es kam also eines zum anderen. Begonnen hat es mit dem Besuch des Anstreichers, der uns eines schönen Tages wegen eines Kostenvoranschlags besuchte.

»Bei dem Qualm hier drinnen dürfen Sie sich über Ihre Tapeten nicht wundern«, sagte er und inspizierte abfällig unsere Wände. »Tja! Nikotin hinterlässt mit den Jahren eben sichtbare Spuren. Leider.« Und er guckte mir dabei frech ins Gesicht.

Mein Mund öffnete sich und blieb sperrangelweit stehen, während der Maler an der Seite meines Mannes ins Wohnzimmer trat.

Ich sehe nicht schlecht aus für eine Raucherin meines Alters, wirklich nicht. Jedenfalls nicht so, dass ich diese Bemerkung verdient hätte. Gut, ich bin vielleicht nicht mehr das, was man eine Granate nennt, wobei das ja auch schlecht wäre bei der Lunte, die mir meist im Mundwinkel baumelt.

Kleiner Scherz. Aber von vorn.

Die Lage hatte sich zugespitzt, anders kann man es nicht nennen. Dreißig Jahre Ehe sind kein Zuckerschlecken, beileibe nicht. Aber irgendwie hatte ich diese Zeit überstanden, und jetzt war da die Sache mit dem Rauchverbot, und plötzlich war mein Leben schwer, ach, so schwer.

Mit Eintritt des Rauchverbots vor einigen Tagen fing Hermann nämlich an, Bedingungen zu stellen. Erst nach dem Frühstück die erste und nicht mehr im Bett. Ich kündigte ihm sofort den ehelichen Verkehr mit der Begründung, die Zigarette danach sei eigentlich das Netteste daran gewesen. Das schien ihn nicht zu stören. Sein Mund war auf- und wieder zugeklappt wie bei einem dieser metallenen Aschenbecher, die angeblich Geruch unterbinden.

»Wenn du meinst«, sagte er.

Aber erst einmal zurück zu der Sache mit dem Anstreicher.

Ich saß also in der Küche und betrachtete das allmorgendliche Schlachtfeld, das Hermann hinterlassen hatte: Toastkrümel, Eigelbkleckse, eine zerknitterte, orangensaftgetränkte Serviette. Und ich kam nicht umhin, dieses

Chaos und den Ehemann – Eigelbkleckse, Krümel, zerknittertes Hemd – mit meinen schneeweißen Freunden zu vergleichen, die treu in ihrer Schachtel auf mich warteten. In Reih und Glied steckten sie da, ohne Vorwürfe, ohne Erwartungen lauerten sie einzig darauf, dass ich sie entflammen und an meine Lippen führen würde.

Im Flur hörte ich die beiden Männer.

»Das muss doch günstiger gehen.«

»Bei mir nicht, dann müssen Sie meine Kollegen fragen. Die kosten aber genau so viel, glauben Sie mir.«

»Und wenn wir es ohne Rechnung machen?«

»Zehn Prozent, maximal.«

»Und wenn wir nur das Wohnzimmer machen?«

»Der Kunde ist König, also Sie. Allerdings . . . Soll ich Ihnen mal einen Teststreifen an die Tapete hier im Flur halten?«

»Wenn Sie wollen . . .«

Ein gedämpftes Stöhnen aus dem Flur. »Das ist ja quittengelb!«

»Sehen Sie? Aber ganz wie Sie wünschen, ich kann auch nur das Wohnzimmer machen.«

»Nein, nein! Streichen Sie alles!«

»Gute Entscheidung. So alt und miefig, das mag man ja nicht mehr ansehen.«

»Scheußlich! Wann können Sie anfangen?«

»Frühestens nächsten Montag. Dann brauche ich zwei Tage, und danach sieht hier alles aus wie neu. Nun ja . . . Fast alles.«

Eine leise Bemerkung, ein Lachen.

Was hatte er gesagt? Und weshalb hatte mein Hermann gelacht?

Ich schlich näher, um zu horchen, aber ich hörte nur Gekicher. Als ich in die Tür trat, sahen mich beide unschuldig an.

Männer. Alles Idioten!

Ich fuhr zu meiner Freundin Senta und berichtete ihr entrüstet von den Frechheiten des Anstreichers und dem Rauchverbot im Bett.

»Sexentzug funktioniert nicht, so was geht nach hinten los. Ihr müsst was zusammen unternehmen, sonst ist bald alles aus«, orakelte Freundin Senta und gab mir Feuer. Sie kannte sich da aus, sie war bereits zum dritten Mal glücklich geschieden.

»Unternehmen? Was denn?«

»Irgendwas, Hauptsache, ihr habt einen netten Abend. So macht man das, wenn man verheiratet bleiben will«, sagte sie.

»Und wenn nicht?«

»Dann lässt man sich scheiden. Aber das ist teuer, glaub mir, Süße.«

Ich schwieg betroffen. Das Leben war ohnehin schon so teuer, nicht zuletzt wegen der Tabaksteuer, die längst schwindelerregende Höhen erreicht hatte.

Also beschloss ich, Zeit und Geld zu investieren und mit meinem Mann einen Abend seiner Wahl zu verbringen. Dieser sah ziemlich erstaunt aus, als ich ihm den Vorschlag unterbreitete.

»Ich darf bestimmen? Echt?«, vergewisserte er sich.

»Klar«, sagte ich großzügig.

»Toll. Dann gehen wir zu der Lesung von Michael Kleeberg in der Mediothek«, sagte er und verschwand hinter dem Sportteil seiner Zeitung.

»Worum geht es denn da?«, tat ich interessiert. Auch so ein Tipp, den Senta mir gegeben hat.

»Irgendwas mit Boris Becker und Wimbledon«, tönte es hinter der Zeitung hervor.

Tennis! Lesung! Würg! Aber was tut man nicht alles für den Fortbestand einer Ehe?

Der Abend fing, ehrlich gesagt, schon ziemlich bescheiden an.

»Hier drinnen ist Rauchverbot«, sagte die Dame von der Mediothek, während sie uns unsere zuvor bestellten Karten gab.

»Bitte was?«

»Rauchverbot. Sie können aber gerne draußen rauchen«, sagte sie und lächelte mich so reizend an, als habe sie mir soeben ein Rosinenbrötchen verkauft.

»Wissen Sie, wie kalt es draußen ist? Und es regnet! Da stelle ich mich doch nicht raus! Ich habe schließlich Eintritt bezahlt.«

»Eben«, sagte die Dame gleichbleibend freundlich, wohl, um mich zu provozieren. »Die anderen Besucher auch.«

Ich warf einen Blick auf die Leute um uns herum, die abwehrend die Schachtel in meiner Hand musterten, und machte mich fluchend auf den Weg nach draußen.

»Und bleiben Sie von der Tür weg«, rief mir die Dame nach. »Unsere Rauchmelder sind sehr empfindlich!«

Vor der Tür zog ich einen meiner kleinen weißen Freunde aus der Schachtel, gab mir selbst Feuer und grummelte Verwünschungen. Wie, bitte, soll man einen gemeinsamen Abend mit dem Ehemann und einen Roman über Tennis und andere Männerprobleme ohne Zigaretten ertragen?

Weitere Besucher kamen, die Tür öffnete und schloss sich wieder und schnitt dabei meine Qualmwolken in Scheiben. Hämisch beobachtete ich, wie der Rauch meiner Zigarette mich rächte, in die Mediothek kroch und die Dame am Empfang an der Nase kratzte.

Tatsächlich sah sie sich suchend um, schnüffelte und machte mir ein Zeichen mit der Hand, ich solle mich entfernen.

In diesem Moment ging der Alarm los.

Rauchmelder sind furchtbar laut, falls Sie das nicht wissen. Vor Schreck fiel mir die Zigarette aus der Hand und verschwand im Muster des Backsteinpflasters.

»Stellen Sie das Ding ab!«, heulte jemand.

Plötzlich war ich inmitten aufgeregter Menschen, allen voran die Dame. »Ich hatte Sie doch gewarnt«, sagte sie, und es klang beinahe bedauernd. »Das wird teuer.«

Ich verstand sie kaum bei dem Lärm des Rauchmelders und hoffte nur, dass ich mich verhört hatte. Dann kam die Feuerwehr mit Tatütata und ich verstand gar nichts mehr.

»600 Euro!«, keuchte mein Mann. »600 Euro, nur weil du es wieder mal nicht lassen konntest!«

»Die Schweine«, sagte ich dumpf.

»Schweine? Die Brandmeldezentrale ruft bei jedem Signal automatisch die Feuerwehr, und wer, bitte, soll den Einsatz bezahlen, wenn nicht der verantwortliche Raucher? Und dazu noch die Kosten für den Anstreicher! Und ständig beschweren sich die Nachbarn über den Gestank im Treppenhaus ... So geht das nicht weiter!«

Ich sagte nichts. Was soll man da auch sagen? Ich fand nur blöd, dass er das mit den Nachbarn sagte. Was gehen mich die Nachbarn an?

»Es stört mich. Es ruiniert meine Gesundheit. Es ruiniert unsere Wände. Ich finde, jetzt reicht es«, sagte er und klang plötzlich sehr erschöpft. Er setzte sich mir gegenüber an den Küchentisch und nahm meine Hand. »Weißt du, was ich mir wirklich wünsche? Ich möchte einmal in Ruhe meinen Cappuccino genießen, ohne dabei deinen Zigarettenqualm zu riechen. Das wäre echt der Himmel.«

Ich nickte, um ihm zu zeigen, dass ich ihn verstanden hatte, rein akustisch, und dann zündete ich mir eine Zigarette an. Sie schmeckte nicht. Kein bisschen.

Mir stand es bis obenhin. Nicht nur, dass man mich hinaus in die Kälte vertrieben, mich mit ohrenbetäubendem Alarm beschallt und mir dann auch noch 600 Euro dafür abgeknöpft hatte. Jetzt verdarb das Genörgel meines Ehemannes mir auch noch den Geschmack an meinen ehrlich erworbenen Zigaretten. In meiner eigenen Küche!

So konnte es nicht weiter gehen. Ich dachte an das, was mein asthmatischer Nichtraucher von Ehemann mir soeben als seinen ganz persönlichen Himmel offenbart hatte und beschloss, ihm zu helfen. Ihn nämlich schleunigst dahin zu befördern. In den Himmel, ins Nirwana, wohin auch immer. Hauptsache, er stand mir und meinem Tabakgenuss nicht mehr im Wege.

Zufrieden mit mir, der Welt und diesem Plan steckte ich mir eine frische Zigarette an, sah beglückt zu, wie die orangenfarbene Glut sich knisternd in das zarte Papier fraß, und inhalierte gierig.

Ahhhh. Köstlich.

Das mit der Mordwaffe stellte mich vor keine große Herausforderung, es ergab sich sozusagen von selbst: Nikotin. Agatha Christie hatte darüber sogar ein Buch geschrieben, das ich mir umgehend besorgte. Es entpuppte sich als sehr inspirierend.

Nikotin. Ein wunderbares Gift. Farblos, schnell wirksam und leicht zu beschaffen. Es baut sich rasch im Körper ab, und das Opfer stirbt einen diskreten Herzinfarkt. Man kann Nikotin wirklich nur empfehlen.

Natürlich musste ich einen geeigneten Moment abpassen, das lehrte mich die Lektüre von Agatha Christie. Eine Party, auf der viele verschiedene Leute anwesend sind, so macht man das.

Das Glück war mir hold. Am Freitag Nachmittag klingelte nämlich die Nachbarin von oben rechts, die, mit der ich eigentlich auf Kriegsfuß stehe. Sie ist furchtbar intolerant, so was kann ich nicht haben. Ständig beschwert sie sich bei der Hausverwaltung und zieht diese Mitleidsmasche mit dem Asthma ab. Genau wie mein Mann. Die beiden sollte man echt zusammen in einen Sack stecken und in den Rhein schmeißen. Vielleicht sollte ich sie als nächste auf meine Liste setzen?

Egal. Erst einmal war ich ihr natürlich furchtbar dankbar. Denn stellen Sie sich vor: Sie lud uns zu ihrem Geburtstag ein. Das passte ausgezeichnet. Ich bedankte mich überschwänglich und versprach, am nächsten Abend um acht auf der Matte zu stehen.

Vor der Party dann war ich aufgeregt wie ein Teenager. Hinter der verschlossenen Toilettentüre bereitete ich einen Auszug aus Nikotinpflastern, ganz so, wie ich es im Internet nachgelesen hatte. Dann zog ich das rote Kleid an, das meinem Mann so gut gefiel, diesen letzten kleinen Gefallen wollte ich ihm tun.

Als wir klingelten, zitterten mir die Knie. In meiner einen Hand hielt ich die Handtasche mit dem Fläschchen, an der anderen meinen Mann. Die Nachbarin öffnete in einem mausbraunen Kostümchen und reichte uns zur Begrüßung gleich einen Cocktail. Um mir Mut anzutrinken, kippte ich den viel zu schnell herunter, nahm eine Handvoll Käsewürfel vom Buffet und verzog mich zur Beruhigung meiner Nerven erst mal auf den Balkon zu den anderen Rauchern. Und dachte scharf nach. Wie sollte ich es jetzt anstellen? Ich musste ihm in einem unbeobachteten Moment das Zeug in den Wein kippen und mich dddd ... gggg ...

Was war das? Ein taubes Gefühl in der Mundhöhle, das sich rasend schnell ausbreitete. Speichel schwappte über mein Kinn, etwas explodierte in meiner Brust und dann drehte sich der Balkon und ich mich mit ihm.

Dann fiel ich. Vier Stockwerke tief, den Kopf nach unten, das rote Kleid flatterte mir um die Ohren. Als ich unten ankam, war ich tot.

Ganz entgegen landläufiger Meinungen konnte ich aber sehr wohl noch sehen, wie die Partygäste erschreckt auf den Balkon strömten, wie dann alle, mein Mann an der Spitze, die Treppe hinunter liefen. Seine Tränen rührten mein stehen gebliebenes Herz sehr. Ich sah aber noch etwas. Das zufriedene Lächeln, das die Lippen der Nachbarin umspielte, die sich wohl einen ganz besonderen Geburtstagswunsch erfüllt hatte. Offenbar war sie noch wesentlich intoleranter gegenüber Rauch im Treppenhaus, als ich vermutet hätte.

Ich könnte mich immer noch darüber schwarz ärgern, dass ich es ihr so leicht gemacht habe. Wäre ich drinnen gestorben und nicht vom Balkon gefallen, dann hätte man mich zumindest obduziert und hätte der Gastgeberin wenigstens einige bange Momente beschert, auch wenn erhöhte Nikotinwerte in meinem Blut niemanden gewundert hätten.

So aber sah alles nach einem stinknormalen Unfall aus, und mein Hausarzt bestätigte gern meine labile körperliche Verfassung. Ich bin sicher, er konnte sich ein besserwisserisches Grinsen dabei nicht verkneifen. Was hatte er immer gesagt? »Ihre Glimmstängel bringen Sie noch ins Grab!« Beim Rauchen vom Balkon gefallen, haha. Er hat sich bestimmt den Bauch gehalten vor Lachen.

Das war es jetzt eigentlich schon. Mein Leben ist vorbei, die Geschichte auch.

Nur eines noch: Im Himmel ist es anders, als ich dachte.

Keine musizierenden pausbäckigen Putten, nur uniformierte schlechtgelaunte Engel, die um einen herumschleichen und servieren.

Wolken, klar, das weiß ja jedes Kind. Aber diese Wolken sind geruchlos, geschmacklos, reine Deko. So unsinnlich wie der Plastikschnee in Schaufenstern. Man riecht gar nichts hier oben.

Ich bin kein Jammerlappen, ich versuche, das Beste aus der Situation zu machen. Bette mich so bequem wie möglich auf den wattigen Dingern, schließe die Augen und stelle mir vor, wie es wäre, wenn man mir Zeit für meine sündige Tat gelassen hätte. Das Ergebnis meiner Denkanstrengung ist immer dasselbe: Dann wäre alles besser.

Erst einmal hätte ich noch mindestens zwanzig nette Jahre auf Erden gehabt, und zwar ohne den penetranten Nichtraucher an meiner Seite. Danach wäre es dann ab in die Hölle gegangen. Und da wäre bestimmt mehr los gewesen als hier oben, von den köstlichen Düften nach Schwefel und brennendem Kohlenstoff ganz zu schweigen. Wie sehne ich mich nach Qualm und Glut, hier im sterilen Himmel!

Einmal, als die Langeweile wieder zu arg geworden war, gönnte ich mir einen Blick nach unten. Schob die Wolken beiseite und ließ mir ein Opernglas bringen. Die haben echt gute Ware hier, ich sah alles gestochen scharf: den Rhein, die grünen Parkanlagen der Seidenbarone, das Gerüst um den Turm der Dionysiuskirche und natürlich die verdammte Mediothek.

Eine Weile betrachtete ich das Gewimmel auf der Hochstraße, als mir der Mann mit der Zeitung und dem Blumenstrauß auffiel. Es war mein Mann. Oder eher, mein Witwer. Er setzte sich an einen der Tische vom Café Heinemann, nahm die Zeitung, trank Cappuccino. Ich sage es ungern, aber er sah echt zufrieden aus. Als dann noch eine Frau im mausbraunen Kostümchen zu ihm trat, die Blumen nahm und sich setzte, musste ich husten. Es war meine vermaledeite Nachbarin, der ich den ganzen Mist hier zu verdanken habe. Die beiden strahlten sich an und atmeten so demonstrativ die frische Mailuft ein, als wollten sie mich ärgern.

Ich schob dann schnell die Wolkendecke wieder zu. Man muss ja nicht alles wissen.

Vor allem nicht, wenn man keine Zigarette hat, die es erträglicher macht.

Andreas Berg

Jahrgang 1964, Angestellter im öffentlichen Dienst, wohnhaft in Mönchengladbach, verheiratet mit dem nettesten Mädchen, dem liebsten Hund und den fröhlichsten Katern der Welt. Veröffentlichungen in knapp zwei Dutzend Anthologien (Lyrik und Prosa). Auszeichnungen bei den Luitpold-Stern-Preisen 2002 und 2003, Veröffentlichungen im Rahmen des Krimi-Wettbewerbes der Rheinischen Post und des EMONS-Verlages (»Mord vor Ort II« – Kriminalgeschichten vom Niederrhein, 2000), des Jokers Lyrik-Preises 2005, des 1. Brüggener Literaturherbstes (Nacht-Anthologie des Geest-Verlag 2007) und des 1. Kempener Literaturwettbewerbes in der Anthologie »Wortschöpfungen« ebenfalls 2007.

Erika Bleckmann

wurde 1956 in Krefeld am Inrath geboren. Nach ihrer Schulausbildung fing sie auf Beschluss von Oma und Eltern eine Lehre bei der Stadt Krefeld an. Jetzt arbeitet sie bereits seit 39 Jahren bei der Stadtverwaltung. Sie wohnt auf dem Meyhof in der Bauernschaft Harzbeck bei Wankum. Dort hat sie mit ihrem Mann und ihrem Sohn ein Heim für verlassene Tiere eingerichtet. So lebt die Familie, die zwischenzeitlich um Schwiegertochter und Enkelsohn vergrößert wurde, meistens zusammen mit 20 Hunden, etlichen Katzen, Hühnern, Gänsen und diversen anderen Tieren. Als Kind erzählte Erika Bleckmann ihren vier Geschwistern immer unheimliche Geschichten, später ihrem Sohn, jetzt den Hunden und dem Enkelsohn und weil das noch nicht reicht, schreibt sie ab und an einen Kurzkrimi.

Birgid Böseler

Vier Kriminalromane, ein Story-Band, viele Kurz-Krimis. 1995 und 1998 Krimi-Preise, 2006 »Buch der Woche« im krimi-forum. Mitglied bei »Mörderische Schwestern«.
Berufliche Stationen in Sozial- und Bildungsarbeit, internationaler Kulturarbeit, Umweltbildung, Gesundheitsförderung und Lehrerfortbildung. Seit mehreren Jahren Referentin, Autorin und Therapeutin im Bereich Dyskalkulie.
www.birgid-boeseler.de

Jochen Brockmann

Geboren 1954 in Erfurt. Aufgewachsen in Wuppertal, lebte zwölf Jahre in Oberhausen und zog 1988 berufsbedingt mit seiner Familie nach Lübeck. Er ist im öffentlichen Dienst im Bereich Marketing tätig. Hunde mag er genau so gern wie Katzen. Seit acht Jahren schreibt er Kurzgeschichten, die in Zeitschriften und Anthologien erschienen sind. Dem mörderischen Niederrhein ist er besonders verbunden. Sein Hang zum Kriminellen findet sich in seinen Geschichten wieder.

Gitta Edelmann

wurde 1961 in Offenburg geboren. Später arbeitete sie einige Jahre als Fremdsprachenkorrespondentin und Übersetzerin in Bonn, Rio de Janeiro, Freiburg und Edinburgh. Seit 1992 lebt sie mit ihrem Mann und den gemeinsamen vier Kindern in Bonn. Sie schreibt für Erwachsene und Kinder, am liebsten Kurzkrimis und pfiffige Geschichten für das Erstlesealter. Außerdem leitet sie Schreibworkshops und liebt Lesungen, bei denen sie direkten Kontakt zu ihrem Publikum knüpfen kann. Gitta Edelmann ist Mitglied der Autorinnenvereinigung »Mörderische Schwestern« und im VS (Verband deutscher Schriftsteller).

Hans Forster

Geboren 1970, studierte Rechtswissenschaften in München. Seit 1998 ist er als Rechtsanwalt, seit 2004 als Fachanwalt für Arbeitsrecht tätig. Er lebt mit seiner Familie in Vilsbiburg/Niederbayern. Phasenweise verstärkt auftretende eigene kriminelle Energie bündelt er in Kurzgeschichten. Sein Vorstrafenregister enthält bislang Nominierungen für den Deutschen Kurzkrimipreis, den Agatha-Christie-Preis und den Friedrich-Glauser-Preis (Kategorie Kurzkrimi).

Silvia Frevert

Geboren am 30. 5. 1961 in Bad Salzuflen, wohnhaft in Ostwestfalen-Lippe. Nach Abitur und Studium (Germanistik & Rechtswissenschaft – ohne Abschluss) tätig als Sekretärin und Sachbearbeiterin. Nebenbei schrieb sie für die Lokalzeitung. 1998 machte sie das Schreiben zu ihrem Hauptberuf. Seitdem arbeitet sie als freie Journalistin für Lokal- und Fachzeitungen. 2003 erschien das erste von mittlerweile 4 Fachbüchern. »Solveig« ist ihr erster Kurzkrimi. www.sylvia-frevert.de

Gerd Grunewald

Geboren 1953 in Hamburg. Seit 1998 in Wegberg lebhaftig. Bis zur Niederlassung am Niederrhein war er nach dem Studium der Wirtschaftswissenschaften uniformiert (Offizier) und zivilisiert (Beamter) in Staatsdiensten aktiv. In der friedvollen Beschaulichkeit zwischen Maas, Schwalm und Nette geht schon mal die Phantasie mit ihm durch. Das schreibt er dann auf.

Dr. Ursula Heidbüchel

wurde 1963 in Kalkar geboren. Sie hat Sinologie, Skandinavistik und Ur- und Frühgeschichte studiert, mal hier und mal da gelebt – am längsten und liebsten am Niederrhein – heute in einem Dorf im westlichen Münsterland an der deutsch-niederländischen Grenze. Sie ist Personalchefin in einer Unternehmensberatung und findet, dass Krimischreiben eine hervorragende Stressabbau-Methode ist. Und wenn sie sich auf etwas (k)einen Reim machen möchte, schreibt sie auch Gedichte.

Rudolf Jagusch

1967 in Bergisch Gladbach geboren, ist Mitglied im Syndikat, der Autorengruppe deutschsprachiger Kriminalliteratur, Spieler beim FC Criminale, der deutschen Fußballnationalmannschaft der Krimiautoren, und leidenschaftlicher Schreibtischtäter. Zahlreiche Veröffentlichungen in Anthologien und Zeitschriften, dazu eine Krimireihe. Er lebt und arbeitet in Bornheim im Vorgebirge.

Susanne Kliem

1965 am Niederrhein geboren, wuchs in Krefeld auf. Hier entdeckte sie ihre Leidenschaft fürs Theater. Als Regieassistentin erlebte sie mörderische Berufsjahre an deutschen Bühnen, die sie zu ihrem Krimi-Debut, »Theaterblut«, inspirierten. Später machte sie Pressearbeit für diverse Fernsehserien, verfasste Synchrondrehbücher und schrieb als Ghostwriterin Ratgeber rund um das Thema Karriere. Heute lebt sie mit ihrer Familie in Berlin und schreibt an ihrem zweiten Kriminalroman.

Stefanie Koch

Jahrgang 1966, ließ mit 36 ihre Karriere als Seniormanagerin hinter sich, ging nach Südfrankreich, wo sie eine 250 Jahre alte Patisserie in ein kleines Hotel umbaute und veröffentlichte 2003 ihr erstes Buch, die Biographie von Konrad Thurano, Beruf Artist. 2005 erschien ihr erster Krimi: »Kommissar Lavalle – Im Haus des Hutmachers«, 2006 der zweite Band »Die Karte des Todes – Lavalles zweiter Fall«. Oktober 2009 erscheint bei Ars Vivendi »Die Stunde der Artisten«, Lavalles dritter Fall. Tatort ist ihre Deutsche Lieblingsstadt Düsseldorf, wo Stefanie Koch seit November 2006 wieder lebt. Der Hang zu Krimis kommt nicht von ungefähr: Die Autorin hatte sowohl Stress mit der französischen Mafia, musste zwei Einbrüche über sich ergehen lassen und fand eines Tages eine Leiche in ihrer Wohnung. Darum fesseln sie Mordfälle und Verbrechen und wie sie aufgeklärt werden. www.stefanie-koch.com.

Arnold Küsters

Geboren 1954 in Breyell, lebt in Mönchengladbach und arbeitet in der Hauptsache als Journalist für den WDR und die ARD. Spielt Bluesharp und Percussion in der Rockband STIXX. Bisher drei Kriminalromane: »Der Lambertimord« (2005), »Maskenball« (2006), »MK Bökelberg« (2008). Der vierte Roman ist in Vorbereitung. »Schokoladenpudding« ist sein vierter Kurzkrimi. Mitglied im Syndikat, 2007 Mitglied in der Friedrich-Glauser-Jury für den besten Kurzkrimi 2008. Holt die 25. Criminale 2011 u. a. nach Krefeld, Mönchengladbach und in die Kreise Neuss und Viersen.

Ulla Lessmann

Geboren 1952 in Bremerhaven, Journalistin und Diplomvolkswirtin, lebt als freie Autorin für Hörfunk und Print, Moderatorin und Schriftstellerin in Köln und Italien. Mitglied im »Syndikat«, im VS und Präsidentin des Krimiautorinnen-Netzwerks »Mörderische Schwestern«. Seit 1983 Veröffentlichung von Kriminalromanen, Kurzkrimis, Novellen, Satiren, Gedichten; mehrere Preise, u. a. EMMA-Journalistinnenpreis und Satirepreis der Stadt Herne; zuletzt Krimi-Schreib-Stipendium »Tatort Töwerland«, Nominierungen für den Kärntner Krimipreis und den Krefelder-Kurzkrimi-Preis. www.ulla-lessmann.de

Andreas Lischke

44-jähriger Polizeibeamter aus Krefeld und leidenschaftlicher Leser. Es hat ihn schon lange gereizt, einmal eine eigene Geschichte zu veröffentlichen. Hat noch viele Ideen im Kopf, die nur darauf warten, zu Papier gebracht zu werden. Mit dieser Kurzgeschichte ist ein Anfang gemacht.

Judith Merchant

1976 in Bonn geboren. Studierte dort sowie in Münster Germanistik mit wechselnden Begleitfächern. Sie arbeitet als Dozentin an der Universität Bonn und in der Erwachsenenbildung. Der erste Kurzkrimi erschien 2008, der zweite, »Monopoly«, erhielt den Friedrich-Glauser-Preis 2009. Judith Merchant lebt mit ihrer Familie in Königswinter und arbeitet an ihrem ersten Kriminalroman. Sie ist Mitglied bei den »Mörderischen Schwestern« und Amiga des Syndikats.

Stephan Reinbacher

Geboren am 12. 12. 1964 in Ebstorf (Niedersachsen) und in Hamburg aufgewachsen. Er studierte Jura und machte in Marburg an der Lahn sein Examen. Heute arbeitet er als Gerichtsreporter für den Hessischen Rundfunk und lebt zusammen mit seiner Freundin und seiner kleinen Tochter in Eltville am Rhein.

Dieter Symma

Geboren 1934 in Gleiwitz, nach dem Krieg aufgewachsen in Neustadt/Holst.; Schuldienst, auch international; Leiter eines Gymnasiums, lebt in Süd-Holstein; schreibt seit seiner Pensionierung Kriminalromane, Kurzkrimis, Kindergeschichten.

Rüdiger van den Boom

Geboren in Emmerich am Niederrhein und dort auch aufgewachsen. Studium der Germanistik und Philosophie in Köln. Promotion. Lektor für deutsche Sprache und Literatur an der Universität von Oxford (Hertford College), England, und an der Tong-Ji Universität in Shanghai, Volksrepublik China. Bis September 2009 Leiter des Goethe-Instituts in Chicago.

Annette Weber

42 Jahre alt, Steuerberaterin aus Wiesbaden. Neben dem Schreiben widmet sie sich in ihrer Freizeit dem Lesen und Tanzen. Bisher eine Veröffentlichung (Societäts-Verlag, »Lecker gemordet«, 2009).

Burkhard Werk

Geboren 1962. Lebt in Hilden, wo er mehrere Jahre lang als Dozent bei der VHS die Schreibwerkstatt leitete. Arbeitet als Richter am Verwaltungsgericht in Düsseldorf. Schreibt, weil er nicht malen kann. Wenn er malen könnte, würde er vermutlich trotzdem schreiben. Schreibt Lyrik und Kurzgeschichten – wenn es sein muss, auch Urteile. Gewinner des Literaturwettbewerbs »storyliner« des Landes NRW im Jahre 2000. Anschließend Absolvent der einjährigen Weiterbildung für Autoren im Bereich ‚Drehbuch' an der Internationalen Filmschule in Köln. Diverse Veröffentlichungen von Gedichten und Kurzprosa in Anthologien und Zeitschriften.

TATORT SEIDENSTADT

Ina Coelen

Kaltgemacht

ISBN 978-3-936783-36-0 · 240 Seiten · € 9,90

LEPORELLO KRIMI

Thomas Dahlberg, Kandidat für das Amt des Oberbürgermeisters, ist plötzlich spurlos verschwunden. Leidet der Fabrikantenerbe unter dem Burnout-Syndrom und hat sich nur von dem Rummel um ihn zurückgezogen, wie seine Frau behauptet? Oder handelt es sich um eine Entführung, wie sein ältester Sohn vermutet? Dahlberg hat sich durch ein Großprojekt nicht nur bei gegnerischen Parteien Feinde gemacht. Jo Brocker, Privatdetektiv und Kneipier, wünscht insgeheim, dieser Fall wäre keiner. Doch Carlotta van Eick, Fotografin und Journalistin, die kurzfristig bei Brocker einzieht, vermutet sogar Mord. Jo sieht sich gezwungen, einzugreifen, als seine Untermieterin anfängt, in der Vergangenheit zu graben und beweisen will, dass der Selbstmord von Dahlbergs erster Frau kein solcher war. Schließlich kommt das ungleiche Ermittlerteam noch weiteren Morden auf die Spur . . .

MAFIA IN DUISBURG

Dorle Gelbhaar

Anders und die Duisburger Mafia

TATORT NIEDERRHEIN

ISBN 978-3-936783-33-9 · 272 Seiten · € 9,90

LEPORELLO KRIMI

Im Jahre 2007 werden in Duisburg sechs Männer italienischer Herkunft erschossen. Getötet mit Kopfschüssen, wie bei einer Hinrichtung. Verantwortlich für das Verbrechen ist die 'Ndrangheta, die Mafia Kalabriens. Andreas Op de Hipt, Duisburger Hauptkommissar, hat in der Soko mitgearbeitet, die mit diesem Fall befasst war. Ein Jahr später hat er es erneut mit einem Mord zu tun, bei dem das Opfer durch einen Kopfschuss regelrecht hingerichtet wurde. Dies ist der erste Fall, den der schrullig-tiefsinnige Op de Hipt und der stets um Anerkennung kämpfende Kommissar Helge Breidenbroich gemeinsam lösen. Die Ermittler vom Niederrhein kommen einem ganzen Wust krimineller Vorgänge auf die Spur, die nicht nur die Duisburger gefährden. Jetzt nimmt Op de Hipt Kontakt auf zu seinem Kollegen Jürgen Anders in Berlin . . .

DRAMA HINTER DEN KULISSEN

Susanne Kliem

Theaterblut

TATORT DÜSSELDORF

ISBN 978-3-936783-30-8 · 320 Seiten · € 9,90

Blut, überall Blut. Im Düsseldorfer Schauspielhaus wird Margaret Lindner, Star des Ensembles, ermordet aufgefunden. Einen Tatort wie diesen hat selbst Tom Zagrosek, erfahrener Kriminalhauptkommissar im KK 11, noch nicht gesehen. Doch die Leiche weist keine Schnitt- oder Stichwunden auf . . .

Mit seiner neuen Kollegin, der jungen, ergeizigen, sehr hanseatischen Wiebke Blessing, beginnt Zagrosek im Theatermilieu zu ermitteln. Schon bald schwant ihnen: Das städtische Kulturleben ist nicht so harmonisch, wie es scheint. Hinter der Fassade von Provinz-Glamour und Kulturbeflissenheit verbergen sich Interessen, Intrigen und verzweifelte (Lebens-)Lügen.

MORD AU CHOCOLAT

Herausgegeben von Ina Coelen & Brigitte Glaser

Bitterböse

Schokoladenkrimis vom Tatort Niederrhein

– MIT REZEPTEN FÜR GENIESSER –

ISBN 978-3-936783-34-6 · 288 Seiten · € 9,90

Schokolade! Das ist Genuss und Gefahr, Verführung und Verdammnis, Lust und Laster, Glücksspender und Suchtmittel. Genau wie gute Krimis! Lässt Schokolade unseren Blutzuckerspiegel steigen, so kitzeln Krimis unsere Nerven, wenn sie uns in die finstere Welt des Verbrechens, in die Abgründe menschlicher Seelen führen.

Schokoladenkrimis (und Rezepte) von ***Jürgen Ehlers, Carsten Sebastian Henn, Ulla Lessmann, Thomas Kastura, Arnold Küsters, Michael Rossié, Barbara Wendelken*** *und anderen.*